점심시간

──끼익, 타악.

살짝, 푸른색 나이키가 울었다.

"나나!"

그 모습은 흔히 말하는 그거였다.

남자친구 방에 와서 와이셔츠를

빌려서 입어버렸다는 그거였다.

"——야."

Chikyuha
Ramune biniro
Na

c o n t e n t s

아사노 카이토

치토세 사쿠
교내 톱 카스트에 군림하는 인싸.
전 야구부.

히이라기 유우코
천연 공주님 오라를 뿜어내는 인싸 미소녀.
테니스부 소속.

우치다 유아
노력형 후천적 인싸. 취주악부 소속.

아오미 하루
몸집이 작고 기운이 넘치는 소녀.
농구부 소속.

나나세 유즈키
유우코와 맞먹을 정도로
남자들에게 인기가 많은 미소녀.
농구부 소속.

니시노 아스카
말과 행동을 예측할 수가 없는 신기한 선배.
책을 좋아한다.

아사노 카이토
체육 계열 인싸.
남자 농구부 에이스.

미즈시노 카즈키
이지적인 훈남.
축구부의 사령탑.

야마자키 켄타
은둔이 오타쿠 소년.

아야세 나즈나
갸루 계열 여자애.
유즈키에게 라이벌 의식을 불태운다.

이와나미 쿠라노스케
사쿠네 반의 담임 교사. 적당 & 방임주의.

Chitose kun ha
ramune bin no
naka

치토세군은
라무네병
속에

히로무
[hiromu]
일러스트 / raemz

2

프롤로그 남자아이

이것은 가짜 사랑 이야기다.

사람이 누군가를 사랑하는 건 어떤 순간일까.

처음 봤을 때. 뜻밖의 일면을 눈치챘을 때. 자상하게 손을 내밀어 주었을 때. 또는 자신을 내버려 두고 먼 곳으로 달려가 버렸을 때.

이런 것들이 모두 사랑을 하는 계기가 될지도 모르겠지만, 사랑에 빠진 순간은 아니다.

──그건 분명히 자신 마음속을 빙글빙글 맴도는 감정에 '사랑'이라는 이름을 주었을 때일 것이다.

나는, 나는, 사랑을 하고 있다. 그렇게 언어로 이해한 순간부터 어찌해볼 수 없이 시작되어 버린다.

사람은 누구나 누군가를 동경하며 살아간다. 이렇게 되고 싶다는 이상일지도 모르고, 상대방이 누구보다 자신을 잘 이해해준다는 환상일지도 모른다. 어렸을 때부터 꿈꿔 왔던 왕자님이나 공주님 같은 망상에 가까운 동경일 수도 있다.

예를 들어, 그런 동경하는 마음에 사랑이라는 이름을 붙여버린다면?

처음에는 달콤한 속삭임에 이끌려서 모든 것이 화려하

게 보일 것이다. 좋은 부분만 눈에 들어오고, 이 사람이 바로 운명의 상대라고 생각하며 애타게 그리게 된다.

그대로 영원히 살아갈 수 있다면 완전무결한 해피 엔딩이다.

하지만 대부분의 경우에는 언젠가 한계가 오게 된다.

——사랑이란 무책임하게 상대방을 상처입히는 면죄부다.

새콤달콤한 이상과 현실의 차이에 상처를 입은 비극의 히로인은 마치 배신당했다는 듯이 소중하게 여기던 사람에게 칼을 겨눈다. 제멋대로 동경하던 게 누군지도 잊어버린 채.

그런 식이 아니었으면 한다.

정신을 차리고 보니 바라보곤 하던 그 사람을 좀 더 알고 싶어지고, 알고 나서 실망하고, 그럼에도 불구하고 마음속에서 떠나지 않는 감정 때문에 고민하고, 괴로워하고, 그러면서도 자신을 그렇게 만든 상대방을 싫어하게 되어가고, 하지만 역시 어떻게 해도……, 마지막에는 그렇게 두 손으로 살며시 건져내는 것이 그 단어였으면 한다.

그러니 사실, 사랑이라는 이름을 붙이는 건 최후의 순간이면 된다.

——그때부터 시작되어 버린 이것은 분명히 가짜 사랑 이야기일 것이다.

1장 임시적인 출발선

열여섯 살. 나는 인생에서 열일곱 번째로 맞이하는, 약간이나마 특별한 5월 입구에 서 있었다.

2주째 토요일. 올려다본 하늘은 4월과 비교하면 조금 진한 푸른색이었고, 기억하고 있는 여름보다 조금 연해서 딱 좋은 것 같기도 하고, 어중간한 것 같다고도 할 수 있는 애매한 색으로 부드럽게 미소 짓고 있다.

아이들의 자그마한 손으로 뜯어낸 솜사탕 같은 구름이 둥실둥실, 적당히 떠다니고 있다. 주위를 전혀 신경 쓰지 않고 홀로 자유를 만끽하고 있는 구름 같은 녀석도 있고, 달라붙었다가 떨어졌다가, 마치 인간 같은 녀석도 나름대로 있을 것이다.

저것은 드래곤, 저쪽은 고래, 저 건너편에 있는 건 인어처럼 생겼는데?

근처에서 놀고 있는 초등학생들의 목소리가 들렸다.

소년소녀의 마음을 들뜨게 만드는 녹색 바람은 은근슬쩍 살랑거리다 찰랑찰랑 떠나갔다. 그 바람에 신이 났는지 산책하던 강아지도 왠지 발걸음이 가벼워 보였다.

——여자애와 데이트를 한다면 분명히 이런 날이 좋겠지.

진도가 잘 나가도, 그렇지 않아도, 집을 나선 순간부터 매우 들뜨거나 풀죽지 않고 느긋한 표정으로 돌아올 수 있을 것 같으니까.

나는 마운틴 바이크를 타고 천천히 페달을 밟기 시작했다. 휴일이라서 다들 늦잠을 즐기고 있는지, 마침 잘됐다 싶어서 시골을 뛰쳐나가 놀러 갔는지, 오전 11시가 지난 큰길에는 차가 별로 없었다. 어디선가 타악, 타악, 이불을 두드리는 기분 좋은 소리가 들렸다. 작은 마을은 오늘도 자잘한 행복에 둘러싸여 있다.

크게 하품을 한 번 한 다음, 기어를 두 단계 올렸다.

──귀찮은 일을 처리한다면 분명히 이런 날이 좋겠지.

*

나는 10분 정도 마운틴 바이크를 타고 달려가서 후쿠이 역 앞에 도착했다. 현청 소재지 근처이고, 이래 봬도 이 현에서는 제일 승객이 많은 역인데도 주위가 평소처럼 한산했다.

휴일에 돌아다니는 사람이 손에 꼽을 정도밖에 보이지 않는 모습을 큰 도시 사람이 보면 좀 이상할 것이다. 시골이 대부분 그렇듯이, 후쿠이는 자동차 사회. 인기가 많은 체인점이나 대형 쇼핑몰은 기본적으로 무료 주차 공간을 넉넉하게 제공할 수 있는 국도나 우회 도로 근처에 있어서 유료 주차장을 이용하면서까지 역 앞에 올 사람은 별로 없다.

일부러 온다 해도 눈앞에 펼쳐져 있는 것은 셔터, 셔터, 셔터 스트리트. 현에서도 역 앞을 재개발하려고 분투하고 있는 모양인데, 최근 10년 동안 생긴 상업시설은 고등학생이 모일 만한 느낌이 아니다. 결국 변두리에 있는 대형 패스트푸드점 같은 곳을 이용하기 때문에 전철로 통학하는 게 아니라면 일부러 역 앞까지 올 필요는 없다.

그런 이유로 나와는 의외로 인연이 없는 곳이다. 지나가는 경우는 좀 있지만, 오늘처럼 목적지로 삼을 일은 별로 없다.

나는 적당한 곳에서 내려서 자전거를 끌고 가며 가레리아 모토마치로 들어갔다. 상점가 양쪽에 작은 가게들이 줄줄이 있는 옛날 느낌 상점가다. 한때는 아티스트가 해체된 건물 벽에 천사의 날개 같은 걸 그려서 인스타 명소로 조금 화제가 되곤 했지만, 근본적인 쇠퇴 분위기는 감출 수가 없다.

조금 걸어가 보니 한적한 거리와는 어울리지 않는 가게가 보였다.

진한 군청색 기반 외벽과 간판, 눈에 띄는 밝은색 목제 문. 앞쪽 우측 절반은 유리여서 가게 안에 설치되어있는 창살 모양 선반 너머로 멋진 인테리어가 보였다. 가게 앞에는 오늘 하늘 같은 체레스트 블루 비앙키 자전거가 있었다.

지도로 정확한 장소를 확인한 건 아니지만, 한눈에 내가 찾던 카페라는 걸 알 수 있었다. 왜 역 앞으로 불러냈나 했는데, 이런 거였구나. 다른 사람들이 잘 알지 못하는 곳이고, 센스가 있으면서도 자기주장이 강한 곳도 아니다.

　나는 비앙키 옆에 마운틴 바이크를 세운 다음 가게 이름도 확인하지 않고 문의 손잡이를 잡았다.

　그 나나세 유즈키가 만나자고 지정한 장소라면 이런 가게일 게 분명하기 때문이다.

＊

　가게 안에 발을 내딛자 콘크리트가 드러나 있는 조잡한 부분과 나무의 따스한 느낌이 절묘한 균형을 이루고 있는 공간이 안쪽으로 길게 뻗어 있었다. 한순간, 내가 후쿠이 역 앞에 있다는 사실을 깜빡할 뻔했다.

　여자 점원이 말을 걸기도 전에 내 시선은 가장 안쪽 창가 자리에 앉아있던 여자애에게 빨려 들어갔고, 나를 본 상대방도 마찬가지로 손을 살짝 들고 흔들며 나를 불렀다.

　'일행이 있어요'라고 말한 다음, 나나세 맞은편에 앉았다. 다른 손님은 없는 것 같았다.

　턱을 괸 채 웃는 그녀는 그것만으로도 어떤 인스타 명소보다 더 인스타에서 인기가 있을 것 같은 매력을 풍기고 있었다. 고급 비단처럼 찰랑거리는 검은색 세미 롱 머리카락, 어플로 가공하지 않았는데도 거짓말처럼 매끈거리고 투명한 느낌이 드는 피부, 왠지 촉촉하게 일렁이는 것 같은 달콤한 눈동자.

후쿠이현에서는 역 앞에 건물을 짓는 것보다 나나세를 고용해서 여기저기 가게 앞에 세워두는 게 더 활성화에 도움이 될 것 같다.

"여어."

나나세는 느긋한 말투로 그렇게 말했다.

앉기 전에 슬쩍 확인한 복장은 약간 헐렁한 푸른색 보더 티셔츠, 그리고 마찬가지로 허벅지 쪽이 조금 헐렁하고 밝은 데님 숏 팬츠, 그렇게 의외로 보이시한 차림이었다.

"여어."

내가 똑같이 대답하자 나나세는 쑥스럽다는 듯이 쿡쿡 웃으며 다리를 꼬았다. 부드러워 보이는 숏 팬츠 끝자락이 조금 올라가서 허벅지라고 해야 할지 엉덩이라고 해야 할지 판단하기 힘든 곳까지 이어지는 완만한 곡선미가 드러났다.

나는 테이블에서 조금 떨어져 있던 의자를 슬쩍 가지고 와서 시야를 가렸다.

"모처럼 멋진 남자하고 데이트하는데, 좀 더 차려입지 그랬어?"

조금 놀리는 듯한 말투로 말했지만, 사실 그렇게 심플한 옷차림은 나나세와 매우 잘 어울렸다. 진짜로 맛있는 소재로 요리할 때는 소금간만 해도 충분하다는 말과 통하는 부분이 있을 것이다. 쓸데없이 차려입지 않았는데도 압도적으로 귀엽고, 아름답고, 섹시한 본인의 매력이 드러났다.

적당히 늘어놓은 칭찬이 그대로 들어맞을 것 같은 여자애인 것이다.

"어라? 치토세는 멋진 남자와 데이트를 한다고 잔뜩 힘줘서 차려입는 여자애는 취향이 아닐 것 같았는데."

나나세는 의자를 조금 당기고 일부러 그러는 듯이 다리를 반대쪽으로 꼬았다.

"그리고 의외로 이런 게 더 두근거리지 않나? 보이시한 차림인데 무심코 한 행동 때문에 드러난 몸의 라인 같은 거나, 다리를 꼬았을 때 슬쩍 보이는 허벅지 같은 거 말이야."

응, 들켰네.

"착각하면 곤란하지. 나는 허벅지를 보고 있었던 게 아니야. 어째서 사람은 알고 싶지 않은 것만 알게 되고, 보고 싶지 않은 것만 보게 되는데, 정말 소중한 것으로부터는 눈을 돌려버리게 되는 건지 생각했던 거라고."

"다시 말해서?"

"한 번만 더 확실하게 봐도 될까?"

나나세는 고개를 갸웃거리면서 장난스럽게 웃었다.

"안 돼~. 인생에서 같은 기회가 여러 번 올 거라는 보장은 없거든."

"초등학교 때 선생님은 '몇 번을 실패해도 된다. 포기하지만 않으면 꿈은 이루어진다'라고 가르쳐줬는데."

"멋진 선생님이구나. 언젠가 다시 만나게 되더라도 네 꿈이 여자애의 허벅지를 빤히 바라보는 거라는 사실은 숨기는 게 좋을 거야, 분명히."

점원분이 컵에 물을 담아 가져다주었다. 나는 그걸 한 모금 마시고 다시 입을 열었다.

"나나세, 물어봐도 될까?"

"공공장소에서 대답할 수 있는 거라면."

"어째서 이렇게 일찍 온 거야?"

약속했던 집합시간은 12시. 지금은 아직 11시 반이 조금 지난 시간이다.

"분명히 똑같은 이유 때문이겠지. 다른 사람을 기다리게 만드는 걸 별로 좋아하지 않거든. 그 시점에서 빚을 하나 지게 되어버리는 것 같아서. 치토세는 여유 있게 오는 타입인 것 같아서 나도 평소보다 좀 더 여유 있게 온 거야. 부른 건 나기도 하고."

"정말, 빈틈이 없는 여자는 인기가 없다는데."

"그건 일반론이지. 저는 나나세 유즈키입니다."

"저는 치토세 사쿠입니다. 잘 부탁해요."

＊

"저기, 말이지. 치토세는……, 좋아하는 사람 있어?"

"지금 보아하니 그 질문에 대답할 이유가 없다는 것만은 분명한데."

내가 무뚝뚝하게 말하자 나나세가 쿡쿡 웃었다.

"그 대답을 듣고 보니 치토세는 내게 적지 않게 호감을 품고 있는 것 같네. 친구로서가 아니라 여자애로서."

"저기 말이야, 나나세. 사람의 마음을 읽을 수 있다거나, 그런 이능력 설정이 있다면 미리 말해줘. 중간에 노선이 바뀌면 인기가 없어서 갑자기 변경했다고 생각할지도 모르잖아."

"바보구나, 그런 게 없어도 알 수 있어. 우리 같은 사람들은 선을 긋는 재주가 뛰어나니까."

아무렇지도 않게 잡담처럼 이야기를 이어나갔다.

"좋아해 줘도 곤란한 사람에게는 은근슬쩍 가망이 없다는 걸 알려주잖아? 만약에 내게 흥미가 없었다면 치토세는 '뭐, 그럭저럭'이라고 대답했을 거야. 좋아하는 사람이 있다는 소문이 퍼지면 귀찮으니까 확실하게 밝히지는 않지만, 신경 쓰이는 사람이 있다는 걸 깨닫게 만들기 위해서."

나나세는 확인하려는 듯이 나를 보았지만, 나는 잠자코 계속 말하게 두었다.

"'없어'라든가, '나나세려나?'라고 둘러대는 대답이 아니었던 건 조금 아쉽네. 일정 이상 호의가 있긴 하지만 적극적이든 소극적이든 관계를 진전시키고 싶은 정도는 아니라는 거구나? 하지만 앞으로 어떻게 되든 도망칠 구석은 마련해 두었고."

어때? 그녀가 그렇게 말하려는 듯한 눈초리로 나를 바라보았다.

나는 그녀의 눈을 똑바로 바라보고.

"……몸보다 마음을 먼저 홀딱 벗기지 말아줘."

힘없이 맥빠지는 목소리로 말했다.

그렇게 한심한 모습을 둘러대려는 듯이 아이스 커피를 쪽쪽 빨아먹었다.

——처음부터 끝까지 그 말대로다. 정말, 껄끄럽기 그지없는 여자다.

나나세는 애초에 답과 맞춰볼 필요는 없었다는 듯이 다른 화제를 꺼냈다.

"저기, 치토세. 우리, 좀 닮은 것 같지 않아?"

"흥, 언제나 나쁜 녀석의 달콤한 함정은 그런 식으로 시작되는 법이지. 나는 속지 않는다고."

"오늘은 모처럼 치토세하고 만나는 거라 새 걸 입고 왔는데……."

"왜 그렇게 꾸물거리고 있는 건데요! 어서 이야기를 마치고 다른 곳으로 가죠! 보험을 들면 되나요? 아니면 행운을 가져다주는 항아리인가요?!"

"너, 좀 쉬운 남자라는 말 자주 듣지?"

*

런치 세트에 딸려 있던 나나세의 디저트가 나왔다.

내 앞에는 나나세가 추천해서 추가로 주문한 엘더플라워 코디얼이라는 음료수가 있다. 이야기를 들어보니 천연허브를 쪄서 만든 시럽을 물에 탄 거라고 한다. 또 세련된 걸 추천하네, 그런 생각이 들긴 했지만 마셔보니 시원한 향기가 입안 가득 퍼져서 엄청나게 맛있었다.

디저트를 다 먹고 나서 점원분이 접시를 치우자 나나세는 어흠, 그렇게 일부러 헛기침을 한 다음 더욱 일부러 그러는 듯이 촉촉한 눈으로 나를 보았다.

"저기, 치토세. 저번에 내 마음은 말한 것 같은데……, 그러니까……."

"우선 그렇게 매번 수상쩍은 느낌이 들게끔 표정을 짓는거나 뜸을 들이는 짓은 하지 마. 애초에 '내 남자친구가 되어보지 않겠어요?'라고 하긴 했지만, 마음을 말한 적은 없다고."

"이럴 수가……. 남자친구가 되어줬으면 하는 여자애의 마음 같은 건 한 가지밖에 없잖아? 굳이 내 입으로 말하게 하지 마."

나나세는 매우 처량한 표정으로 고개를 살짝 숙였다.

"일단 물어보긴 하겠는데, 어째서 그렇게 남자친구를 만들려고 하는 거지? 그리고 어째서 상대가 나야?"

"어째서냐니, 나도 청춘 한복판에 있는 여고생이야. 친구들하고 연애 이야기를 하면서 들뜨기도 하고, 남자친구가 생긴 애한테 염장질을 당하면 좋겠다, 멋지다, 그런 느낌이 드니까……."

그렇게 말하고 마치 꿈꾸는 소녀처럼 눈을 감은 다음 가슴 앞에 깍지를 꼈다.

"우리 학년 제일의 훈남이고, 운동신경이 뛰어나고, 항상 모두의 중심에 있고, 학교 전체 여자애들이 동경하는 사람이고, 조금 나르시스트 같기도 하지만, 사실 누구나 똑같이 자상하게 대해주고."

나나세는 쑥스러운 듯이 이쪽을 보았다.

"그런 남자애하고 같은 반이 되었으니 나도 무심코 들떠버려서 남자친구가 되어줬으면 한다고."

나는 그녀의 눈동자를 바라보면서 살짝 한숨을 쉬었다.

"그건 일반론이고. 너는 나나세 유즈키야. 애초에 뭐야? 내 이미지가 마치 암기한 프로필을 늘어놓는 것 같잖아."

나나세는 목소리를 억누르고 우습다는 듯이 어깨를 들썩였다.

"그런 내용을 프로필이라고 딱 잘라 말할 수 있는 게 치토세 사쿠지."

그건 대놓고 느껴지는 귀여운 느낌이 없었다면, 몸과 마음이 녹아내릴 것만 같은 미소였을 것이다.

"그래도 거짓말을 하는 건 아니거든?"

"거짓말을 하는 건 아니지만, 진실을 말한 것도 아니잖아."

나나세는 '호오?'라는 표정을 지었다.

"전반은 고등학생이라면 누구나 한 번쯤은 품게 되는 매우 일반적인 감정에 대해서 말했을 뿐이고, 직접적으로 남자친구를 원하는 이유가 아니야. 멋지니까 나도 남자친구가 있었으면 하는 사람도 있고, 멋지지만 나는 아직 됐다고 생각하는 사람도 있지."

다시 말해 소설 같은 것에 나오는 서술 트릭 같은 것이다.

"후반은 남자친구가 되어줬으면 하는 이유일지도 모르겠지만, 좋아하게 된 이유는 아니잖아. 남자친구 삼기 좋은 상대와 좋아하니 남자친구가 되어줬으면 하는 상대는 다른 거니까. 잘 둘러대고 있긴 하지만, 나나세는 아무 말도 하지 않은 거나 마찬가지야. 내 경험상, 고백은 먼저 좋아한다고 말하는 것부터 시작되거든."

흥미롭다는 듯이 귀를 기울이고 있던 나나세를 똑바로 바라보았다.

"나나세는 좋아하니까 남자친구가 되어줬으면 하는 게 아니라 **남자친구가 되어줬으면 하니까 남자친구가 되어줬으면 하는 거 아니야?**"

그건 실제로 나 자신이 자주 쓰는 수법이었다. 뻔한 거짓말을 하는 건 나중에 앙금이 남을 테니 피하고 싶지만, 전부 다 자세하게 설명하고 싶진 않다. 그렇기 때문에 변명의 여지가 있는 사실의 일부만 말하며 둘러대는 것이다.

"내가 평범한 여자애들처럼 멋지다는 이유로 치토세를 좋아하면 안 돼?"

"안 될 건 없지. 나도 멋진 나 자신이 좋고, 귀엽고 미인인 나나세도 정말 좋아해. 누가 보더라도 멋진 두 사람이 언젠가 사랑에 빠질 날이 올지도 모르지."

나는 확신을 가지고 딱 잘라 말했다.

"──하지만, 그건 오늘이 아니야."

운명적이고 멋진 사랑이라는 것은 분명히 이런 식으로 시작되지 않는다. 끝났을 때 그랬다는 사실을 깨닫는 정도가 딱 좋은 것이다.

나나세는 아주 약간, 왠지 기쁜 듯이 입가를 실룩였다.

"너무하네. 같은 반이 된 이후로 한 달 정도, 치토세를 계속 바라보곤 했는데?"

"나도 나나세의 가슴을 계속 바라보곤 했지. 오늘부터는 허벅지 쪽에도 신경을 쓸게."

"치토세하고 함께 있고 싶어. 학교에 갈 때도, 집에 갈 때도, 휴일에 외출할 때도."

"안타깝네. 나를 꼬시고 싶었다면 침대 안에서도 함께

있고 싶다고 했어야지."

"어떻게 하면 내 마음을 믿어줄 거야?"

"여름 소나기처럼 갑작스럽고 덧없는 키스라도 해주면
또 모르지."

나나세가 대답하는 것을 기다리지 않고, 이번에는 내가
일부러 거창하게 한숨을 쉬었다.

"이봐, 적당히 좀 하자고. 이렇게 상대방의 속마음을 떠
보는 거라고 해야 하나, 정신적인 기선제압 싸움이라고 해
야 하나. 속이 시꺼먼 사람들끼리 대결하는 것 같은 거.
……인정할게, 나하고 나나세는 많이 닮았어."

조금 오버하는 것처럼 손을 저으며 계속 말했다.

"하지만 우리가 하는 연기치고는 장난기가 부족한 것 같
지 않아? 대본대로만 하다 보면 드라마가 생겨나지 않는
다고."

나나세는 마치 대본을 읽는 것처럼 말을 술술 풀어나갔다.

"평소와 다른 무대가 보고 싶다면, 나는 대사를 틀려야
만 하겠지. 완벽한 배우가 아니게 되기 위해서, 마치 가면
을 벗는 것처럼."

"만약 그 안에 추한 얼굴이 있다고 해도 똑바로 바라보
면서 키스를 두 번 해줄게."

"내가 오페라의 유령이고 네가 크리스틴이구나. 그럼 결
국 치토세가 다른 누군가와 행복해지는 걸 바라보게 되
잖아."

나나세는 정말 우습다는 듯이 배를 잡고 큰 목소리로 깔깔대며 웃었다.

"싫어, 그런 역할은."

이제야 나나세 유즈키와 접촉한 것 같다는 느낌이 들었다.

나는 겨우 숨을 돌리고 다른 말투로 말했다.

"아니, 이런 이야기를 그만하자는 거라고! 피곤하지 않아? 피곤하거든요?! 피곤하거든요!! 게다가 아까부터 쑥스러운 대사를 늘어놓아서 안절부절못하겠거든요? 오늘 밤에 생각하면 데굴데굴 구르면서 베개에 머리를 박아대고 백번은 죽고 싶다고 소리 지를걸? 절대로 웃으면 안 되는 치킨 레이스는 그만하자. 평범하게 이야기하자고."

"그렇지~! 나도 이대로 노 브레이크로 계속 달리다 보면 분명히 사고가 날 거라고 생각하던 참이야."

나나세의 말투가 천진난만하게 바뀌었다.

"하지만, 그렇게 말해주는 사람이라서 치토세가 좋은 거야. 가면을 쓰고 있다는 걸 눈치채지 못한 사람 앞에서 갑자기 맨얼굴을 드러낼 수는 없잖아? 쌩얼을 보고 비명을 지르면 충격받을 테니까."

이제 겨우 출발선에 섰다는 건가.

서로 견제하는 상황에서는 상호이해 같은 걸 할 수가 없다.

다시 첫걸음을 내디디려는 듯이 질문을 던져보았다.

"일단 확인해두자. 나나세는 유우코처럼 선천적인 공주가 아니라 해야 할 노력을 하고, 행동이나 말, 또는 자기 캐릭터까지 철저하게 조율하면서 지금 같은 위치를 잡은 거지?"

나나세가 처음부터 말했듯이, 그리고 나도 어렴풋하게 느끼고 있던 것처럼, 여기 있는 두 사람은 살아가는 방식이나 그 바닥에 깔린 사상이 매우 많이 닮았다.

"그렇다고 해서 예전에는 수수했고 괴롭힘당하던 아이였다는 설정은 없거든? 정의나 상대방이 받아들이는 방식에 따라 다르긴 하겠지만, 사실 엄청나게 성격이 안 좋은 여자도 아마 아닐 거야."

그러겠지. 적어도 나는 상상할 수가 없다.

"애초에 이런 외모를 타고났고, 운동이나 공부도 어렸을 때부터 나름대로 다 잘했어. 하지만 그러면 다른 사람들에게 시기나 질투를 사곤 하잖아? 같은 학년에서 인기 있는 남자애들은 보통 한 번은 나를 좋아하게 되니까."

"나는 이해할 수 있으니까 상관없지만, 마지막에 한 말은 거의 모든 사람에게 반감을 살 거야."

"물론 나도 알아. 이런 이야기를 한 건 네가 처음이니까."

나나세는 갑자기 섹시하게 한숨을 쉬었다.

"……그래도, 어쩔 수 없잖아. 유혹한 것도 아닌데 멋대로 상대방이 좋아하는 거니까. 그래서 자신을 지키려는 수단으로 지금처럼 살아가는 법을 익힌 거야. '그 사람이라면 어쩔 수 없다'라고 비교 대상에서 빠질 수 있게끔. 연예인을 진심으로 질투하는 사람이 아예 없진 않겠지만, 그렇게까지 많진 않겠지?"

다시 말해 나나세는 나와 완전히 똑같은 경험을 했고, 똑같은 결론에 도달했다는 거구나. 닮은 수준을 넘어서서 완전히 거울을 보고 있는 것 같은 기분이다.

"이야기가 조금씩 이해되네."

나는 눈앞에 있는 자기 자신 같은 상대에게 말을 걸었다.

"남자친구가 되어줬으면 하는 정도니까 연애 관련 문제라도 생긴 거겠지? 하지만 '너무 인기가 많아서 곤란하다'는 전제를 자연스럽게 공유할 수 있는 상대가 아니면 진심을 털어놓고 이야기할 수 없는 거고. 자랑이라든가 염장질이라는 식으로 해석해서 쓸데없이 불씨를 하나 더 만들 뿐일 테니까."

"치토세는 그걸 이해해줄 거라 생각했어. 그리고 야마자키를 도와주는 모습을 보니 부탁하면 분명히 거절하지 않을 거라고 생각한 것도 사실이야."

나나세의 목소리가 조금 성실한 느낌으로 변했다.

"멋진 여자아이가 곤란해하는데 그걸 보고도 못 본척하면 지금까지 쌓아온 치토세 사쿠의 체면이 무너질 테니까. 숨겨봤자 뻔히 보일 테니 미리 말해둘게."

나나세가 나였다면, 내가 나나세였다면, 매우 올바른 이해이고, 있는 그대로를 전하는 방식이었다.

자세한 내용은 아직 모르겠지만, 스펙과 성격이 자신과 비슷한 사람. 그게 나를 의논할 상대로 선택한 이유일 것이다.

——그리고 또 한 가지.

"고마워, 나나세."

나나세는 만난 뒤로 처음, 진심으로 깜짝 놀랐다는 표정을 지었다. 평소에는 웃음 하나까지 계산하는 그녀가 그런 표정을 지은 걸 본 것만으로도 나오길 잘했다는 생각이 들었다.

"오늘 한 이야기, 아니, 부탁하려고 결심했을 때부터 계속 메시지를 보내주었지? '나는 귀찮은 여자가 아니야', '착각해서 좋아하게 되진 않아'라고. 말만 하면 전해지지 않을 테니까 매우 멀리 돌아가는 방식으로. 분명히 나만 수신할 수 있는 주파수로."

이제야 그걸 눈치챘다.

만약 입장이 반대였다면 똑같이 했을 테니까.

"반대로 말하자면, **착각해서 자신을 좋아하고 그러지 않을 상대**니까 나나세가 나를 선택한 거야."

카즈키는 제쳐두더라도, 어째서 같은 농구부인 카이토

가 아니었을까. 바보고, 멍청하고, 얼빠진 건 그렇다 쳐도, 외모를 따지면 충분히 합격이고, 나나세가 한 말을 자랑이나 염장질로 받아들이지 않을 것이다. 오랫동안 함께 지냈으니 나 같은 녀석보다 훨씬 부탁도 하기 편할 텐데.

 ──하지만, 솔직한 그 녀석은, 나나세에게 솔직하게 반해버릴지도 모른다.

 나나세는 내 얼굴을 찬찬히 바라보려는 듯이 두 팔로 턱을 괴고 몸을 앞으로 내밀려 진심으로 기쁜 듯이 활짝 웃었다.

 "큰일이네, 그것까지 들켜버렸어? 방금 그 말은 나도 모르게 두근거렸는데."

 "그러니까, 그런 말은 하지 말라고."

 내가 반쯤 장난으로 머리에 촙을 날리려 하자 그녀가 깜짝 놀랐는지 조금 호들갑을 떠는 것처럼 움찔거렸고, 다시 쑥스러운 듯이 쿡쿡 웃었다.

*

 카페에서 계산을 마친 우리는 자전거를 밀고 가며 역에서 가까운 강가를 걸어가고 있었다. 이제부터 어떤 이야기가 튀어나올지 모르겠지만, 아무리 점원이라고 해도 주위에 사람이 있는 곳에서는 차분하게 이야기를 할 수가 없을 것이다.

역에서 몇 분 정도 나왔을 뿐인데, 파란 하늘이 넓게 펼쳐져 있고, 시원한 공기 너머에는 작달막한 산의 능선이 꾸불꾸불 이어져 있었다. 앞을 봐도, 뒤를 봐도, 걸어가고 있는 사람은 우리뿐이었다.

"그래서, 왜 갑자기 남자친구 같은 걸 만들려고 하는 거야?"

다시 시작. 그런 의도를 담아 말했다.

옆에 있던 나나세는 어느 정도 진지한 표정을 지으며 이야기하기 시작했다.

"정색하지 말고 들어줬으면 하는데, 요즘, 말이지……, 왠지 누군가가 따라다니는 것 같은 느낌이 들어."

꽤 갑작스러운 이야기지만, 나를 놀리는 것 같지는 않았다.

"이봐, 이봐. 갑자기 살벌한 느낌인데. 나나세, 혹시 어떤 부잣집 외동딸인 거 아니야? 재산을 전부 상속받게 되어서 남편을 비밀리에 독살한 사모님이나 자기들도 한몫 챙길 수 있을 거라 기대하는 형제자매들이 필사적으로 자객을 보내고 있는 건 아니겠지?"

내가 장난스럽게 반응을 보이자 나나세는 안심했는지 어깨를 늘어뜨렸다. 표정도 어느 정도 평소처럼 여유가 돌아왔다.

"그랬다면 그나마 이해하기 쉬울 텐데. 재산 같은 건 전부 넘겨주고 치토세하고 같이 아무도 없는 북쪽 대지로 도망치는 거야. 그곳에서 작은 집을 사고, 텃밭에서 채소를 키우면서 행복하게 사는 거지. 애는 두 명 낳고."

"어째서 호쿠리쿠보다 눈이 많이 오는 지역으로 이사를 가야 하는데. 이왕 도망칠 거면 남쪽으로 가자고."

"어~? 그럼 비장한 느낌이 안 살잖아. 뭐, 공교롭게도 우리 집은 매우 평범한 일반 가정이거든."

나나세는 그렇게 말한 다음, 다시 진지한 말투로 말했다.

"그런게 아니라, 스토커가 있을지도 모른다는 뜻이야."

보아하니 생각했던 것보다 심각한 이야기인 것 같다. 장소를 옮긴 게 정답이었다. 푸른 하늘 아래라면 싫증 나는 마음도 조금 풀어질 테니까.

"그럴지도 모른다는 걸 보니 아직 확신이 있는 건 아니구나?"

"응, 혹시나 내가 지나친 생각을 하고 있을지도 모르고, 지금까지는 그럴 가능성이 더 커. 하지만 이렇게 치토세에게 의논할 정도로는 경계하고 있고."

스토커라고 해도 다양한 패턴이 있을 것이다. 기본적인 패턴으로 항상 따라다니거나, 헤어진 전 남자친구가 집요하게 메일을 보내고 전화를 걸거나, 괴문서 같은 걸 보내는 경우도 있다고 들었다.

"구체적으로는?"

"그게, 아직 구체적으로 이야기해서 이해가 될 만한 근거는 없거든. 그래서 매우 감각적인 이야기가 될 텐데, 뭐라고 해야 하나……, 일상에 가끔 노이즈가 끼는 것 같아."

나나세치고는 신기하게 소심한 느낌으로 말했다.

"평소처럼 생활하는데 '어라?' 하는 생각이 드는 순간이 있어. 신발장이나 가방을 열었을 때나, 집에 가는 길에 뒤를 돌아보았을 때. 그런데 신발이 이상하게 놓여있다거나, 내 물건이 없어졌다거나, 누군가와 눈이 마주쳤다거나, 그렇게 확실한 위화감은 아니거든……."

나는 덜컹덜컹 울리는 자전거 바퀴 소리를 배경음악 삼아 생각하면서 귀를 기울였다.

"그런데 왠지 모르게 멈춰 서버릴 때가 있고, 어째서 그런 건지 모르는 채로 지나쳐버려. ……미안해, 전혀 논리적이지 못하지? 증거라도 있으면 좋겠지만."

"아니, 믿는다, 못 믿는다 같은 걸 따질 필요는 없어."

이야기를 가로막으려는 듯이 말했다.

"나나세가 평소에 감추고 있는 내면까지 드러내면서까지 까다로운 이야기를 꺼낸 것만 해도 믿을 근거로는 충분하지. 거짓말을 할 이유가 한 가지도 없으니까."

나나세는 무슨 말인지 의도를 파악하려는 듯이 나를 보았다.

"의논을 하려는 척하면서 거리를 좁히려는 애도 많이 봤지만, 나나세라면 그냥 유혹하는 게 훨씬 효과적이겠지? 그러니까 나는 이미 믿고 있어. 그런 전제로 이야기하자."

애초에 명확한 증거가 있다면 나 같은 녀석에게 기대지 않고 학교나 경찰에 이야기하면 된다. 나나세가 그런 선택지를 생각하지 못할 리가 없다.

검토한 결과, 아직 그런 단계가 아니라고 판단했기 때문에 이렇게 다른 수단을 쓰고 있다.

나는 우선 의문을 말해보기로 했다.

"그런 느낌은 언제부터 들었어?"

나나세는 내가 쉽사리 믿는다고 하니 놀란 것 같기도 하고 이해한 것 같기도 하고, 그런 애매한 표정으로 대답했다.

"정확히 기억나는 건 아니지만, 겨울방학쯤부터 시작되어서 최근 한 달 정도 그랬던 것 같아. 처음에는 나도 의식하지 않았으니까 왠지 이상하다고만 느꼈고, 돌아보니 대충 그쯤부터 그랬던 것 같거든."

"그렇구나……."

잠시 생각한 다음, 입을 열었다.

"나나세는 자기 일이니까 판단하기 힘들지도 모르겠지만, 그런 감각은 의외로 중요할 것 같아. 인간의 뇌는 낯익은 물건이나 경치를 효율적으로 처리한다고 하니 무언가가 마음에 걸렸다면 그곳에 평소와는 다른 무언가가 있었을지도 몰라."

"평소와는 다른 무언가……라."

"그리고 나는 제6감이라는 걸 꽤 믿는 편이거든. 예를 들자면, 야구를 했을 때, 투수가 공을 던지기 직전에 다음에 날아올 구종이나 코스가 영상처럼 확실하게 보이는 경우가 있었어. 그 밖에도 처음 만난 사람이 아무래도 나와 맞지 않을 것 같다고 느꼈는데 실제로 나중에 다투기도 했고. 그건 경험에서 오는 감일지도 모르고, 무의식적으로 자잘한 정보를 파악해서 예측한 건지도 몰라. 물론 그냥 우연일 가능성도 있지."

하지만, 나는 그렇게 생각한다.

사람이 무언가를 느낄 때, 반드시 거기에는 이유가 존재한다. 직감이라는 것은 지금까지 살아온 인생이 내게 보내주는 메시지 같은 것이다.

"그런 걸 전부 합쳐서 제6감을 너무 업신여기지 않는 게 좋을 거야."

"……그렇구나. 왠지 치토세가 그렇게 말해주니 정말 안심이 되네. 그냥 자의식과잉일지도 모르겠다는 생각이 계속 들었으니까."

"어지간한 여자라면 모를까, 나나세라면 착각이라고 해도 자의식보통일 텐데."

"고마워. 나도 모르게 반할 뻔했는데 말려줘서."

"신경 쓰지 마, 나도 마찬가지야."

내가 비꼬자 나나세는 재주 좋게 받아쳤다.

"그래서, 짐작이 가는 사람은 있어?"

"없다고 하면 없고, 있다고 하면 하늘에 뜬 별만큼."

나나세는 호들갑을 떠는 듯이 한쪽 손바닥을 위로 들어 올렸다.

"그렇겠지요~."

"원한을 살 정도로 심하게 찬 사람은 없을 거야, 아마도. 그런 점은 꽤 신경을 많이 썼으니까. 하지만 상대방이 멋대로 나를 좋아하고, 이야기를 나눈 적도 없는데 따라다니는 거라면 짐작도 안 되지."

그렇게 말하는 목소리에는 왠지 포기한 듯한 느낌이 섞여 있었다. '그런데⋯⋯', 나나세는 그렇게 계속 이야기를 이어나갔다.

"이건 방금 했던 이야기보다 더 근거가 없는 이야기야. 그냥 착각한 것일 가능성도 크지만, 요즘 얀고 남자애를 자주 본 것 같아."

"얀고라고⋯⋯."

도시에서는 머리가 좋으면 사립 고등학교에 가는 이미지지만, 후쿠이에서는 기본적으로 공립 쪽이 인기가 더 많다. 우리 현에서 편차치가 가장 높은 우리 후지 고등학교, 그다음인 타카시마 고등학교는 양쪽 모두 공립이다.

물론 사립에도 진학반이 있고, 유명 대학 합격자도 배출했지만, 그런 사람들은 공립 시험을 쳤는데 떨어진 사람들이라는 인식이 일반적이다.

그리고 이건 어디까지나 편차치 상위층 이야기다.

애초에 상위 고등학교 시험을 칠 정도로 성적이 좋지 못하고, 그렇다고 해서 농업 고등학교나 상업 고등학교에 가고 싶지 않다는 사람들은 밑져야 본전이라는 심정으로 공립 시험을 봐두고 진짜배기는 사립 보통과로 정해두는 경우도 많다. 사립 보통과 중에서도 당연히 학력 격차가 있고, 이렇게 말하면 좀 그렇지만 야콘 고등학교, 통칭 얀고는 그 밑바닥에 해당된다.

"그 학교 학생들은 교복을 독특하게 입어서 눈에 잘 띄잖아? 그래서 몇 번 보기만 했는데 인상에 남은 것뿐인지도 모르겠지만……."

뭐, 속된 말로 껄렁대는 녀석들이 조금 눈에 띄곤 하는 고등학교다. 이건 내 주관적인 생각이고 조금 오래된 단어이긴 하지만, 얀고의 그런 학생들은 한없이 양아치라는 표현이 어울리는 것 같다.

나나세는 은근슬쩍 '독특하다'라고 돌려 말했지만, 다시 말해 극단적으로 기준에서 벗어난 교복 차림에 화려한 헤어스타일과 일반적인 매너에서 벗어난 행동 등, 척 봐도 별로 다가가고 싶지 않은 오라가 풀풀 풍기는 녀석들이다.

애초에 어떤 중학교에나 주위 사람들이 껄렁대는 녀석 취급을 하는 녀석이 한두 명 정도는 있을 것이다. 고등학교쯤 되면 거의 대부분 제대로 살아가기 시작하긴 하지만, 평생 껄렁대는 코스를 타고 돌아오지 못하게 된 녀석들도 실제로 존재한다.

멋대로 딱지를 붙이는 건 내 신조에 어긋나지만, 보통과

합격선이 극단적으로 낮은 얀고는 그런 사람들이 모여들 가능성이 높은 곳이라는 말을 부정할 수가 없다.

나는 무심코 우리가 걸어온 길을 돌아보았다. 사람이 아무도 안 보이는 조용한 외길이다.

"만약 그게 사실이라면 별로 기분이 좋은 상황은 아닌데."

고등학생이 된 이후로도 터무니없는 짓을 하는 녀석들은 기본적으로 윤리 관념이 희박하고, 사회에서 벗어나는 것에 망설임이 없다. 우리처럼 깊고 넓게 생각하고, 자신의 행동이나 상대방과의 대화를 통해 주위 환경을 꼼꼼하게 다지는 타입에게 성격이 급하고 감정적인 상대는 천적이다.

전제로 삼는 규칙이 다른 상대와는 싸울 수가 없다.

예를 들어 스모에서 '발차기를 하면 안 된다'라든가 '시합장 밖으로 나가면 진다'라는 전제를 공유하지 않으면 시합이 성립되지 않는다. 그냥 상대방을 쓰러뜨리기만 하는 거라면 시작 신호가 나온 직후에 금속 방망이를 휘두르면 되니까.

"나나세가 내게 기대려 하는 이유를 대충 이해했어. 그러니까……."

"잠깐! 부탁을 하는 쪽 예의도 있으니까 지금부터는 내가 말할게."

나나세는 길가에 자전거를 세웠다.

나를 똑바로 바라보면서, 야무진 표정을 지으며 말했다.

"이미 내건 전제조건을 제외하면, 내가 치토세에게 원하는 역할은 두 가지야. 첫 번째, 어느 누가 보더라도 이해할 수밖에 없는 내 남자친구라는 것."

나나세가 집게손가락을 살짝 폈다.

"다시 말해, 정말 스토커가 있다는 전제하에 '치토세가 상대라면 어쩔 수 없다. 역시 저런 애는 완벽한 남자만 고른다'고 생각하면서 스스로 물러나 줬으면 해. 어차피 너보다 외모가 괜찮은 남자애는 없으니까 이 조건은 이미 달성되었고."

"부탁하는 쪽 예의로 내면의 매력을 따져도 되거든?"

나나세는 내 말을 무시하고 계속 말했다.

"두 번째, 만에 하나, 상대가 얀고의 이상한 녀석일 경우에 대처할 수 있는 능력을 가지고 있을 것. 말싸움은 물론이고, 저기……, 말하기 껄끄럽긴 하지만 실력행사를 하려 할 때도."

"공교롭게도 나는 태어난 이후로 싸움 같은 걸 한 적이 없어. 평화주의자거든."

"그래도 하지 않는 것하고 못하는 건 다르지 않아?"

"단어를 따지면 다르긴 하지."

나나세는 조용히, 매우 자연스럽게 고개를 숙였다.

"치토세밖에 없어. 이렇게 부탁할게요, 저와 사귀어주세요."

정말.

나는 이런 것에 정말 약하다.

아무리 그 말 처음에 '조건에 맞는 것은'이라는 진심이 숨겨져 있다고 해도.

"나나세는 뭔가 착각하고 있어. 켄타 때는 약하고 불쌍한 그 녀석을 도와주는 게 내 격을 올려주는 것과 이어진다고 생각했기 때문에 그랬을 뿐이야."

하지만 간단히 고개를 끄덕일지 아닐지는 다른 문제다.

아름답게 살아갈 수 없다면 죽은 것과 별다른 차이가 없다.

그 미학을 따른다면, 나나세 같은 여자애가 이렇게 고개를 숙이니 아무런 말도 없이 손을 내밀어야 할 것이다.

하지만 내게는 나름대로 까다롭게 살아가는 방식이 있다.

어떤 것에도 사전 준비가 필요한 법이다.

"지금까지는 내가 나나세의 남자친구라고 인정하는 게 손해밖에 없는데. 나는 뜬구름처럼 둥실둥실 떠다니면서 누구에게도 얽매이지 않는 남자가 되고 싶거든."

"——마음대로 해도 돼."

그 나나세 유즈키가, 나를 똑바로 바라보면서 매우 진지하게 그렇게 말했다.

"나를 마음대로 해도 돼. 치토세가 원한다면 몇 번이든, 무슨 소원이든 받아들일게."

나는 어이없는 듯한 미소를 지었다.

"이번에는 자기 가치를 너무 낮게 잡았는데."

"그렇지 않아. 치토세 사쿠를 내 일방적인 이유로 이용하는 거니까 나도 거기에 맞는 대가를 마련해야지. 나나세 유즈키에게 몇 번이고 명령할 수 있는 권리는 네가 떠안게 되는 부담에 걸맞다고 생각하는데."

나나세는 매우 그녀답지 않은 투명한 목소리로 말을 자아냈다.

"이건 나나세 유즈키와 치토세 사쿠가 지닌 가치, 그리고 어느 쪽이 약한 입장에 있는지 냉정하게 고려한 다음 내린 결론이야……, 이해가 안 돼?"

정말, 끝까지 나 같은 녀석이다.

"아니, 거스름돈이 남을 정도인데. 그런 약속을 해도 되겠어? 무슨 부탁을 할지도 모르는데."

"말했잖아? 나도 모르게 다른 사람의 시간이나 수고를 빼앗고 싶지 않거든."

"……알았어, 자세한 조건을 확인하자."

나도 자전거를 길가에 세우고 나나세와 정면으로 마주보았다.

"치토세는 남자친구 행세를 해줘야겠어. 기간은 스토커가 내 착각이라는 사실을 알게 되거나, 만에 하나 진짜로 있을 경우에는 그 문제가 해결될 때까지."

쉽사리 끝날지, 꽤 오래 걸릴지, 뚜껑을 열어봐야 안다는 건가?

"대외적으로는 진짜로 사귄다고 오해하게 만들고 싶지만, 치토세가 믿을 수 있고 가까운 사람들에게는 핵심을 제외한 범위에서 사실을 말해도 돼. 그리고 그 기간에는 등하교 때, 상황에 따라서는 휴일에도 같이 행동해줬으면 하는데."

"오케이. 지금까지는 딱히 걸리는 부분이 없어."

"뭐, 대충 말하자면 벌레 퇴치 스프레이와 살충제라는 거지."

"이봐, 좀 더 말을 꾸밀 수도 있는 거잖아."

나나세는 그 말에 반응을 보이지 않고 왠지 이 세상의 매력이 전부 담겨있는 듯한 눈동자로 나를 보았다. 시원한 바람이 화악 불어왔고, 윤기 있는 검은 머리카락이 팔랑팔랑 나부꼈다. 볼에 닿은 머리카락을 손가락 끝으로 귀에 걸친 다음, 그녀가 달콤하게 미소 지었다.

"어때? **사쿠.**"

"그걸로 충분해, **유즈키.**"

"계약 성립이구나."

나는 나나세가 내민 손을 꼬옥 잡으려다가 살짝 닿기만 하기로 했다. 그런 건 왠지 수상쩍어 보이기 때문이다.

"몇 번이든, 어떤 소원이든 들어준다고 했지?"

"응, 남자친구에게 거짓말은 안 해."

"마침 잘됐네. 요즘 계속 쌓여서 답답했거든. 유즈키를 보고 있으니 참을 수가 없게 되었어. 잠깐 같이 가자고, 그리고 좀 빼줘. 식후 운동치고는 좀 거칠지도 모르겠지만."

규칙이 다른 상대와는 싸울 수 없지만, 규칙에 따라서라면 뭘 해도 상관없다.

어떤 착각을 한 건지는 모르겠지만, 나는 그런 사람이다.

*

"으응, 헉, 아앙……."

유즈키의 요염한 목소리가 귀를 어루만졌고, 그 느낌이 내 움직임을 더욱 빠르게 만들었다.

"저기, 잠깐, 잠깐만 기다려. 부탁이야, 조금만 쉬게 해줘."

"무슨 소릴 하는 거야. 한두 번 만에 끝날 줄 알았어? 나는 체력이 남아서 어쩔 줄 모르는 남자 고등학생이라고. 오늘은 끝까지 함께 해줘야겠어. 그렇게 약속했지? 자, 더 적극적으로, 네가 공격해보라고."

규칙적인 리듬에 따라 유즈키의 몸이 위아래로 흔들렸다. 그 부드러운 움직임과는 대조적으로 호흡은 점점 얕고 빨라져 갔다.

"그래도……, 쉬지도 않고 이렇게 하면, 머리가 새하얘져버려……. 안 돼, 으응."

*

──우리는 동쪽 공원에서 농구를 하고 있었다.

얼마 전, 하루와 드리블 승부를 해서 졌다는 걸 마음속에 품고 있던 내가 유즈키에게 연습 상대를 해달라고 부탁한 것이다.

"아~, 이제 못하겠다니까. 좀 쉬자."

유즈키는 그렇게 말하고 풀밭 위에 드러누웠다.

땀을 잔뜩 흘려서 티셔츠가 달라붙었고, 몸의 라인뿐만이 아니라 속옷의 선까지 또렷하게 드러났다. 으음, 눈보신이 되는데.

"뭐야, 한심하게. 네 주 종목이잖아?"

"나는 체력 괴물인 하루와는 달리 기교파야. 아니, 귀가부 주제에 이렇게 연달아 뛰었는데 숨도 헐떡이지 않는 사쿠가 이상한 거지. 하루에게 진 게 그렇게 분했어?"

"흥, 아무리 자잘한 놀이라 해도 지기만 하는 건 절대로 용납 못 하지. 하늘은 내 위에 사람을 만들지 않았으니."

"그렇게 어린애 같은 부분이 치토세 사쿠를 치토세 사쿠로 만드는 거구나. 실감했어."

나는 그레고리 배낭에서 미리 사두었던 포카리를 꺼내 유즈키의 이마에 가져다 댔다. 유즈키를 그걸 받아들고 기분 좋게 눈을 감았다.

나도 옆에 누워서 그녀와 마찬가지로 포카리를 이마에 대고 눈을 감았다.

　'멋진 휴일이구나'라고 말하자 '그라제(주: 그렇지)'라고 맥 빠지는 후쿠이 사투리가 돌아왔다.

　살랑살랑 흘러오는 5월의 바람이 땀을 흘린 뒤라 기분이 좋았다. 풀이 하늘거리며 서로 닿는 소리가 들렸다. 행복해 보이는 부모와 아이가 조금 떨어진 곳에서 꺅꺅거리며 떠들고 있었다.

　"사쿠는 말이지……."

　유즈키가 혼잣말을 하는 것처럼 입을 열었다.

　"혼자서 견디는 게 힘들었겠다든가, 내게 기대도 된다라는 말을 하지 않는구나."

　"내가 딱히 은혜를 내려주는 게 아니니까. 이건 계약이잖아? 이익이 있다고 판단했으니까 받아들였을 뿐이야. 유즈키는 유즈키의 역할을, 나는 내 역할을 하면 되는 거지."

　"그런 걸로 해주겠다는 거지?"

　"애초에 우리 같은 타입은 '약한 모습을 보여줘도 돼'라는 말을 듣는 걸 죽을 만큼 싫어하잖아. 너무 완벽한 것도 쓸데없이 적을 만드는 법이니까, 일부러 빈틈을 보여준 순간에 의기양양하게 '도와주겠다'라고 하면서 파고드는 녀석이 너무 많아."

　나도 혼잣말을 하는 것처럼 계속 말했다.

　"만약에 내가 진짜로 고민하는 게 있다고 해도 그걸 남이 어떻게 할 수 있을 리가 없잖아. 자기가 떠안고 있는 문제는 스스로 처리할 수밖에 없어."

"그건 우리의 강점이자 업일지도 모르겠네."

"그럴지도 몰라. 하지만 이제 와서 우리 방식을 바꿀 수도 없잖아."

돌아누워서 옆에 있던 유즈키를 보았다.

"그러니까 기대려는 생각을 하지 않아도 돼. 약한 부분을 다른 사람에게 맡기려고 생각하지 마. 자신이 도달한 문제 해결 과정에서 내 힘을 빌리는 게 합리적이라고 생각했을 때만 마음대로 써먹으라고."

"……필요한 것 같을 때 사쿠가 곁에 없다면?"

"히어로를 부를 때는 큰 목소리로 이름을 부르는 게 기본이지. 중요한 타이밍에 달려와서 멋진 필살기로 적을 물리치는 거야."

유즈키도 돌아누워 이쪽을 보았다.

머리카락이 살짝 입술에 걸렸다.

"저기, 절대로 안 질 거야?"

"글쎄다. 질지도 모르지만, 마지막에는 이길 거야. 내가 말했지? 지기만 하는 건 용납 못해."

"그런데 사쿠 씨, 산이라고 하면 연상되는 건 뭐야?"

"계곡."

"봤구나."

"어흠, 어흠."

그 티셔츠, 가슴 쪽이 헐렁하잖아.

*

따끔, 따끔, 따끔, 따끔.

끈적, 끈적, 끈적, 끈적.

주위 사람들의 시선이 간지러운 건지 따가운 건지, 따뜻한 건지 싸늘한 건지, 아무튼 달라붙어서 성가시다.

새로운 주가 시작된 월요일, 나는 바로 유즈키를 데리러 가서 함께 등교하고 있었다. 평소에는 비앙키를 타고 학교에 가는 모양인데, 내 제안에 따라 자전거를 탈 필요가 없을 때는 최대한 걸어서 학교에 가자고 정했다.

있을지 없을지 모르는 스토커를 계속 경계해봤자 끝이 없다. 문제를 해결하기 위해서는 우선 존재의 유무를 확인할 필요가 있을 것이다. 지금은 진짜로 따라다니는지 알아봐야 한다.

하지만 같은 스토커라 해도 도시와 후쿠이는 전제조건이 다르다.

어디를 봐도 잡담과 시끄러운 소리에 휘말릴 것 같은 대도시라면 누구든 다른 사람을 쫓아다니는 것 정도는 아무렇지도 않을 것이다. 하지만 후쿠이의 시골 느낌, 사람이 드문 수준을 얕봐선 안 된다. 들키지 않게끔 자전거를 타고 계속 한 사람을 쫓아다니는 것은 거의 불가능하다고 할 수 있을 것이다. 그 사실은 당연히 스토커도 알고 있을 테고.

그래서 나는 조금이나마 스토킹하기 편한 환경을 갖춰주기 위해 걸어서, 최대한 사람들이 많이 다니는 곳을 지나갈 기회를 늘리려 했다. 미끼 수사 같은 거나 마찬가지다.

그런 이유로 평소에 다니던 강가에서 사이좋게 등교하고 있는데, 우리는 아무리 소극적으로 해석해도 주목을 받고 있었다.

유즈키는 어깨를 딱 붙인 채 옆에서 걸어가고 있었고, 즐겁게 웃고 있었고, 나를 손가락으로 찌르거나 때로는 얼굴을 들여다보기도 했고, 블레이저 옷자락을 잡아당겨보기도 하는 등, 누가 봐도 멋진 남자친구가 생겨서 들뜬 여자애를 연기하고 있었다.

나는 그런 유즈키를 보고 쑥스러운 듯이 미소를 지었고, 뒤에서 자전거가 오면 그녀의 허리에 손을 살짝 대고 내쪽으로 끌어당겼다.

주위에서 걸어가는 동급생, 선배, 후배, 모두들 이쪽을 보며 속닥이고 있었다. '엄청 어울려!'라든가, '히이라기가 아니라 그쪽이었구나~'라는 목소리도 들렸고, '나나세가 너무 들뜬 거 아닌가?', '기어코 빌어먹을 걸레남의 마수에 걸렸구나'라는 반응까지 정말 다양했다.

전부 예상한 범위 이내이긴 했지만, 나중에 잘 정리할 구실을 찾아내야만 한다는 걸 생각하니 조금 귀찮아졌다.

뭐, 내버려둔다 해도 내가 먹고 버렸다는 식으로 가라앉을 것 같긴 하지만.

"사쿠……, 군?"

이것저것 생각하고 있자니 뒤에서 말을 건 사람이 있었다.

돌아보니 우치다 유아가 고개를 갸웃거리면서 왠지 깜짝 놀란 표정으로 이쪽을 보고 있었다. 옆으로 묶은 머리카락 끄트머리가 블레이저의 부풀어 오른 부분 근처를 스치고 있어서 착해보이는 처진 눈과의 갭이 오늘도 여전히 매력적이다.

"좋은 아침이야, 웃찌!"

내가 반응을 보이기도 전에 유즈키가 인사했다.

"……하고, 유즈키? 무슨 조합이야?"

문득 그 반응에서 위화감이 들었다.

갑작스럽게 마주쳐서 눈치채는 게 늦었는데, 굳이 따지자면 평소에는 담담하고 마이 페이스 같은 유아의 말투가 오늘은 왠지 쓸데없이 자상하고 달콤하다.

잘 살펴보니 평소에는 아침부터 나를 치유해주는 민들레 같은 미소 대신 아네모네 같은 희미한 미소가 피어나고 있었다. 참고로 아네모네에는 독이 있고, 꽃말은 '버림받았다', '내팽개쳐졌다' 등등.

솔직히 말해 이럴 때 유아는 무섭다. 분명히 말을 걸기 전에 우리 모습도 봤을 것이다. 나도 모르게 한 발짝 물러

날 뻔했는데, 유즈키가 팔짱을 꽉 꼈다.

　　——알고 있지?

　눈으로 그렇게 말하고 있다. 나중에 제대로 설명을 한다고 해도, 많은 사람들이 주목하고 있는 이곳에서는 그럴 수 없다는 뜻일 것이다.

　"저, 저기 말이야, 유아. 사실 우리, 저기, 뭐라고 해야 하나, 사귀기로……."

　"——호오?"

　아직 이야기가 끝나지도 않았는데, 유아가 곧바로 치고 들어왔다.

　……구해줘어.

　나는 그런 의도를 담아서 유즈키를 보았다.

　"그, 그랬당께. 예전부터 괜찮다 싶기는 했는디, 같은 반이 되고 겁나게 신경이 쓰여불더라고. 아직꺼정 여자친구도 없다고 함께 저번에 쉬는 날 놀다가 '나랑 사귀어야'라고 그냥 고백해분 거여. 그러니께 사귀자고 하더라고(주: 그, 그래. 예전부터 괜찮다고 생각하긴 했는데, 같은 반이 된 이후로 많이 신경이 쓰였거든. 아직 여자친구도 없다고 해서 저번 쉬는 날에 놀다가 '나하고 사귀자'고 은근슬쩍 고백해버렸어. 그랬더니 사귀자고 하더라)."

　"미안해, 유즈키에게 물어본 게 아니야. 사쿠 군에게 물어본 거거든."

　지금까지는 유아도 대충 다 받아줬던 갑작스러운 사투리 토크 무시!!

……어쩌지.

유즈키가 시선으로 내게 패스를 보냈다.

이쪽을 보지 말라고, 고등학생에게 폭탄 게임 시키지 마.

나는 어쩔 수 없이 다시 입을 열었다.

"내 말 들어봐, 유아. 나는 너를 배신하지 않았어."

"저기, 두 사람이 사귀면 내가 배신당하게 되는 관계였어?"

"그럴 리가 없죠~! 저도 참, 무슨 착각을 해버린 걸까요!!"

——전사자 1명.

유즈키는 어떻게든 지금 상황만은 벗어나기 위해 유아에게 말을 걸었다.

"저기, 웃찌. 딱히 새치기를 하려는 건 아니었거든? 사실 모두에게 제대로 말해둔 다음에 행동하려 했는데, 내 마음을 억누를 수가 없어져버려서. 설명해줄 테니까 들어줄래?"

"얼른 거시기 해부러(주: 후쿠이 사투리로는 '얼른 하렴'이라는 뜻이기 때문에 유즈키에게 설명하라고 재촉하는 것일 가능성도 있지만 지금 같은 경우에는 '어서 죽어라'라는 의미일지도 몰라서 진짜 무섭다)."

——전사자 2명.

이런 상황에서 어쩌라는 거야.

유즈키를 돌아보니 그녀도 나와 마찬가지 결론을 내린 모양이었다. 우리는 서로 생각을 확인하려는 듯이 고개를 끄덕였다.

"유아……."

"웃찌……."

내가 유아의 오른팔을, 유즈키가 왼팔을 꽉 끌어안았다.

""일단 학교가자!!""

"어? 잠깐만, 으히야악——."

완전히 체육 계열인 두 사람이 끌어당기자 취주악부인 유아가 이상한 소리를 냈다.

참고로 그 이후로 엄청나게 혼났다.

*

교실에 들어가기 전에 다른 사람들이 없는 곳에서 유아에게 사정을 설명하자 '뭐, 그럴 줄 알았어'라고 어이없어하는 반응이 돌아왔다.

유즈키의 내면에 대해서는 언급하는 걸 피하고 대충 이야기했지만, 그런 부분까지 포함해서 어느 정도 짐작해준 모양이었다.

"먼저 유즈키 걱정을 해주고 싶긴 한데……."

옆에서 걸어가던 유아가 입을 열었다.

"이제 분명히 또 똑같은 일을 반복하게 될 거야. 주로 유우코나 카이토 군하고."

"그렇겠지……."

나와 유즈키는 그 상황을 상상하고 무심코 서로 얼굴을 마주 보았다.

히이라기 유우코는 우리와 마찬가지로 2학년 5반, 팀 치토세의 일원이고 1학년 때부터 학년 넘버 원 미소녀 자리를 유즈키와 다투고 있다.

하지만 실제로는 무책임한 녀석들이 멋대로 떠들어댈 뿐, 본인들은 전혀 신경 쓰지 않지만. 유즈키가 여러 가지 표정을 자유자재로 다루는 여배우 타입이라면, 유우코는 누가 어떻게 보더라도 아이돌 오라가 엄청난 천연 공주 타입이다. 주위 사람들은 내 '정처'로 취급하고, 본인도 그리 싫어하지는 않는 것 같으니 나와 유즈키가 사귀기 시작했다는 이야기를 듣는다면 엄청나게 날뛸 것이다.

일단 보충 설명을 하자면, 아사노 카이토는 유즈키와 마찬가지로 농구부고, 키가 매우 큰 체육 계열 단순 바보다. 뭐, 사실 어찌 되든 상관없다.

유아는 우리 앞으로 샤샥 빠져나와 우리를 돌아보았다.

"뭐, 그러니까 나는 먼저 갈게. 휘말리고 싶지 않으니까."

나는 허둥대며 말을 걸었다.

"부탁이니까 잠깐만 기다려, 유아! 우리가 둘이서 사이 좋게 등교하면 그야말로 걷잡을 수 없을 정도로 큰 소동이 벌어지지 않을까?!"

"음~, 어차피 시간 문제 아닌가? 두 사람은 **사귀고 있으니까**, 그렇지?"

그녀는 고개를 살짝 갸웃거리고 밝은 미소를 남긴 다음 재빨리 달려갔다.

정면에서 봤다면 분명히 아름다운 종 모양 D컵이 출렁 출렁 흔들리는 모습을 볼 수 있었을 것이다. 어라? 내가 지금 현실도피를 하고 있나?

유즈키가 조심조심 고개를 가까이 댔다.

"저기, 사쿠. 혹시 웃찌는 무서운 사람이야?"

"그렇다니까요, 저 사람은 무서워요. 나는 유아에게만은 혼나고 싶지 않다고."

뭐, 이것저것 생각해봤자 소용없다.

나와 유즈키가 사귀고 있다는 사실을 넓은 범위에 잘못 인식시켜야만 하는 이상, 어느 정도 골치 아픈 건 각오하고 있었다.

"일단, 갈 수밖에 없지."

유즈키는 진지한 표정으로 고개를 끄덕이고는 걸어가기 시작했다.

유아에게 설명하느라 시간을 잡아먹은 탓에 벌써 8시 10분이다. 쿠라쌤이 오는 35분이 되려면 아직 멀었지만, 클럽활동 아침 훈련을 하는 녀석들까지 포함해서 친구들이 슬슬 모이고 있을 시간대다.

다시 말해 지금부터 25분 동안, 엄청나게 재미있는 화제를 짊어지고 등교한 우리를 마음대로 요리할 수 있다는 뜻이다.

진짜, 다시 학교에 온 첫날 켄타도 아니고, 어째서 이렇게 되었지…….

유즈키가 내 옷소매를 꾹꾹 잡아당겼다.

"알고 있겠지만, 일단 반 친구들이 있는 곳에서는……."

"뭐, 제대로 연기해봐야지. 유우코는 그래 봬도 꽤 예리한 구석이 있으니까 너야말로 조심하라고."

교실 앞에 도착하자 나와 유즈키는 허리 옆쪽에서 주먹을 살짝 부딪힌 다음 안으로 들어갔다.

"좋은 아침~."

"좋은 아침이야~."

예상했던 대로 제일 먼저 반응을 보인 사람은 유우코였다.

"사쿠~, 좋은 아침이야~!!! 어라? 유즈키도 같이 왔네? 신기한 조합이야. 우연히 만났어?"

최대한 아무렇지도 않게 친구들 사이로 들어가려 했는데, 교실 전체에 울려 퍼진 아름다운 소프라노 보이스로 모두가 주목하게 해주다니, 고맙다! 이 자식!

유우코 옆에 앉아있던 유아는 방긋방긋 웃으면서 모르는 척하고 있었다.

내 입가가 움찔거리는 걸 눈치챘는지 옆에 있던 유즈키가 도망칠 곳을 막아서려는 것처럼 여배우 모드 스위치를 켰다.

"우연히 만난 거 아니야. 오늘은 같이 왔거든. 그렇지?

사쿠?"

그렇게 말하고 밝은 미소를 지으며 나를 보았다.

내가 반응을 보이기도 전에 유우코가 집게손가락을 턱에 가져다 대며 고개를 갸웃거렸다.

"응? 사쿠?"

유즈키가 다른 사람에게 보이지 않는 각도로 내 등을 쿡쿡 찔렀다.

……나도 알아, 하면 되잖아.

"그, 그래. 유즈키네 집으로 데리러 갔다가 같이 왔어."

"응? 유즈키?"

유우코가 갸웃거리던 고개의 각도가 커졌고, 얼굴 전체로 '?'가 퍼져나갔다.

유즈키가 그 반응을 보면서 쑥스러운 듯이 말했다.

"저기……, 유우코에게는 확실하게 말해둬야겠지. 저기, 우리, 사귀기로 했어."

…………

""""""뭐어어어어어어——!!!!!!!!"""""

한 박자 뒤에, 유우코뿐만이 아니라 몰래 귀를 기울이고 있었던 것 같은 반 친구 모두의 절규가 교실 안에 울려 퍼졌다.

"그게 무슨 소리야! 나는 그런 말 못 들었는데!!"

유우코가 일어서서 성큼성큼 우리 쪽으로 다가왔다.

"잠깐! 사쿠! 어떻게 된 거야?! 나는 그런 말 못 들었는데! 못 들었다고!!"

볼을 불룩 부풀리면서 나를 올려다보는 그녀의 표정은 무심코 끌어안고 '걱정할 필요 없어'라고 하면서 머리를 쓰다듬어 주고 싶어질 정도로 귀여웠다.

……내가 지금 무슨 상황인지 잊어버린다면 말이지만.

유즈키가 매우 미안하다는 듯이 눈을 비스듬히 내리깔면서 입을 열었다.

"저기 말이야, 유우코. 딱히 숨기고 있었던 건 아니거든? 사실 좀 더 일찍 의논해야겠다고 생각했어. 그런데……, 그런데 말이지, 어떻게든 지금 이 마음을 전하고 싶다는 충동을 억누르지 못했거든. 나도 이런 형태로 모두에게 알리게 될 줄은……."

유우코는 유즈키의 '소중한 친구가 좋아하는 사람을 자기도 좋아하게 되어버렸고, 그 마음을 억누르지 못해서……, 여름' 같은 완벽한 연기를 무시하고 가로막았다.

"아~, 아~, 아~, 안 들리거든? 애초에 그런 건 이상해! 사쿠는 그런 식으로 기세에 휩쓸려서 누군가를 선택하지 않는다고. 어차피 유즈키가 골치 아픈 일에 휘말린 게 분명해! 켄타찌도 아니고 말이야!"

별다른 생각 없이 날아든 총알을 맞은 켄타찌, 야마자키 켄타는 '그렇게 무시무시한 싸움에 끌어들이지 말아 주실

래요?'라는 듯한 느낌으로 입을 뻐끔거리고 있었다.

얼마 전까지 은둔형 외톨이에 아싸였다는 것이 거짓말 인 것처럼 자연스럽게, 그리고 당연하다는 듯이 카이토와 이야기를 하고 있었기 때문에 한순간 어디에 있는지 모르 고 있었다.

아니, 야, 내게서 눈을 돌리고 온 힘을 다해 도망치다니, 배짱도 좋구나, 빌어먹을.

그런 생각을 하고 있자니 유즈키가 '기세에 휩쓸렸다 니……, 너무하네'라고 은근히 넘어가려는 듯이 미소를 지 은 다음, 촉촉한 눈동자로 나를 바라보았다.

"그런 거……, 아니지?"

반 전체의 시선이 내게 꽂히고 있었다.

지금 적당히 대답해서 넘긴다면 또 학교 비밀 사이트가 '빌어먹을 걸레남'이라는 키워드로 활활 타오르겠지.

나는 마음을 굳게 먹고, 결심하고, 약간 소심한 목소리 로 대답했다.

"휩쓸려서 그런 건 아니……야."

유우코는 내가 그렇게 말한 것을 듣고 허리에 두 손을 얹고는 유우코를 똑바로 바라보았다.

"봐! 사쿠가 곤란해하잖아. 착하니까 거절하지 못하는 거 야. 유즈키도 너무 그렇게 말도 안 되는 소리 하면 안 돼."

"저기, 유우코. 나하고 사쿠가 사귀기 시작한 게 그렇게 이상해?"

"응! 이상해! 이상하다고! 적어도 지금 유즈키하고 사쿠는 진짜 말도 안 돼!"

유우코가 그렇게 대놓고 말하자 한순간 유즈키의 입가가 나만 알아볼 수 있을 정도로 살짝 움찔거렸다.

이거 신기한데.

평소 위치에서는 절대로 날아들지 않을 돌직구 스트레이트가 정면으로 날아들어서 조금 발끈한 건가?

그 심정은 이해가 될 것 같은데. 유우코가 하는 말과 행동, 반응은 아무리 애를 써도 파악할 수가 없으니까 우리 같은 타입은 자기 페이스로 잘 끌어들일 수가 없다.

유즈키는 무슨 생각을 한 건지 몸을 거의 기대는 듯이 내 왼팔 쪽으로 다가섰다.

이봐, 그러지 마, 가슴이 닿는다고, 가슴.

"그래도 말이지, 말도 안 되는 건 지금 유우코도 마찬가지 아니야?"

일부러 깜짝 놀란 듯한 표정을 지은 유즈키를 보고 유우코는 알아보기 쉬울 정도로 감정을 크게 드러냈다.

"열 받아~. 네, 그 도전 받아들일게요~!"

유우코가 내 오른팔에 달라붙었다. 아니, 들이대고 있다.

왼팔에는 밥그릇 모양 D컵, 오른팔에는 반구형 E컵으로 럭키 어메이징 헤븐.

──그리고 온몸에는 교실에 있는 남자 녀석들의 뜨거운(살의) 시선.

으음, 어쩌지.

왠지 경쟁하기 시작한 두 사람을 못 본 척하고 도와달라는 듯이 친구들 쪽을 바라보았다.

미즈시노 카즈키와 눈이 마주쳤다. 2학년인데 벌써 축구부 사령탑으로 활약하고 있고, 항상 시원스럽게 미소를 짓고 있는 주제에 사실은 타산적이고 속이 새까만 녀석이라열 받는 훈남이지만, 나나 유즈키와 비슷한 타입이니 이럴때는 도움이 될 것이다.

그런 카즈키는 평소처럼 여름의 청량음료 같은 미소를지으며 한 손으로 목을 치는 시늉을 하고 있었다.

──좋았어, 너, 나중에 두고 보자. 난 그런 걸 마음에담아두는 성격이니까.

어쩔 수 없지. 이럴 때는 바보에 얼간이에 속 편하게 사는 녀석이 필요하다.

기대하며 카이토를 보니 의자에 한쪽 다리를 올리고 양아치 만화에 나오는 졸개 캐릭터 같은 느낌으로 눈살을 찌푸리면서 혀를 내밀고 온갖 분노를 담아서 '고 투 헬' 같은핸드 사인을 보내고 있었다.

──왠지 미안하네요.

그래, 알고 있었어.

진짜로 상호이해를 이루어낸 소중한 친구는 너밖에 없다는 걸……, 안 그래? 켄타!

정작 켄타는 정신없이 국어 교과서를 읽고 있었다.

──1교시는 수학이라고, 이 자식아. 그리고 교과서를 거꾸로 들었잖아, 고전적인 개그하지 말라고.

젠장, 역시 너밖에 없어 유아……, 미안해요, 미안해요.

"좋은 아침~! 아니, 너희들 뭐해?"

사람 사이, 아니, 계곡 사이에 껴서 당황하던 차에 교실 입구에서 구원의 목소리가 들렸다.

선명한 오션 블루 스포츠 타월을 목에 걸치고 들어온 아오미 하루가 어이없다는 듯한 표정으로 우리를 보고 있었다.

몸집이 작은데도 유즈키와 마찬가지로 농구부 주요 선수로 활약하는 그녀의 팔다리는 날씬했고, 아침 연습을 마치고 와서 약간 달아오른 상태였다. 목덜미에서 흘러내리는 땀을 보니 싹싹한 성격과는 달리 뭐라 할 수 없는 섹시한 느낌이 풍겼다.

하루는 스포츠 타월을 목에서 걷어낸 다음 곧바로 유즈키의 머리 위에 올려놓았다.

"정말, 유즈키까지 그러네. 뭐가 뭔지는 잘 모르겠지만 아침부터 땀내 나는 짓은 하지 마."

파트너가 한 말을 듣고 정신을 차렸는지 유즈키는 슬쩍 내게서 물러난 다음 하루에게 대답했다.

"저기, 하루. 저기, 사실 우리 사귀기로……."

"아~, 그래, 그래. 나중에 들어줄 테니까 주먹밥 좀 먹을게."

하루는 재빨리 자기 자리에 앉은 다음 에나멜 백에서 꺼
낸 특대 주먹밥을 먹기 시작했다.

왠지 기운이 빠진 우리는 각자 애매한 미소를 지으며 떨
어졌다.

자기 자리로 돌아가려던 유즈키에게 내가 작은 목소리
로 속삭였다.

"뭐야, 유즈키도 당황하는구나."

"깜짝 놀라서 도움이 전혀 안 된 바람둥이 씨가 뭐라고?"

네, 그렇긴 하죠.

*

"──그렇게 된 거야."

점심시간, 나는 담임 선생님인 쿠라쌤, 이와나미 쿠라노
스케에게 빌린 열쇠를 써서 유우코, 유아, 유즈키, 하루,
카즈키, 카이토, 켄타, 그렇게 항상 모이는 팀 치토세 멤버
를 옥상에 불러모았다.

기본적으로 학생들의 출입이 금지된 곳이긴 하지만, 나
는 쿠라쌤이 적당히 만들어낸 옥상 청소 담당으로 임명되
었기 때문에 가끔 이렇게 사적으로 이용하곤 한다.

이유는 물론, 유즈키에 대해서 이것저것 설명하기 위해
서다.

카즈키, 카이토, 켄타 중에 스토커가 있을 것 같다는 생

각은 전혀 들지 않고, 나 혼자서는 미처 알아차리지 못하는 것도 있을 것이다. 감시해주는 사람은 많은 편이 낫다.

주말에 카페에서 이야기한 내면적인 부분만 비밀로 한다면 유즈키도 모두에게 협력받고 싶다고 했다. 애초에 이번에는 피해자에 불과하니 믿을 수 있는 녀석들에게까지 숨길 필요는 전혀 없다.

나와 유즈키의 설명을 다 듣고 어이가 없다는 듯이 입을 연 사람은 카이토였다.

"정말 그런 녀석이 있단 말이야? 다른 학교 남자 농구부에서 유즈키를 자꾸 꼬시긴 하는데, 그래도 스토커는 아니잖아. 몰래 따라다닐 거라면 마음을 다지고 고백이라도 하지."

카이토 옆에 앉아있던 켄타가 무심코 그랬는지 쿡쿡 웃었다.

"아사노처럼 솔직한 사람만 있는 게 아니야. 나는……, 좀 이해가 되는 것 같기도 해."

모두가 '너……, 설마……'라는 눈초리로 바라보는 것을 눈치챘는지, 켄타는 '아니, 아니야'라고 말하며 급하게 손을 저었다.

"그, 나는 애니하고 라이트노벨 오타쿠지만, 아이돌 오타쿠하고 성우 오타쿠 같은 것도 있잖아? 그런 녀석 중에는 꽤 위험한 녀석도 있다고 들었거든. 애인이 있다는 게 밝혀지면 진짜로 배신당했다고 느끼는 타입이라든지."

카즈키가 캔커피를 들고 쓴웃음을 지었다.

"그렇게까지 심한 건 아니지만, 나도 짐작 가는 게 있어. 중학교 때였던가? 집 앞에서 기다리고 있다가 선물을 주는 경우도 꽤 있었고."

나도 비슷한 경험이 있다. 남자인 나도 꽤 놀랐다. 여자애인 유즈키를 진짜로 따라다니는 녀석이 있다면, 아니, 그럴 가능성을 느끼고 있다는 것만으로도 내심 상당히 불안할 것이다.

켄타가 '그래서 그렇다는 건 아닌데……'라고 계속 말했다.

"나나세 양은 진짜 조심하는 게 좋을 것 같아. 신하고 함께 다닌다면 괜찮겠지만, 남자의 질투는 여자에게 간다고하니까. 애인인 척하다가 자칫하다간 상대방을 꽤 많이 자극해버릴 수도 있을 것 같거든."

딱 들어맞는 의견이고, 솔직히 많이 경계하고 있다.

가짜 애인을 연기해서 분노가 내게 쏠리면 일이 빠르게풀리겠지만, 세상에서 일어나는 사건 같은 걸 보더라도 켄타가 말한 경향이 더 강하다.

가슴속에 품고 있는 불안한 마음이 다른 사람들에게 전해지지 않게끔, 일부러 가벼운 말투로 대답했다.

"뭐, 어떻게든 해낼 거야. 다른 사람에게 원한을 사는 건자신이 있거든."

그러자 신기하게도 유아가 끼어들었다.

"그런 건 별로 바람직하지 않은 것 같은데. 사쿠 군, 자기를 노리는 거라면 상관없다고 생각하는 거지? 야마자키 군이 한 말도 일리가 있지만, 그렇다고 해서 사쿠 군이 반드시 안전할 거라는 보장도 없으니까……."

유즈키의 표정이 약간 일그러졌다.

다시 말하자면 유즈키를 지키기 위해 내가 위험을 무릅쓴다는 뜻이다. 아무리 기브 앤 테이크라는 형태를 만들어 두었더라도 본질은 마찬가지다.

그리고 이번 일의 본질을 유즈키가 이해하지 못할 리도 없다.

유아는 자기가 한 말이 누구에게 어떻게 들릴지 금방 깨달은 모양이었다. '근디 말이여(주: 그런데 말이지)'라고 말투를 밝게 바꾸었다.

"우리도 주의를 기울일 테니까 분명 괜찮을 거야. 유즈키, 최대한 같이 행동하자. 그렇게 대갈빡이 안 돌아가부는 사람은 모두 함께 물리쳐야제!(주: 그렇게 바보 같은 사람은 모두 함께 물리치자!)."

유아가 배려해주고 있다는 걸 느낀 모양인지 유즈키도 곧바로 거기에 맞게 부드러운 표정을 지었다.

"그라제! 사쿠 혼자만 있으믄 겁나게 불안해가꼬 거시기하니께 웃찌헌티 기대할 거여!(주: 그렇지! 사쿠만 있으면 너무 불안하고 무서우니까 웃찌에게 기대할게!)."

"그라제, 그라제(주: 그래, 그래)."

분위기가 풀어진 건 좋은데, 후쿠이 사투리를 하는 척하면서 은근히 내 욕을 하는 거 아닌가?

"아니, 그건 그렇고!"

신기하게도 지금까지 입을 다물고 있었던 유우코가 소리쳤다.

"유즈키를 위해서라도 스토커가 있다면 얼른 찾아내서 혼내줘야지!"

솔직히 그 말은 조금 뜻밖이었다.

아침에 본 모습으로 상상하자면 가짜라고는 해도 사귀고 있다는 이야기를 다시 꺼내서 따질 줄 알았는데…….

유즈키를 슬쩍 보니 역시 마찬가지로 깜짝 놀란 표정을 짓고 있었다.

유우코가 계속 말했다.

"그러면 무섭잖아. 내가 그런 상황이었다면 혼자서 돌아다닐 수도 없을 거야. 만약에 진짜로 있다면 정말 치사한 것 같아. 사쿠, 유즈키를 확실하게 지켜줘!"

그녀는 가슴 앞에 두 주먹을 쥐고 나를 똑바로 바라보았다.

역시 유우코는 유우코구나.

"맡은 이상, 어떻게든 할 거야. 적어도 남자친구인 동안, 유즈키는 지켜야만 하는 내 소중한 여자친구니까."

유즈키도 곧바로 말했다.

"유우코……, 미안해. 제대로 돌려줄 생각이니까."

내 감정을 거들떠보지도 않는데다 최대한 성의를 보인 것 같은 그 말을 듣고 유우코가 1밀리초도 안 걸려서 반응을 보였다.

"진짜 열 받아~. 네, 그 도전 다시 받아들일게요~!"

……어라?

"미리 말해두지만, 사쿠와 '가짜' 연인이 된다는 걸 받아들인 건 아니거든? 그냥 남자친구가 필요한 거라면 카이토 같은 애한테 맡기지 그래! 같은 농구부고, 어차피 사귀는 사람도 없어서 한가하고, 근육 정도밖에 도움이 안 되니까!"

이봐, 네 이야기를 한다고, 카이토. 정작 카이토를 보니 '너, 너무해애……'라고 하며 축 늘어졌고, 옆에 있던 켄타가 어깨를 툭툭 두들겨주고 있었다.

유즈키는 유우코가 한 말을 듣고 다시 이상한 스위치가 켜진 모양이었다.

"그렇구나아, 유우코 마음속에서 사쿠는 카이토로 대신할 수 있는 사람인 모양이네. 그런데 미안해. 나는 어떻게 해도 사쿠여야만 한다고 생각했거든. 유우코는 카이토로 만족해줄래?"

"그런 말은 안 했어~! 나도 사쿠여야만 한다고. 카이토는 싫어!"

결국 아침에 벌어졌던 싸움이 다시 반복될 것 같았기에 나는 무심코 끼어들었다.

"둘 다 적당히 좀 해. 카이토가 흐느적거리는 해초처럼 변했다고. 원한이라도 있어?"

""사쿠는 조용히 해!!""

"네! 기꺼이!"

미안하다, 카이토. 나는 이번에 아무런 도움이 되지 못할 것 같아. 편히 잠들어라.

마음속으로 카이토에게 합장하고 있자니 정신없이 커다란 도시락을 먹고 있던 하루가 '하~, 맛있었다'라고 말했다.

"뭐, 이런 상황에서 치토세를 고르는 부분이 유즈키다워."

하루가 의미심장하게 씨익 웃었다.

"너희는 많이 닮았으니까."

유즈키는 뭔가 반박하려다가 말문이 막혔다.

역시 우리 현에서 유명한 농구부의 명콤비다. 파트너를 다루는 법을 잘 아는 모양이다.

하루는 그런 유즈키를 재미있다는 듯이 바라보며 계속 말했다.

"치토세, 한동안 유즈키하고 같이 다니는 거지? 그럼 주말에 연습 시합을 보러 와. 이왕 이렇게 되었으니 하루의 슈퍼 플레이를 보여줄게."

"그건 딱히 상관없는데, 여유가 있다면 끝난 뒤에 잠깐 시간 좀 내줄래?"

"형씨, 바람을 너무 빨리 피우는 거 아니야?"

"멍청한 녀석. 1 on 1으로 저번에 졌던 승부의 복수다!"

"누가 멍청하다고? 그럼 내가 이기면 애인인 척해달라고 할까?"

"부탁이니까 더 이상 불씨를 늘리지 말아줘!"

하루가 깔깔대며 웃었고, 모두 함께 소리 내어 웃었다.

＊

"──이제 괜찮아요, 피워도."

문단속을 하고 갈 거라고 하면서 친구들을 보낸 다음, 나는 혼잣말처럼 그렇게 중얼거렸다. 찰칵, 작은 소리가 들렸고, 저수조가 있는 시설물 꼭대기에서 연기가 둥실둥실 떠오르기 시작했다.

"학생들이 하는 이야기를 몰래 듣다니, 별로 좋은 취미인 것 같진 않네요."

"농담하지 마라. 내가 기분 좋게 낮잠을 자고 있었는데 너희가 쳐들어와서 연회를 벌이기 시작한 거라고. 진짜, 연애에 정신이 나간 꼬맹이들에게서 해방된 귀중한 시간이었는데."

영차, 그렇게 아저씨 같은 소리를 내며 쿠라쌤이 일어섰고, 시설물 난간에 걸터앉았다. 평소에 신던 나막신은 근처에 벗어둔 건지 꾀죄죄한 맨발을 덜렁덜렁 늘어뜨리고 있었다.

나도 사다리를 타고 올라가 쿠라쌤 옆에 앉았다.

"그래서, 쿠라쌤은 어떻게 생각해?"

"전생에서 무슨 덕을 쌓으면 D컵하고 E컵 미소녀 여고 생이 달려드는 청춘을 구가할 수 있는 건데?"

"그런 말을 하는 걸 보니 어차피 다음 생에도 쿠라쌤이 겠네."

쿠라쌤은 '이럴 수가……'라고 중얼거리면서 보라색 연 기를 화악 내뿜었다.

"치토세, 너무 터무니없는 짓은 하지 마라."

쿠라쌤이 신기하게도 진지한 목소리로 말했다.

"스토커라는 건 법률로 정해져 있는 범죄다."

"경찰에 신고하라고?"

"그렇게 딱 잘라 말할 수 있다면 편하겠지만, 지금 상태 로는 상대도 해주지 않겠지. 법률로 금지되어 있다고 해도 항상 법률로 심판할 수 있는 건 아니니까. 안타깝게도 말 이다."

그건 나나 유즈키도 이해하고 있었다. 그렇기 때문에 이 렇게 차선책을 선택한 것이다.

쿠라쌤은 계속 말했다.

"그러기는커녕, 선수를 치려고 하다가 문제를 일으키면 오히려 너희 입장이 안 좋아질 가능성도 있으니까."

"다시 말해서?"

"요령 있게 하라는 뜻이야. 뭐든지 순서라는 게 있다고.

히어로가 악당을 해치우기 위해서는 모두가 받아들일 수 있는 정의의 깃발을 내걸고 면죄부로 만들 필요가 있거든."

무슨 말을 하고 싶은 건지는 알겠다.

구체적인 피해가 생기지 않은 지금은 어떻게 해봤자 '민감한 아이의 착각'이라는 영역을 벗어날 수가 없고, 반대로 말하자면 법률로 대처할 수 있게 되면, 이미 돌이킬 수 없는 사태가 일어나버렸다는 뜻이다.

"조절하는 게 어렵네."

"그런 판단을 실수하지 마라. 애들 싸움 영역을 벗어난 것 같으면 바로 내게 기대고…… 라고 하진 않겠지만, 뭐, 이야기는 해라. 어차피 교사 따윈 이럴 때 정도밖에 도움이 안 되니까."

이렇게 말하고 있긴 하지만, 의논한 상대가 다른 사람이었다면 쿠라쌤은 곧바로 구체적인 대처를 했을 것이다. 아마 신중하게 경계하면서 우리가 대처할 수 있는 부분까지는 맡기겠다는 속셈인 것 같다. 그게 교사의 대응으로서 올바른 건지는 모르겠지만, 적어도 우리는 고맙다.

고등학교 생활에서 교사나 경찰까지 휘말리게 되는 문제를 일으키다니, 정당한 이유가 있다 해도 사양하고 싶다. 나는 그렇다 치더라도 당사자인 유즈키는 클럽활동이나 대학 진학에 어떤 영향이 생길지 모른다.

교복 엉덩이 부분을 툭툭 털고 일어섰다.

"뭐, 할 수 있는 만큼은 해볼게. 마지막 보루가 쿠라쌤이면 마음 편히 뛰어들 수도 없을 테니까."

"치토세, 너는 변두리 업소, '블레이저를 벗기지 말아요'에서 내 별명이 뭔지 모르는 모양이로구나."

"알 수도 없고, 앞으로 알고 싶지도 않아."

"차례차례 담당 아가씨가 바뀌어서 다른 사람들이 부르기를 '경질의 성'이라고 하지."

"뭐야, 그냥 진상 손님이었네."

*

그날 방과 후, 이제 곧 19시가 되려 하는 시간대.

나는 멍하게 문 근처에 앉아있었다.

희미한 구름이 나부끼는 하늘은 절반 이상이 밤에 물들었고, 아쉬워하는 듯한 주황색이 학교 건물 끄트머리에 걸쳐져 있었다. 일찌감치 클럽활동을 마친 학생들은 즐거운 듯한 미소를 지으며 빠른 걸음으로 교문으로 향했고, 운동장 쪽에서는 야구부와 축구부가 마무리 런닝을 하는 경쾌한 구호 소리가 들렸다.

이런 시간까지 학교에 남아있었던 것도 오랜만인데.

1년 전, 이 무렵에는 저기 있는 운동장에서 진흙투성이가 된 녀석들과 함께 크게 소리치곤 했다.

문득 정겨운 흙먼지 향기가 코를 스쳤다.

──이건 클럽활동이 끝난 방과 후 향기다.

학교의 방과 후는 그것만으로도 특별한 분위기가 풍기지만, 수업이 끝난 다음의 방과 후와 클럽활동이 끝난 다음 방과 후는 흐르는 기운이 다르다.

전자는 '좋았어~, 놀자~'라든가, '클럽활동 하러 갈까~'라는 식으로 활기가 넘치는 것에 비해 후자는 왠지 축축하고 감상적이다.

마침 해가 지는 시간이 겹쳐지는 이맘때는 특히 학교 친구들과 밤을 공유하게 되기 때문에 마음이 들떠서 자기도 모르게 대단한 꿈 이야기를 하거나, 실수로 좋아하는 아이의 이름을 말해버리곤 한다.

왠지 그런 생각을 하고 있자니 '치~토세 군'이라는 목소리와 함께 눈앞에 날씬한 실루엣이 앉았다.

안이 보여버릴 정도로 짧은 치마를 확실하게 본 다음 고개를 들자 그곳에 있던 것은 예상하지 못한 사람이었다.

"나즈나 양. 혼자 있는 걸 보니 별일이네."

아야세 나즈나는 같은 2학년 5반 친구이긴 하지만, 우리와는 별개로 눈에 띄는 녀석들이 모인 그룹에 소속된 여자애다.

나즈나와 그녀 그룹의 중심적인 남자인 우에무라 아토무와는 저번 달에 켄타 때문에 조금 다툼이 있었다.

나는 그런 것 때문에 원한을 품지도 않았고, 적대 의식이 있는 것도 아니지만, 딱히 억지로 사이좋게 지낼 필요는 없을 것 같아서 기본적으로는 간섭하지 않고 있다.

그래서 이렇게 둘이서만 이야기하는 기회는 아마 처음일 것이다.

나즈나는 예쁘게 말아 올린 머리카락 끄트머리를 만지작거리며 방긋 웃었다.

"말 편하게 해도 돼, 치토세 군. 오늘은 다들 볼일이 있는 모양이라~. 왠지 할 일도 없어서 느긋하게 스마트폰을 만지작거리다 보니 벌써 이런 시간이 되어버렸네."

"그럼, 나즈나. 대체 몇 시간이나 느긋하게 있었던 건데? 그건 어떤 의미로 재능이거든."

"그래?"

표정이 천진난만하게 활짝 밝아졌다.

유우코나 유즈키와 비교하면 화장이 조금 화려하긴 하지만, 그녀의 표정에는 나이에 맞는 천진난만한 귀여움이 있었다. 켄타나 유아에게 시비를 걸었을 때 인상이 아직 남아있긴 하지만, 이렇게 이야기를 해보니 그 정도로 나쁜 녀석인 것 같지도 않았다.

사람은 원래 그런 법이다.

좋은 점이든, 나쁜 점이든, 겉으로 드러난 첫인상만으로 인격을 단정 짓는 것만큼 바보 같은 짓은 없다. 이건 유즈키에게 말한 제6감과 상반되는 것 같으면서도 사실 같은 선상에 있는 이야기다.

어차피 어떤 사람에게 보여준 얼굴이 다른 누군가에게

도 보여줄 수 있는 얼굴이라는 보장은 없고, 애초에 그렇게 표면에 드러난 얼굴이 본질이라는 보장도 없으니까.

"혹시 치토세 군은 나나세를 기다리고 있어?"

나즈나가 내 얼굴을 들여다보았다.

"뭐, 그렇지."

역시라고 해야 하나, 뭐라고 해야 하나, 그렇게까지 큰 목소리로 이야기를 했으니 교실에 있던 녀석 모두가 알고 있다고 생각하는 게 낫겠지.

계산대로 일이 풀리긴 했지만, 조금 쑥스럽다.

"어? 진짜?! 아니, 치토세 군이 진짜로 나나세하고 사귀기 시작한 거야?"

"아마 나즈나가 아침에 들은 게 맞을 거야. 어울리지?"

내가 농담처럼 그렇게 말하자 나즈나는 알아보기 쉽게 인상을 썼다.

"어~? 전혀 안 어울려. 나나세는 성격이 안 좋을 것 같으니까. 속으로는 무슨 생각을 하는 건지 모르겠다고 해야 하나. 왠지~, 마음에 안 든단 말이지~."

어이가 없을 정도로 그런 말을 쉽사리 입에 담았다.

"저기 말이야, 그래도 내가 남자친구인데 그런 말을 해도 돼? 사람에 따라서는 '그러는 너는'이라고 생각해버릴 텐데."

"어? 남몰래 험담을 하는 편이 더 별로지 않아? 나는 본인에게도 그렇게 말하거든."

그렇구나, 나는 그렇게 생각했다.

나즈나에게는 그게 올바른 방식일 것이다.

"그러면 내게도 하고 싶은 말이 있는 거 아니야? 잘 아시는 것처럼 빌어먹을 걸레남입니다만."

내가 한 말을 듣고 나즈나는 방긋 웃었다.

"치토세 군은 됐어. 훈남이고, 남자고, 어지간한 건 관대하게 봐줄게. 나나세는 여자고, 나보다 눈에 띄니까 마음에 들지 않는 것뿐이야."

"시원스러울 정도로 솔직하구나."

나는 한 말 그대로 생각하며 쿡쿡 웃었다.

"저기, 치토세 군, 라인 가르쳐줘."

"아니, 여자친구가 막 생긴 남자한테 그런 말을 해도 돼?"

쓴웃음을 지으면서도 나즈나가 자기 스마트폰에 띄운 QR코드를 찍었다.

그러던 와중에 클럽활동이 끝난 학생들이 문에서 우르르 쏟아져 나오기 시작했다.

나즈나는 그 기척을 느꼈는지 곧바로 일어섰다.

"그럼 갈게. 모처럼 집에 가다가 눈 보신했는데, 나나세하고 마주치고 싶지 않으니까."

바이바이~, 그렇게 손을 흔들며 나즈나가 떠나갔다.

마주 보고 험담할 수 있다고 한 것치고는 쉽사리 물러서네.

방금 하던 이야기를 들으니 유즈키에게 한 마디 쏘아붙

이고 갈 줄 알았는데, 뭐, 그런 거겠지. 일부러 본인을 붙잡아서 험담을 할 것 같다니, 내 마음속의 이미지가 훨씬 일그러진 상태다.

어느새 19시가 지났다는 걸 눈치채고 나는 오랫동안 앉아있었더니 굳어버린 몸을 쭉 폈다.

*

그 이후로 10분 정도 뒤에 유즈키와 하루가 문에서 나왔다.

하루가 먼저 나를 발견하고 후다닥 달려왔다.

"안녕, 치토세. 기다렸어?"

"공교롭게도 하루를 기다린 적은 없는데."

"형씨도 참. 하루가 끝나갈 때쯤 하루의 기운찬 미소를 봐서 기쁜 주제에~."

그녀가 자그마한 어깨로 내 가슴을 찔러댔다.

그 가녀린 목덜미에서 지한제 향기가 풍겼다.

"진짜로 그렇게 생각하게끔 만들고 싶으면 기다린 시간이 날아가 버릴 정도로 사랑스러워지는 말을 한마디라도 준비해두라고."

그렇게 말하자 하루는 턱 밑에 손목 안쪽을 붙이고 양쪽 손바닥으로 볼을 감싸는 포즈를 취한 다음 입술을 삐죽이며 일부러 그러는 듯이 애교를 부렸다.

"저기, 사쿠우~. 정말, 정말, 만나고 싶었엉~♪"

"──푸우우우우우우웁."

죽을 정도로 뿜었다.

"이봐, 치토세. 그 반응은 뭐야?"

"바보 같은 녀석. 도움닫기도 없이 웃음벨을 누르지 말라고. 나도 마음의 준비라는 게 필요하니까."

"사♪쿠♪는, 쪼잔해애~. 그렇게 말하면 하루가 슬프잖아앙♪"

한 번 더 뿜었다.

"그, 그만해. 부탁이야. 항복. 너무 많이 웃어서 배하고 등이 붙어버릴 것 같아."

"사쿠는 배가 많이 고픈 거야앙♪"

그렇게 나와 하루가 장난을 치고 있자니 유즈키가 어이없다는 표정으로 다가왔다.

"왜 남의 남자친구하고 장난치고 있는 건데."

하루의 머리 위에 살짝 손을 얹었다.

"아~, 유즈유즈다아♪"

"이제 됐다고."

유즈키는 곧바로 하루의 머리를 마구 쓰다듬었다.

"기다렸지? 사쿠. 집에 갈 준비를 하다 보니 시간이 좀 걸렸어."

하루가 싱글싱글 웃으면서 그 말에 반응을 보였다.

"진짜 그랬다니깐. 유즈키가 '데오드란트 시트도 없고

스프레이도 없어! 하루, 빌려줘어~!'라고 시끄럽게 굴었
거든."

"잠깐, 하루."

"그래서 내가 '상관없잖아, 치토세지?'라고 하니까 '그러
니까 그렇지!'라고 했어. 왜 그렇게 소녀 행세를 하는 건지
원."

유즈키는 급하게 하루의 숏 포니를 잡아당겼다.

"까·불·지·말·라·고."

하루는 머리가 마구 흔들리자 '헤이헤이호이~'라고 망가
진 로봇 같은 목소리를 냈다.

"뭐, 농담은 제쳐두고. 우리 공주님을 부탁할게, 치토세.
집까지 확실하게 데려다줘야 해."

그제야 유즈키에게서 풀려난 하루가 내 엉덩이를 찰싹
때렸다.

"그래, 이 멋진 기사에게 맡기라고."

"유즈키는 이상한 기사가 뜨지 않게끔 조심해야지!"

"왜 그럴싸한 말을 하는 거야."

*

태풍과도 같은 하루가 떠나자 우리는 겨우 집에 가기 시
작했다.

옆에서 걸어가는 유즈키에게서 하루와 똑같은 향기가

풍겨서 너무 쑥스러운 나머지 쿡쿡 웃었다.

"아까 그것 때문에 웃은 거라면 화낸다?"

유즈키가 불만이라는 듯이 이쪽을 보았다.

"아니, 미안. 유즈키답지 않게 빈틈을 보인 것 같아서 나도 모르게 그랬어. 연습한 뒤에 쓸 탈취제 같은 건 잘 챙길 줄 알았거든."

"잘 챙긴다고. 평소에는 오늘도 나오기 전에 가방 안을 확인했고. 그때는 시트하고 스프레이가 분명히 들어 있었어."

보아하니 농담을 하면서 오기를 부리는 건 아닌 모양이었다. 좀 전에는 하루가 쓸데없이 걱정하지 않게끔 말하지 않았던 모양이다.

"그건……, 별로 유쾌하지 않은 이야기인데. 당연히 자주 있었던 일도 아니겠지?"

유즈키는 고개를 끄덕였다.

"그래도 여자 농구부 애들은 대충대충 하는 구석이 있으니까 누군가가 멋대로 빌려 가서 그냥 가지고 가버렸을 가능성도 충분히 있어."

"클럽활동을 하는 동안 가방은 여자 농구부 부실에 놔둬?"

"그래. 알고 있긴 하겠지만, 제2체육관 밖이야. 기본적으로 문을 잠그진 않지만, 남자 농구부나 다른 부 부실도 있으니까 사람들은 꽤 있어. 반대로 말하자면, 누군가가 여자 농구부 부실에 아무렇지도 않게 들어간다 해도 부원들 말고는 딱히 신경 쓰지 않겠지."

유즈키는 담담하게 상황을 분석해 나갔다.

그쪽 부실과 바깥 도로 사이에는 그리 높지 않은 벽이 하나 있을 뿐이다. 우리 학교 교복이나 체육복 같은 걸 마련해 두면 다른 학교 학생도 비교적 쉽게 침입할 수 있을 것이다. 여자 농구부가 쓰고 있는 곳은 옆에 있는 제1체육관이니 문만 열면 바로 보이는 곳도 아니다.

그건 그렇고, 그냥 우연일지도 모르겠지만 스토커의 존재를 의심하고 있는 상황이기 때문에 보통은 가벼운 공황 상태에 빠져도 이상하지 않을 일이다.

너무 강한데, 그런 생각이 들었다.

하지만 본인이 그렇게 지내려 하니 나는 그럴 수 있게끔 다가설 뿐이다.

"뭐, 누군가가 그랬다 해도 클럽활동 중에 그랬다는 보장은 없으니까. 혹시 모르니 방과 후에 은근슬쩍 신발장을 감시하고 있었는데 수상쩍은 행동을 하는 녀석은 없었어."

유즈키의 표정이 조금 부드러워졌다.

"그래서 그렇게 눈에 띄는 곳에 앉아있었던 거구나? 후후, 이러쿵저러쿵하면서도 내가 나오는 걸 애타게 기다리나 싶었는데."

"그런 것도 있지. 땀 냄새 제거 도구가 없어졌다는 사실보다 만나기 전에 몸단장을 하지 못한 걸 더 초조해하는 여자친구니까."

"――부탁이니까 그건 잊어버려."

유즈키는 이마에 손을 대고 거창하게 풀죽은 시늉을 했다.

'그건 그렇고', 나는 그렇게 이야기를 계속 이어나갔다.

"만약에 훔쳐 간 거라고 쳐도, 왜 유즈키의 데오드란트 시트 같은 걸 노릴까."

"잠깐, 그건 그냥 넘길 말이 아닌데요."

"멍청한 녀석! 모처럼 훔칠 거라면 땀을 흠뻑 머금은 수건이나 체육복을 훔쳤어야지. 어차피 도둑질을 할 거라면 교복이라도 상관없을 정도라고."

"으, 아아……."

"리얼하게 정색하지 말아줘."

……뭐, 여기까지는 항상 하던 농담이지만, 실제로 부자연스럽긴 하다.

백 보 양보해서 유즈키가 풍기는 향기를 자신도 풍기고 싶다는 변태 취향인 사람이라 해도 지한제만으로 충분할 것이다. 더 따지자면, 체육 시간에 어떤 지한제를 쓰는지 확인한 다음 같은 걸 사도 된다.

일부러 훔친다는 위험부담을 지는 것에 비해 얻을 수 있는 것이 너무 적다는 뜻이다.

일반적인 남자들의 감각으로 따졌을 때, 위험을 무릅쓰고서라도 좋아하는 아이의 물건을 원한다면, 역시 본인의 흔적을 느낄 수 있는 것을 고를 것이다. 별로 이해하고 싶지 않지만, 실제로 몸을 닦은 수건, 하루 내내 입는 교복, 더욱 직접적으로 립글로스 같은 것도 상관없을 텐데.

땀 냄새 제거 도구라니, 굳이 말하자면 본인의 여운을 없애기 위해 쓰는 거고, 단순한 실용품이다.

그렇게 생각하니 머릿속에서 위화감이 들었다.

없어지면 여자애가 알아보기 쉽게 곤란해하는 실용품, 하지만 없어져도 큰 문제가 되지 않는 실용품, 그리고 곤란한 이유는 곧 남자친구를 만나기 때문이란 말이지.

──이거 혹시 여자 쪽 시선으로 괴롭히는 건가?

나는 문득 지나온 길을 돌아보았다.

길고 완만하게 뻗은 강가 외길에는 스마트폰 불빛에 비친 후지 고등학생들의 윤곽이 여기저기 희미하게 일렁이고 있었다.

"사쿠?"

유즈키가 조금 걱정스럽게 내 이름을 불렀다.

좀 전에 하루가 그랬듯이 일부러 가벼운 목소리로 대답했다.

"아니, 이렇게 어두우니까 몰래 엉덩이 정도는 만져도 들키지 않을까 싶어서."

"뒤쪽 시선을 확인하기 전에 먼저 내가 어떻게 생각할지 고려하는 걸 추천할게."

"유즈키라면 의외로 '정말, 성질도 급해'라고 하면서 용서해줄 것 같은데?"

"사쿠의 엉덩이도 찬찬히 만질 수 있게 해주면 생각해 볼게."

"서로 엉덩이를 쓰다듬어 주면서 집에 가자고? 그거 그림이 이상한데."

쓸데없이 신경 쓰게 만들어버렸구나.

스토커든 뭐든 경계하면서 신경을 쓰는 건 내 역할이다.

안 그래도 골치 아픈 입장에 내몰린 유즈키에게는 적어도 최대한 마음 편히 있을 수 있는 시간을 만들어주고 싶다.

쓸데없는 생각을 하지 않는다면 제일 좋고.

괴로워하는 것처럼 보이는 사람이 진짜로 괴로워한다는 보장이 없는 것처럼, 괴로워하지 않는 것처럼 보이는 사람이 진짜로 괴로워하지 않는다는 보장은 없다.

"저기, 사쿠. 이번 주에 데이트하러 갈까?"

유즈키가 갑작스럽게 말했다.

"어째서."

"어째서냐니, 음……, 사귀고 있으니까? 연인끼리는 데이트를 하는 법이잖아?"

그건 평소에 자주 하는 연기라기보다, 매우 자연스럽게 나온 말인 것 같았다.

"뭐, 그럴지도 모르지. 딱히 상관없긴 한데, 유즈키는 클럽활동을 해야 하잖아?"

"무슨 소릴 하는 거야. 내일부터는 시험 기간인데."

"……아."

깜빡하고 있었다.

후지 고등학교는, 아니, 진학교는 어디나 비슷하겠지만, 중간고사나 기말고사 1주일 전부터 기본적으로 클럽활동을 전면적으로 쉬게 된다.

그래서 클럽활동을 하고 돌아가는 녀석들의 발걸음이 가벼웠던 거구나.

"사쿠는 1초라도 아끼면서 공부를 하지 않으면 위험한 타입이 아니겠지?"

유즈키가 한 말을 듣고 나는 '으음'이라고 하며 고개를 끄덕였다.

아무리 그래도 공부까지 학년 1위는 아니지만, 대충 문과에서 한 자릿수 ~ 두 자릿수를 왔다 갔다 하는 정도 성적은 유지하고 있다. 특히 야구부를 그만둔 이후로는 한가할 때 하는 것 중 하나가 공부다.

"그런데, 하루가 주말에 연습 시합을 한다고 하지 않았나?"

"그건 특별히 하는 거야. 좀처럼 스케줄을 잡을 수 없는 다른 현 강호 고등학교와 몇 달 전부터 잡은 약속이거든. 사실 완벽하게 준비하고 시합에 나서고 싶긴 하지만, 그건 어쩔 수 없지."

유즈키는 날씬한 몸과는 어울리지 않을 정도로 커다란 에나멜 팀 백을 어깨에 다시 멨다. 잘 살펴보니 자잘한 흠

집이나 얼룩이 잔뜩 묻어있는 걸 보니 이러쿵저러쿵해도 운동부라는 생각이 들었다.

"이길 수 있을 것 같은 상대야?"

"음~, 솔직히 종합적인 실력 차이를 생각하면 꽤 힘들지도 몰라."

그건 분명히 객관적으로 상대방과 자신을 분석하고 내린 냉정한 결론일 것이다.

나는 문득 든 생각을 말했다.

"그래? 그럼 방금 한 말은 취소야."

그녀가 깜짝 놀란 표정으로 바라보았다.

"응원하러 갈 테니까 이겨, 시합. 그러면 상으로 데이트를 하는 걸로 하자."

"사쿠가 그렇게 뜨거운 말을 하는 타입이었어?"

"유즈키의 뜨거운 모습을 보고 싶어졌거든."

그녀의 눈동자에 도전적인 기색이 드러났다.

"미리 말해두지만, 나는 꽤 대단하거든?"

"따라 하는 건 아니지만, 진짜로 이기면 뭐든지 한 가지 말하는 걸 들어줄게."

"그래, 확실하게 들었으니까!"

좋았어, 그렇게 말하며 살짝 기운을 내는 포즈를 취하고 있었다.

그 모습을 보고 나는 마음속으로 미소를 지었다.

유즈키는 뭔가 알아차린 듯이 작은 목소리로 중얼거

렸다.

"고마워⋯⋯, 사쿠."

"뭐가?"

"글쎄? 뭘까?"

"그렇게 생각하는 거면 보답 대신 허벅지를 만지게 해줘도 되는데."

"⋯⋯바보야."

반 발짝 정도 보폭을 늦추고 유즈키의 시야에서 벗어난 위치에서 다시 뒤쪽을 보았다.

다들 한결같이 편리한 판자를 들여다보며 행진하는 블레이저의 행렬은 멈추지 않고 계속 흘러가고 있었다.

Chitose kun ha
ramune bin no
naka

치토세군은

라무네

네

병

속에

2장 특별한 날, 평범한 날

유즈키와 가짜 애인을 연기하기 시작한 뒤로 하룻밤이 지났고, 그 소문은 학교 전체에 완전히 퍼진 모양이었다.

항상 그랬듯이, 비밀 사이트에는 벌써 다양한 험담이 올라와 있었다.

빌어먹을 걸레남을 비롯한 내 험담은 그렇다 치더라도 의외였던 건 유즈키에 대한 험담도 꽤 많이 보였다는 것이다. '빗치', '아무나 대준다고 한다', '대학생 남자와도 사귄다' 등, 꽤 심한 내용도 많다.

질투 당하기 쉬운 입장이라는 건 분명하겠지만, 이렇게 단숨에 터져 나오니 그 악의에 소름이 끼치는 것 같다. 아마 '까도 되는 녀석'이라는 취급인 치토세 사쿠와 한 세트로 묶여서 '까도 되는 녀석들'로 인식이 바뀌어버렸기 때문일 것이다.

그런데 정말, 아무리 익명 게시판이라고 해도 용케도 이렇게 창피한 줄도 모르고 남에게 돌을 던질 수 있는 것 같다. 감정적인 글은 제쳐두더라도, 이번 기회에 의도적으로 우리를 끌어내리려는 글도 있는 걸 보니 항상 그랬지만 할 말이 없다.

어찌 됐든.

이렇게까지 소문이 퍼졌으니 일단 목적은 달성했다. 호

기심 어린 눈초리를 받으며 구경꾼 근성을 만족시켜줄 필
요도 없을 것 같았기에 오늘 점심시간은 친구들 그룹에서
남녀가 따로 행동하기로 했다.

나와 카즈키, 카이토는 수업이 끝나자마자 온 힘을 다해
매점으로 달려갔고, 각자 적당히 채소빵을 세 개 정도 사
서 체육관으로 향했다. 단상 난간에 걸터앉아서 빵을 삼킨
다음 바로 카이토가 가져온 농구공으로 자유투 대결을 하
기 시작했다.

2학년이 된 이후로는 왠지 모두 함께 밥을 먹는 기회가
많았기에 이렇게 남자 셋이서 노는 건 오랜만이었다. 사실
켄타도 불렀지만 '밥을 먹은 직후에 당신들하고 공놀이를
하라니, 죽일 셈이에요?'라고 하면서 거절했다. 그런 다음
유우코를 따라서 여자 팀과 함께 간 걸 보니 그 녀석도 꽤
약삭빨라진 것 같다.

푸슉.

내가 생각해도 나쁘지 않은 슛이 그물을 통과했다.

나는 그 공을 주워서 3점 슛 라인에 서 있는 카이토에게
패스했다. 아무리 그래도 농구부 에이스와 제대로 된 승부
를 할 수는 없기 때문에 나와 카즈키는 자유투 라인, 카이
토는 3점 슛 라인에서 던지는 게 규칙이다.

탕탕, 퉁, 퉁, 퉁.

내게 공을 받은 카이토가 재주 좋게 공을 퉁겼다. 하루
가 공을 다루는 솜씨도 훌륭했지만, 카이토를 보니 박력이

있었다.

"그래서, 어때? 사쿠."

카이토가 살짝 무릎을 굽혀서 타이밍을 재며 말했다.

"어떠냐니, 뭐가?"

"뭐가는 무슨, 유즈키 말이, 야."

훌쩍 뛰자 발끝부터 손가락 끝까지, 183센티미터나 되는 몸집이 마치 커다란 나무 한 그루처럼 뭉쳤다. 손에서 날아간 공은 거의 소리를 내지 않고 그물에 빨려 들어갔다.

카즈키에게 공을 넘기고 다가온 카이토에게 다시 물어보았다.

"그래서, 유즈키가 뭐?"

"이대로 진짜 사귀어버릴 생각은 없냐고 묻는 거, 야."

카이토는 내 엉덩이를 발로 걷어찼다.

이 근육 바보녀석, 힘 조절 좀 하라고, 꽤 아프단 말이야.

"왜 그런 이야기를 하는 거냔 말이, 야."

나는 맞은 것과 거의 비슷하게 힘을 주고 걷어찼다.

'아파~, 사쿠', 카이토가 그렇게 말하고 허벅지를 문지르며 말했다.

"너희들 어울리잖아. 뭐, 유우코하고도 어울리니까 이러쿵저러쿵 따질 생각은 없지만, 왠지 사쿠라면 유즈키 상대로 딱 맞는 것 같단 말이지."

자유투 라인에서 공을 겨누고 있던 카즈키가 끼어들었다.

"어제 하루도 그렇게 말했는데, 닮았단 말이지, 사쿠하고 유즈키. 자기 주위에 투명하고 두꺼운 벽을 세워둔 것 같은 느낌이라든지."

백보드를 이용한 슛으로 착실하게 골을 넣었다.

카즈키가 주운 공을 손가락 위에서 돌리면서 다가왔다. 카이토는 마찬가지로 손가락을 세우고 카즈키가 돌리고 있던 공을 받아들고 다른 쪽 손으로 더 빠르게 회전시켰다.

"맞아, 맞아. 유즈키는 농구 시합을 할 때나 친구들하고 이야기를 할 때도 뭐라고 해야 하나, 항상 똑같은 표정이잖아. 이겼을 때도, 졌을 때도 마찬가지야. 즐거워 보일 때는 하루하고 같이 있을 때 정도밖에 없는 것 같은데."

같은 농구부라서 함께 지낸 기간이 길었기 때문인지도 모르겠지만, 카이토의 통찰력이 생각했던 것보다 뛰어나서 조금 놀랐다.

애초에 나도 유즈키에게 거의 비슷한 인상을 느끼고 있었기 때문이다.

카이토는 그런 구석이 있다. 친구들 사이에서는 바보 캐릭터 취급을 당하곤 하지만, 의외로 확실하게 사람을 본다. 켄타를 학교에 데리고 왔을 때도 나나 카즈키처럼 타산적으로 굴지 않고, 평범하게 대해준 건 이 녀석뿐이었다.

"그런데 요즘은 사쿠하고 함께 있을 때도 조금 즐거워 보여."

어제 집에 가던 길에 나눈 이야기를 떠올렸다. 주말 시합 이야기를 했을 때, 유즈키는 평소 때 표정을 짓고 있었을까, 아니면 조금 즐거운 듯한 표정을 짓고 있었을까.

나는 카이토의 공을 빼앗은 다음 갑자기 반대쪽 골대를 향해 뛰어가기 시작했다. 당연히 카이토가 쫓아왔다. 레이업으로 골대를 노렸더니 쉽사리 막혀서 공이 다시 돌아왔다. 드리블을 하면서 자세를 다잡았다.

"만약에 내가 이대로 계속 진짜로 사귄다면, 카이토는 상관없어?"

"뭐가."

"사실 유즈키를 좋아했던 거 아니냐 말이, 야."

페인트를 걸고 제치려 했지만, 쉽사리 치고 들어와서 코스가 막혔다.

"그럴 리가 없잖아, 유즈키는 그냥 친구야. 그래도 뭔가 해줄 수 있는 게 있다면 해주고 싶은 거, 야."

카이토가 공을 빼앗으러 나섰다.

나는 반 발짝 물러나서 피했다.

"네가 그 녀석 아빠냐? 그렇게 말하면서 진짜로 사귀게 되면 갑자기 때리려 들지 말라, 고."

"내가 너를 때린다면 제멋대로 굴면서 울렸을 때겠, 지."

"일단 기억해두긴 할게. 뭐, 제정신이 아닌 이상 단순한 바보의 펀치를 맞진 않겠지만 말이, 야."

나는 그렇게 말하고 뒤쪽으로 노 룩 패스를 보냈다.

3점 숫 라인에서 기다리고 있던 카즈키가 그것을 받아들었다.

"어? 치사해!"

카이토는 급하게 막으려 했지만, 이미 늦었다.

다시 백보드를 이용한 숫이 깔끔하게 들어갔다. 나는 카즈키와 하이파이브를 했다.

"거봐, 단순하지?"

분해하는 카이토에게 그렇게 말하자 카즈키가 내 어깨에 손을 얹었다.

"뭐, 단순한 걸로 따지자면 사쿠도 마찬가지지만."

"뭐야, 그게 무슨 뜻인데?"

"어차피 말해봤자 듣지도 않겠지만 말이지. 언젠가는 무언가를 선택하고, 무언가를 버릴 각오만은 해두는 게 좋지 않을까? 그런 뜻이야."

나는 둘러대려는 듯이 실실거리며 카즈키의 손을 떨쳐냈다.

무슨 말을 하려는 건지는 알고 있다.

하지만 적어도 지금 내게는 너무 멀다.

언젠가 꺼내자고 약속하고 잊어버린 타임캡슐처럼, 분명히 이대로 영원히 그런 날은 오지 않을 것 같았다.

*

방과 후, 우리는 팀 치토세 멤버들끼리 후쿠이 현립 도서관에 와 있었다.

학교에서 거리가 좀 멀었기에 나와 유즈키는 오늘 자전거를 타고 왔다.

이곳은 후지 고등학생뿐만이 아니라 후쿠이 시내의 고등학생들에게는 단골 공부 장소다. 우리처럼 시험공부를 하는 사람들은 물론이고 3학년 수험생들도 애용한다.

후쿠이의 주요 도로인 국도 8호선에서 조금 벗어난 위치에 있는 이 도서관은 논밭밖에 없는 시골 같은 풍경으로 둘러싸인 넓기만 한 평지에 유일하게 존재하는 멋진 건물이다. 유리벽으로 둘러싸인 본관 안에서는 손질이 잘 된 풀밭과 나무들이 보여서 독서하기에도, 공부하기에도 기분이 좋다는 평판이 있다.

건물 안에는 1인용 책상부터 다인용 테이블, 독서용 의자까지 크고 작은 공간이 마련되어 있다. 친구들은 공부에 집중하기 위해 옆자리와 앞자리 사이에 칸막이가 있는 1인용 자리를 확보했지만, 나와 유즈키는 일부러 칸막이가 없는 테이블을 골랐다.

물론 사귀고 있다는 걸 주위 사람들이 알아보기 쉽게 알리기 위해서다.

나란히 앉는 것도 검토했지만, 객관적으로 볼 때 너무 짜증 날 테고, 무엇보다 교과서나 문제집을 넓게 펼쳐두지 않으면 공부하기가 불편해서 결국 맞은편에 앉기로 했다.

일부러 찰싹 달라붙어 있는 것보다 자연스럽게 마음이 통하는 분위기도 날 테고.

1인용 책상을 보니 유우코가 유즈키의 뒷모습을 향해 있는 힘껏 메롱 포즈를 하고 있었다. '나도 그쪽이 좋아'라고 떼를 썼지만, 유아에게 설득당해서 투덜거리며 우리 테이블에서 가장 가까운 자리로 타협한 모양이었다.

눈이 마주치자 윙크와 손뽀뽀를 날렸기에 나는 딱밤으로 그것을 쳐냈다.

곧바로 슬쩍 주위 상황을 관찰해 보았다.

눈에 띄는 건 우리와 마찬가지로 후지 고등학교 학생이 3할, 타카시마 고등학교 학생이 3할, 다른 고등학교 학생이 나머지 4할 정도였다. 지금까지는 딱히 부자연스러운 건 없다.

바로 공부하는데 필요한 것들을 펼쳐놓고 집중하기 시작한 유즈키를 힐끔 보았다. 평소에는 한쪽 귀에만 걸치던 머리카락을 양쪽 귀에 걸쳐서 단정한 이목구비가 더 뚜렷하게 드러났다. 슥슥 움직이는 샤프의 리듬에 끊임이 없는 걸 보니 벌써 시험공부에 집중하고 있는 모양이었다.

나는 잠시 멍하게 도서관의 분위기에 귀를 기울였다.

서걱서걱.

스윽스윽.

타악타악.

투욱투욱.

팔랑팔랑.

토옥토옥.

덜컥덜컥.

철컹철컹.

이곳에서는 모두 자신이 내는 소리를 조금이나마 신경
쓰고 있다.

예전부터 도서실이나 도서관이 좋았다.

낡은 책 향기, 넘기는 페이지의 리듬. 사서분이 북 트럭
을 밀고 가며 울리는 끼익끼익 소리. 그런 것들 하나하나
가 조금씩 초침의 움직임을 느리게 만드는 것 같았다.

그래서 사실 도서관에 들어오기 전보다 들어온 이후에
인생의 시간이 조금 늘어나게 되고, 하지만 아무도 그 사
실을 눈치채지 못하고 일상으로 돌아간다.

그렇게 신비한 일이 하나둘 정도는 이 세상에 있어도 좋
을 것 같다.

"……군, 사쿠 군."

왠지 바로 공부를 시작할 마음이 들지 않아서 멍하게 그
런 생각을 하고 있다 보니 내 이름을 부르는 작은 목소리
가 들렸다.

고개를 들어보니 진한 푸른색 테 스퀘어 안경을 쓴 유아
가 옆에 서 있었다.

"미안, 멍하게 있었네."

근처에 다른 사람이 없긴 하지만, 나도 최대한 작은 목

소리로 대답했다.

"아니, 나야말로 생각하던 걸 방해해서 미안해. 저기 말이지, 연습장 남는 거 있어? 있으면 좀 나눠줬으면 해서."

"그래, 있어."

적당히 몇 장 꺼내서 유아에게 건넸다.

"오늘은 안경을 꼈구나."

내가 그렇게 말하자 유아는 조금 창피하다는 듯이 고개를 숙였다.

"……응. 집중해서 공부를 할 때는 이쪽이 더 편하거든. 역시 이상한가?"

"역시고 뭐고, 유아가 안경 낀 게 이상하다고 생각한 적은 한 번도 없는데. 굳이 말하자면 괜찮은 쪽이지. 그리고 작년 생각이 나서 조금 정겹기도 하고."

"그런 건 떠올리지 않았으면 하는데……."

그 이야기를 듣고 있었는지, 유즈키가 끼어들었다.

"원래는 안경 캐릭터였구나?"

유아가 왠지 어색하게 웃었다.

"캐릭터라고 해야 하나, 안경이나 콘택트렌즈 같은 걸 별로 신경 쓰지 않았을 뿐이야. 그런 건 아무거나 상관없었거든."

"왠지 좀 뜻밖이네. 웃찌는 필요 이상으로 꾸미지 않지만, 항상 몸단장을 매우 신경 쓰니까."

"글쎄다. 유즈키나 유우코가 너무 대단해서 나는 그런

생각이 안 드는데……, 뭐, 이런저런 일이 있어서.”

유아가 이야기하기 껄끄러워하고 있었기 때문에 대신 말했다.

“내가 렌즈를 껴달라고 부탁했거든. 안경을 벗고 보니 미소녀였다는 것보다는 미소녀가 갑자기 안경을 끼면 두근대는 타입이라서.”

유즈키가 뭔가 눈치챘는지 그 농담을 받아들였다.

“호오? 그거 좋은 정보인데. 기억해둘게.”

“갑자기 끼는 게 아니면 효과가 없다고. 유즈키처럼 계산적으로 ‘봐, 두근거리지?’라는 의도가 뻔히 보이면 소용이 없어.”

“여자친구 앞에서 다른 여자애를 치켜세워주는 건 아닌 것 같은데?”

“유즈키의 매력은 그 한없는 계산적인 태도에서 나오는 기하학적인 아름다움이니까, 껍질을 벗겨낸 밤처럼 순수하고 소박한 유아의 귀여움에 맞서려 하면 안 되는 거지.”

“……저기, 나, 가도 돼?”

유아가 그렇게 말하자 우리는 대화를 마치고 각자 공부하기 시작했다.

＊

“――유즈키.”

유아가 자기 자리로 돌아가고 한 시간 정도 공부에 집중했을까.

나는 맞은편에 있는 유즈키에게 작은 목소리로 말을 걸고 메시지를 적은 연습장 한 장을 눈에 띄지 않게 슬쩍 건넸다.

『얀고 녀석들이 와 있어.』

유즈키는 그것을 확인한 다음 어깨를 움찔 떨었고, 살짝, 하지만 깊게 숨을 들이마셨다가 내쉬었다. 평소의 표정을 다시 지은 다음, 연습장에 뭔가 적어서 돌려주었다.

『어디?』

스마트폰은 가방 안에 있는 것 같아서 처음에는 고전적인 비밀 쪽지 형식으로 보냈는데, 눈치챘으니 사실 라인으로 대답을 해줬으면 했다.

평소 유즈키라면 그 정도는 응용할 텐데, 꽤 동요한 모양이었다.

계속 이렇게 쪽지를 주고받는 건 부자연스러울 테니 나는 은근슬쩍 시선을 유즈키 뒤쪽으로 돌렸다. 그게 무슨 뜻인지 눈치챈 모양인지, 한순간 돌아보려 하다가 중간에 멈추고는 이쪽을 보았다.

나는 잡담을 하는 것처럼 보이게끔 방긋 웃으며 고개를 끄덕였다.

고개는 유즈키 쪽으로 향한 채 시선만으로 상황을 확인했다.

유즈키 뒤쪽이라고 해도 건물 안은 아니다. 유리벽 너머로 보이는 바깥의 넓은 정원 공간에 세 명, 아무리 소극적으로 표현해도 도서관에서 공부를 할 만한 타입이 아닌 녀석들이 이쪽을 빤히 들여다보고 있었다. 멀리서 바라보는 거라면 모를까, 완전히 유리 앞에 달라붙어서 싱글거리고 있으니 벽 쪽 1인석에 앉아있는 사람들은 껄끄러울 것 같다.

그리고 그 세 사람은 확실하게 누군가를 찾고 있는 듯한 느낌으로 주위를 어슬렁거렸고, 그중 한 명의 시선이 이쪽으로 움직여서 멈췄다. 꺼낸 스마트폰 화면을 두 사람에게 보여주었고, 이해했다는 듯이 우리 테이블을 손가락으로 가리켰다.

불쾌하게 싱글대는 미소가 더욱 강해졌다.

——자, 어떻게 할까.

"유즈키, 이 문제 좀 가르쳐줄래?"

나는 수학 교과서를 들고 그렇게 말했다.

"응, 그래."

유즈키는 그렇게 말하고 일어서서 내 뒤로 돌아왔다. 내 왼쪽 어깨에 손을 얹고 책상 위에 있던 교과서를 들여다보았다.

다른 사람이 보면 꽁냥대면서 서로 공부를 가르쳐주고 있는 커플 같을 것이다.

나는 머리카락을 걸친 유즈키의 오른쪽 귀에 입을 가져

다 대고 속삭였다.

"눈은 마주치지 마. 최대한 자연스럽게 행동하고."

유즈키는 간지럽다는 듯이 움찔거리는 반응을 보인 다음, '진짜, 바보야!'라는 느낌으로 내 등을 때렸다.

"보였어?"

모르는 문제를 여자친구에게 가르쳐달라고 하는 연기를 계속하며 말했다. 어차피 대화 내용을 상대방이 들을 수는 없으니 필요 이상으로 속삭이며 말할 필요는 없을 것이다.

"살짝. 확실하게 본 건 아니지만, 아마 아는 사람은 아닌 것 같아."

"그대로 얼굴 들지 말고 있어. 꼼꼼하게도 사진을 찍고 계시네."

세 명 중 한 명이 이쪽으로 스마트폰을 들고 있었다. 거리가 떨어져 있고, 유리 너머에 있기 때문에 대단한 사진을 찍을 수는 없겠지만, 일부러 오늘 밤 반찬을 제공해주는 것도 마음에 들지 않는다.

"적어도 우리 둘 중 누군가를 노리고 있다는 건 분명한 것 같은데."

내가 그렇게 말하자 유즈키는 아까 당한 걸 복수하겠다는 듯이 귓가에 입을 가져다 댔다.

갑자기 새어 나온 달콤한 숨결 때문에 나도 모르게 등골이 오싹해졌다.

"예전에 누군가에게 애인을 빼앗겨서 분풀이를 하려는

걸지도 모르잖아?"

그녀가 평소 모습을 되찾기 시작했기에 나는 조금 안심이 되었다.

뭐, 저렇게 신나게 싱글거리는 걸 보니 그럴 가능성은 낮겠지만, 그런 건 유즈키도 알고 있을 것이다.

"잠깐 혼자 있어도 괜찮겠어? 유아나 다른 애들 쪽으로 가도 상관없긴 한데, 그러면 저 녀석들 쪽으로 가게 되니까 쓸데없이 기쁘게 만들어줄 뿐일 테고."

"괜찮⋯⋯을 것 같긴 한데, 어쩌려고?"

"아니, 기분전환도 할 겸 산책하고 오게."

"어? 잠깐만."

말리려 하는 유즈키의 어깨를 툭툭 두드린 다음, 테이블을 떠났다.

현관 옆 자판기에서 캔커피를 산 다음, 바깥으로 나왔다.

싱싱한 풀냄새가 화악 퍼졌다.

바깥은 5월답게 아주 맑았다.

＊

도서관 바깥쪽을 따라 천천히 걸어가다 보니 좀 전에 본 야고 학생 세 명이 보였다.

나는 일부러 그들이 있는 곳 10미터 정도 앞에 멈춰 서서 캔 뚜껑을 땄다.

벽 쪽 자리에 앉아있던 유우코와 유아가 이쪽을 걱정스럽게 바라보고 있었지만, 괜찮다는 듯이 눈짓을 한 다음 기분 좋게 다듬어놓은 풀밭을 바라보며 느긋하게 커피를 마셨다.

구석구석까지 잘 손질된 멋진 정원 같은데, 우리 말고 다른 사람들은 보이지 않았다.

뚜벅뚜벅저벅.

뚜벅뚜벅저벅.

예상했던 대로 벽쪽 우드덱에서 곧바로 이쪽으로 향하는 가죽 구두 소리가 들렸다. 발꿈치를 내디디고 있는 녀석이 있는 것 같았다. 리듬이 딱 맞지 않고 언밸런스했다.

"이봐, 이봐."

근처에서 멈춰 선 가죽 구두가 말을 걸었다.

내게 한 말인지 알 수가 없었기에 일단 모르는 척했다.

"야, 무시하지 말라고. 이봐!"

어깨를 붙잡았기에 나는 목소리가 들린 쪽을 돌아보았다.

눈앞에 서 있던 사람은 사람 말을 하는 닭이었다. 정말 닭처럼 생긴 닭이다. 양쪽을 짧게 깎고 가운데만 쫑긋 세운 새빨간 머리카락. 교복 대신 걸치고 있는 것 같은 새하얀 운동복. 그리고 약간 몸을 구부리고 얼굴을 내밀고 있는 자세.

안에서 봤을 때도 웃겼는데, 눈앞에서 관찰하니 꽤 충격적이었다.

누가 뭐라고 해도 이 녀석의 이름은 꼬꼬댁이라고 부르기로 결심했다.

그건 그렇고, 역시 껄렁대는 녀석이라기보다는 양아치라는 느낌이네. 귀찮으니까 편의상 양아치로 통일하자, 다른 두 사람은 뭐, 양아치 같은 녀석이고 딱히 특이한 개성은 없다.

"미안, 친구 중에 너희들 같은 타입은 없어서. 나한테 말한 줄 몰랐지."

후지 고등학교 학생이 얀고 학생에게 그런 태도로 말할 줄은 몰랐는지, 꼬꼬댁이 눈살을 살짝 찌푸렸지만, 상관없다는 듯이 어깨에서 손을 떼어냈다.

"방금 나나세 유즈키하고 같은 테이블에 있던 녀석이지?"

예상했던 대로라고 해야 하나, 역시 목적은 그쪽이었구나.

뭐, 나를 노리고 있었다면 일부러 사진 같은 걸 찍을 필요도 없으니까.

"그래. 일단 그 녀석 남자친구라서."

일단 나는 그렇게 대답했다.

사실 우연히 도서관에 책을 읽으러 왔다가 우연이 다른 학교 미인 학생을 본 소박한 청소년이라면 남자친구가 있다는 걸 알고 물러나 줄 것이다.

유즈키의 풀네임을 알고 있는 시점에서 그럴 가능성은 전혀 없지만.

"그럼 네가 치토세 사쿠냐?"

꼬꼬댁이 보여준 것은 뜻밖의 반응이었다. 양쪽 다 이름을 모르는 건 이해가 된다. 유즈키의 이름만, 또는 내 이름만 알고 있다는 것도 이해할 수 있다.

그런데 양쪽 이름을 모두 알고 있다니, 대체 어떤 상황이지?

그리고……, '그럼'이라고.

그 말을 쓸 때는 전제조건이 필요할 것이다.

"후지 고등학교의 치토세 사쿠는 아마 나겠지. 볼일 있어?"

내가 그렇게 말하자 꼬꼬댁이 친한 척하며 어깨동무를 했다.

척 보기에도 향수 초보가 살 것 같은 초 유명 브랜드 향기가 코를 찔렀다.

"볼일이라고 해야 하나, 소개해 주면 안 되냐? 나나세 유즈키."

그의 입에서는 쿠라쌤과 마찬가지로 연기 냄새가 났다.

"방금 내가 여자친구라고 하지 않았나?"

그렇게 말하자 그가 어깨를 감싸고 있던 팔에 목이 조금 답답해질 정도로 힘을 주면서 얼굴을 들이댔다. 닿은 볼에 턱수염이 따끔따끔 걸려서 이렇게 날씨가 좋은데 참 아쉽다는 생각이 들었다.

"그랬지, 그랬어. 그런데 너, 유명한 걸레남이라면서?"

"으음, 부정할 수는 없지."

"그리고, 나나세 유즈키도 금방 대준다면서?"

──그거 꽤 흥미로운 이야기인데.

걸레남이라는 소문이 나는 것의 몇 안 되는 장점 중 하나는 다른 사람을 평판만으로 판단하는 사람이 다가오지 않는다는 건데, 가끔 그 평판에 혹해서 떡고물을 얻어먹으려는 벌레들도 붙곤 한다.

조금 떠볼까.

나는 목소리 톤을 바꿔서 친한 척하며 말을 걸었다.

"아, 뭐야, 그런 이야기였어? 너무 겁주지 말라고~. 무서운 얀고 형씨들이 시비 거는 줄 알고 긴장해버렸잖아. 그 짤짤한 이야기는 어디서 들었는데?"

그 변화를 겁먹고 있던 우등생이 안심한 반응이라고 해석한 모양이었다.

꼬꼬댁도 태도가 부드러워졌고, 그와 동시에 거만해졌다.

"미안, 미안. 넌 후지고 학생이니까 이런 게 익숙하지 않겠구나. 누구냐니, 우리 선배가 나나세 유즈키를 노리고 있는 것 같아서 말이지. 말 좀 해보고 오라고 하더라고. 일단 라인 ID만 가르쳐줘도 되는데."

반은 맞았고 반은 빗나갔나.

걸려들긴 했지만, 대단한 정보는 없는 것 같다.

"어? 그 선배는 무서운 계열이야?"

"엄청 무섭지. 아니, 툭하면 때려. 그리고 너하고 마찬가지로 미인이고 잘 대주는 여자만 보면 사족을 못 쓰는 계열이야. 어차피 적당히 먹고 버릴 거지? 우리한테도 빌려달라고."

스토커라는 단어와는 인상이 꽤 엇나가는 것 같다.

반대로 말하자면 따라다니는 녀석이 이 녀석처럼 부하일지도 모른다.

"우와, 그거 많이 힘들겠네. 그럼 그 선배가 명령해서 요즘 유즈키를 따라다닌 거야?"

"뭐?"

꼬꼬댁의 목소리가 굳었다.

지금 고개를 끄덕인다면 거의 해결된 거나 마찬가지겠지만, 양아치의 분노 포인트는 잘 모르겠다.

꼬꼬댁이 좀 전보다 더 세게 내 목을 조였다.

"명령한 게 아니거든? 의리로 나선 거야. 됐으니까 얼른 라인 가르쳐달라고. 너는 딱히 나설 필요 없고. 그 사람이 그런 걸 좋아하니까. 자, 악수하자."

그는 어깨동무를 풀고 마치 힘의 차이를 알려주겠다는 듯이 내 오른손을 힘껏 쥐었다. 손이 으득으득 조이기 시작했다. 아마 양아치로서의 자존심이 '명령받았다'는 말을 받아들이지 못했기 때문일 것이다.

아무래도 생각대로 풀리지 않는 것 같다. 역시 이런 녀석을 컨트롤하는 건 힘들다.

살짝 한숨을 쉬고 나서 중얼거렸다.

"미국식이란 말이지, 오케이."

나는 그렇게 말하면서 힘을 꽉 주고 꼬꼬댁의 오른손을 맞잡았다.

"아얏, 아야얏."

아파하는 목소리를 무시하고 노려보았다.

"뭐야, 매너 몰라? 우선 상대방의 눈을 확실하게 보고, 악수를 한 다음에——, 한번 휘둘러야지."

나는 상대방의 어깨까지 빼내 버릴 기세로 손을 당겼다. '으익', 그렇게 이상한 소리를 내면서 균형을 잃은 꼬꼬댁이 땅바닥에 무릎을 꿇었다.

"아야……, 까불지 마라, 너."

"미안, 미안. 생각했던 것보다 힘이 없구나. 내 소중한 여자친구를 욕보인 것 같아서 나도 모르게 힘이 들어갔네."

바보 같은 녀석. 초등학생 시절부터 날마다 방망이를 휘두른 악력을 얕보지 말라고.

그 모습을 보고 완전히 공기처럼 구경하던 양아치 B와 C가 다가왔다.

——여기까지는 예상대로다.

어디서 뜬금없는 소문을 들었는지는 모르겠지만, 유즈키를 건드리는 게 시간 때우기의 연장선상에 있는 장난이라면 나를 조금 건드리고 나서 만족할 것이다. 선배라는 녀석의 분노가 내게 쏠린다면 나름대로 나선 보람이 있다.

방해하면 더욱 집착하는 녀석이라면 골치 아프지만, 어찌 됐든 한 번은 우리 태도와 상대방의 방침을 확실히 해두어야만 한다. 가장 곤란한 건 내 대신 팀 치토세나 여자농구부 멤버, 또는 다른 후지 고등학교 학생들이 휘말려서이야기가 복잡해지는 것이다.

지금 시비를 걸어두면 양아치들의 체면상 일부러 나를 피해서 다른 사람을 건드릴 가능성은 많이 낮아질 것이다. 남자친구이자 시비를 건 치토세 사쿠를 우선 손봐주거나, 아예 무시하고 유즈키와 직접 담판을 짓는다. 앞으로 그들의 행동은 거의 이 두 가지로 좁혀질 것이다.

자, 어떻게 나오려나.

양아치 B와 C가 내 멱살을 잡자 귀에 익은 목소리가 들렸다.

"야, 뭐하는 거야!"

고개만 돌려서 바라보니 카이토와 카즈키가 이쪽으로 달려오고 있었다.

──아니, 카즈키는 느긋하게 걸어오고 있네. 이 자식이.

달려온 카이토의 키와 덩치를 보고 겁을 먹었는지, 그냥숫자가 똑같아져서 골치가 아프겠다고 생각한 건지, 나를잡고 있던 손을 놓았다.

일어선 꼬꼬댁이 노려보았지만, 숨을 내쉬고 힘을 뺀 모양이었다.

"아~, 흥이 식었어. 됐다고. 그래도 네놈 이야기는 선배에게 전해둘 거야."

다행이네, '두, 두고 보자~'라고 했으면 웃어버렸을 테니까.

나는 물러나려 하는 꼬꼬댁의 뒷모습을 보며 말을 걸었다.

"무슨 이야기인지 모르겠지만, 나나세 유즈키는 그런 여자가 아니야. 나와 맑고 깨끗한 교제를 하고 있으니 건드리지 말았으면 좋겠는데."

아마 들리긴 했을 텐데, 양아치 세 명은 아무 말도 하지 않고 떠나갔다.

그 모습을 바라본 다음에 카이토가 입을 열었다.

"뭐한 거야, 사쿠. 너답지 않은데."

"멍청한 녀석, 방금 그건 계산대로 풀린 거야. 너야말로 상황에 따라서는 그 녀석들을 두들겨 팰 기세로 나왔잖아."

"어? 당연하지. 친구가 당할 것 같은데 손을 대면 안 되는 이유가 있나?"

"당할 것 같지 않았거든! 야, 카즈키. 이걸 막는 게 네 역할이잖아."

이제야 따라온 카즈키가 실실대며 웃었다.

"미안, 미안. 사쿠 목을 조르는 순간에 말릴 틈도 없이 날아가 버렸거든. 참고로 켄타는 자기도 일어서야 하나 싶어서 안절부절못하고 있길래 그냥 앉아있으라고 했어."

"그거 기쁜데. 그래도 진짜 마음만으로 충분해."

그때 켄타의 모습이 눈에 선해서 어깨의 힘이 빠졌다.

카이토는 이해가 안 된다는 듯한 표정을 지으며 입을 열었다.

"사쿠, 방금 그 녀석들 얀고지? 그 녀석들이야? 유즈키가 말한 스토커라는 게."

"뭐, 지금까지는 가장 유력한 후보겠지."

카즈키가 내 말이 끝나자 입을 열었다.

"우리 중학교에서도 얀고에 간 녀석들이 있는데, 진짜로 상식이 안 통하니까 조심하는 게 좋을 거야. 기분이 상했다고 학교 건물 2층에서 책상을 떨어뜨리고, 후배를 혼내준 다음에 바리깡으로 머리를 빡빡 밀기도 하고, 그렇게 엉망진창이니까."

"그거 무서운데. 야구부를 그만두었는데 다시 빡빡 깎는 건 싫어."

그 말을 듣고 카이토가 씨익 웃었다.

"그건 그렇고, 너는 이런 상황에도 똑같구나. 얀고 학생 세 명에게 포위당했으니 좀 겁먹는 편이 인간미가 있을 텐데."

"설마, 겁먹고 지릴 뻔했다고."

그건 내 진심이었다.

그런 상황에서 전혀 무섭지 않다는 게 이상하다.

아무리 자기 운동능력에 자신이 있다 해도, 아무리 냉정한 머리로 대처해도, 폭력의 향기는 걷잡을 수 없이 사람의 근원적인 도주본능을 자극한다. 만약에 실제로 카이토와 카즈키가 오지 않고 세 명이 동시에 덤벼들었다면 화려하게 물리칠 수는 없었을 것이다.

"그래도 남자인 나조차 겁을 먹은 상황을 유즈키에게 겪게 할 수 있냐는 거지. 둘 중 하나만 고를 수 있다면 답은 한 가지밖에 없어."

""폼잡기는.""

"시끄러워."

카이토가 어깨동무를 했다. 꼬꼬댁과 비슷할 정도로 거칠었지만, 기분이 나쁘진 않았다.

"뭐, 필요할 때는 확실하게 도와줄 테니까. 나도 무섭지만, 보고 못 본 척할 정도라면 아예 같이 날뛰어줄게."

카즈키가 내 배를 살짝 때렸다.

"그래. SOS를 치면 최대한 빨리 달려갈게."

"넌 방금 걸어왔잖아. 잊어버리지 않았거든?"

우리는 얼굴을 서로 마주 보며 씨익 웃었다.

*

아무리 그래도 공부를 다시 시작할 기분은 아니었기에 마무리하고 집에 가기로 했다.

만에 하나를 대비해 나, 유즈키, 카즈키, 카이토가 앞장

서고 다른 사람들은 시간을 조금 두고 따로 집에 가기로
했다.

아직 근처에 얀고 녀석들이 어슬렁거리고 있을지도 모
른다. 잠깐 조사해보면 알 수 있겠지만, 유우코와 다른 애
들도 같은 그룹이라고 인식될 가능성이 낮은 게 좋을 테
니까.

잠시 걸어간 다음, 꼬꼬댁 일행이 보이지 않는다는 걸
확인하고 나서 카즈키, 카이토와 헤어졌다.

유즈키에게 무슨 일이 있었는지 알려주기 껄끄러웠는
데, 전부 보고 있었던 모양이다. 더 경계하게끔 한다는 의
미에서도 진실을 숨길 필요는 없긴 한데.

우리는 자판기에서 음료수를 사서 적당히 강가에 앉았
고, 어떤 일이 있었는지 설명했다.

"——뭐, 그렇게 된 거야. 이대로 끝날지도 모르겠지만,
한동안은 내게서 떨어지지 않는 게 좋겠어. 카이토나 카즈
키도 상관없긴 한데, 그 녀석들도 자기 클럽활동을 하니까."

해가 저물어가는 하늘이 수면에 비친 상태로 하늘하늘
일렁이고 있었다.

블레이저를 벗고 셔츠를 걷어붙인 다음 적당한 돌을 주
워서 사이드스로 방식으로 던지자 참방참방, 힘없이 두 번
튀긴 다음, 첨벙, 작은 소리를 내며 가라앉았다.

마치 그 소리를 듣고 깜짝 놀란 듯이 멀리서 물고기가
튀어 올랐다.

"물수제비를 잘했거든. 초등학교 때는 다섯 번은 여유롭게 했는데."

그렇게 말하고 옆에 앉자 유즈키가 옷소매를 꼬옥 잡았다.

"······안해, 미안해, 사쿠."

그 목소리는 약간 떨리고 있었다.

나는 눈치채지 못한 척하면서 느긋한 말투로 말했다.

"뭐야, 어제 유아가 했던 말을 신경 쓰는 거야? 예전부터 한번 해보고 싶었단 말이지, '내 여자에게 손대지 말라고!'라는 거. 모든 남자가 동경하는 시추에이션이거든."

유즈키는 방금 한 말을 못 들은 것처럼 고개를 저었다.

소매를 붙잡고 있던 손이 조심조심 내 오른손으로 내려왔고, 그런 다음 꼬옥 잡았다.

"미안해. 사쿠에게 그런 짓을 하게 해서, 미안해."

왠지 유즈키 답지 않은 태도였다.

그 이유로 짐작 가는 게 전혀 없는 건 아니었지만, 지금은 힘없이 떨고 있는 걸 멈춰주고 싶어서 나보다 훨씬 가녀린 손을 잡아주었다.

"그런 걸 해보고 싶었다니까."

마치 누군가에게 기대는 듯이, 기도하는 듯이, 유즈키는 두 손으로 내 오른손을 감싸고 자기 이마에 가져다 댔다.

"그래도, 사쿠가 맞을 뻔했잖아."

"설마. 그렇게 허약한 양아치의 펀치 같은 걸 맞을 것 같아? 이제 됐으니까 잠깐 조용히 하고 있어. 나나세 유즈키가 되면 돌아오고."

나는 내 오른손과 유즈키의 머리에 블레이저를 덮어주었다.

이런 방식으로 나나세 유즈키는 나나세 유즈키가 아니게 되면 안 된다.

아무리 어떤 사연이 있다 해도, 자잘한 악의 때문에 사라져선 안 된다.

그러니 지금 나는 인기척이 없는 산길에서 만난 자그마한 지장보살 같은 거나 마찬가지다.

진짜로 은총이 있을지 없을지는 모르지만, 마음껏 기도하고 마음껏 마음을 기대면 된다.

어차피 그 너머로는 다시 자기 발로 걸어갈 수밖에 없으니까.

──10분 정도 그렇게 시간을 보냈을까.

유즈키는 여름방학 아침을 맞이한 어린애처럼 블레이저를 화악 걷어냈다.

재빨리 내 손을 놓고 기지개를 켜면서 입을 열었다.

"카츠동 먹고 싶어."

"⋯⋯뭐?"

"카츠동, 유럽켄 거!"

"뭐야, 갑자기 뜬금없이 하루 같은 말을 하네."

"뭐야는 무슨, 후쿠이 현민이라면 이럴 때 카츠동을 먹는 법이잖아?"

유즈키가 꾸며낸 것처럼 귀여운 표정을 지으며 방긋 웃었다.

오늘은 이제 괜찮을 것 같다.

"어쩔 수 없지. 나도 익숙하지 않은 짓을 하느라 배가 고파졌으니 같이 가줄게. 동쪽 공원에 있는 곳이면 되겠지? 유즈키가 쏘는 걸로."

"미소녀의 온기를 잔뜩 즐겼으니까 그에 맞는 대가가 필요할 것 같지 않아?"

"오히려 그 대가가 카츠동으로 충분한 거냐고 묻고 싶은데……, 흐음, 새우튀김 토핑 추가로 가슴…….."

"멍청한 녀석!"

유즈키가 일어섰다.

"그건 그렇고 사쿠는 대단하구나, 그렇게 무서운 상대에게 당당히 맞서고."

"유즈키도 잘 기억해두도록 해. 남자들은 다들 사타구니를 4할 정도 힘으로 걷어차기만 해도 기능 정지된다는 치명적인 설계 실수가 있으니까."

"그래? 사쿠도?"

"알겠지? 시험해보지 마. 장난으로라도 그러지 말라고. 은근히 유도하는 것도 아니야."

"그렇구나…….."

유즈키는 그렇게 말하면서 내 블레이저를 주워서 툭툭 털었다.

"기억해둘게. 자, 상이야."

내가 입기 편하게끔 자기 앞에 펼쳐주었다.

"몸을 날렸는데, 쪼잔하네……."

유즈키가 들고 있던 블레이저 소매에 팔을 넣자 양쪽 어깨에 얹힌 손에 살며시 무게가 얹혔고, 등에 부드러운 감촉이 느껴졌다.

내 왼쪽 귀에 따스한 숨결이 닿았다.

"멋있었어, 땡큐."

유즈키는 그렇게 말한 다음 살며시 멀어졌다.

……의외로 노력한 보람이 있었던 것 같은데.

"얼른 가자~."

날씬하고, 아름답고, 씩씩한 뒷모습이 멀어져간다.

원하는 사람 모두가 저런 식으로 살아갈 수 있다면 이 세계에서 쓸쓸한 아이가 조금이나마 줄어들지도 모르겠다.

모두가 강하게 살아갈 수 없는 세상 속에서, 그럼에도 불구하고 강하게 살아가려고 오기를 부리는 그 뒷모습은 매우 예쁘게 보였다.

*

"——에휴."

얀고 녀석들과 한바탕 붙은 다음 날 점심시간, 나는 학교 식당에서 크게 한숨을 쉬고 있었다.

"뭐, 뭐죠? 신이시여. 마치 보란 듯이."

옆에서 두부 소면을 후루룩거리며 먹고 있던 켄타가 말했다.

"그래도 말이지……."

나는 켄타의 얼굴을 빤히 바라보았다.

"에휴……."

"좋았어, 알겠다고. '왜 점심시간에 이 녀석하고 단둘이서 밥을 먹어야만 하는 거냐고'라고 생각하는 거구나? 신, 이 자식."

이러쿵저러쿵해도 팀 치토세의 남자 쪽 태클 담당으로 괜찮게 자리를 잡기 시작했네, 이 녀석.

내가 깜짝 놀란 표정으로 고개를 끄덕이자 켄타가 느긋하게 대답했다.

"그런 눈으로 호소해봤자 어쩔 수 없다고요. 시험 기간이라 방과 후에 만나지 못한다고 다들 클럽활동 친구들하고 밥을 먹는다고 하니까. 나머지 깍두기는 우리밖에 없죠."

"적어도 고고하다거나 무리에서 벗어났다고 하라고! 마치 쓸쓸한 애들 같잖아."

"실제로도 쓸쓸한 애들이죠. 발버둥을 치지 말고 포기하세요."

"왠지 묘하게 달관해서 멋진 게 열 받네."

진짜, 어제부터 되는 일이 없다.

나는 히야라멘을 국물까지 다 마시고 문득 생각난 걸 물어보았다.

"켄타, 어제 그거 봤지?"

"물론이죠. 유리 너머에서 너무 겁나서 심장이 부서지는 줄 알았어요. 저희 중학교에도 그렇게 무서운 사람들이 있었단 말이죠~. 저는 너무 수수해서 오히려 눈에 띄지 않았지만요."

"그런 녀석들이 스토커 짓을 할 것 같아?"

어제 얀고 녀석들과 정면으로 마주 보고 이야기를 해본 내 솔직한 의문이다. 켄타에게 아직 자세한 대화 내용까지 말하진 않았기에 편견이 없는 객관적인 의견을 들어보고 싶어졌다.

"하긴, 굳이 말하자면 힘을 써서 자기 것으로 만들 것 같은 이미지이긴 한데요……, 애초에 성벽이 그렇다든가, 정보수집을 했을 수도 있죠?"

양쪽 다 뜻밖의 단어였기에 조용히 계속 말하라고 했다.

"가능성이 있다면 말이지만요. 성벽이라는 건 따라다니는 것 그 자체로 흥분하거나, 스토커를 눈치채고 겁먹은 상대를 조금씩 몰아붙이는 과정에서 자극을 추구하는 거고요."

"너……, 용케도 그렇게 기분 나쁘고 무시무시한 생각을 하는구나."

내 대답을 듣고 켄타는 '흐흥'이라는 느낌으로 안경테를 만졌다.

"괜히 온갖 장르의 라이트노벨이나 애니, 노벨 게임을 제패한 게 아니라고요."

"19금에 손대진 않았겠지?"

"어흠, 어흠."

그런데 꽤 흥미로운 발상이다.

나 같은 사람은 아무리 애를 써도 결과만 우선시하게 된다.

만약 최종적인 목표가 유즈키와 사귄다, 또는 육체적인 관계를 가진다는 것이라 해도 스토킹보다 더 효율적인 방법이 있다면 당연히 그쪽을 선택할 거라는 생각이다.

예를 들자면, 상상하고 싶진 않지만 얀고 녀석들이 '협박해서 억지로 사귄다'라는 것을 최종 수단으로 내다보고 있다면 일부러 귀찮은 과정을 거칠 필요가 없다.

하지만 스토킹 자체가 성벽이라면, 이야기가 달라지긴 할 것이다.

물을 마시고 마음을 가라앉힌 켄타가 계속 말했다.

"정보수집이라는 건 말 그대로인데요. 뭐, 가장 이해하기 쉬운 건 약점을 찾고 있는 거겠죠. 다른 사람에게 말할 수 없는 비밀을 쥐게 되면 같은 협박이라도 폭력보다 문제가 되기 힘들 테니까요."

"켄타……, 네가 무서워지기 시작했어. 사실 친구가 된 척하면서 내가 빌어먹을 걸레남이라는 증거를 찾고 있는 건 아니겠지?"

"그거 증거가 필요한가?"

농담은 제쳐두고, 이것도 그럴싸한 이야기다.

스토커라는 말에 너무 휘둘리고 있었는지도 모르겠다. 그 목적에 대해서도, 수단에 대해서도. 단순히 따라다니는 걸 경계하면 될 일이 아닐 것 같다.

그런 생각을 하고 있자니 투욱, 내 옆자리에 그릇이 놓였다.

애초에 8인용 테이블 끄트머리에 켄타와 나란히 앉아있었기 때문에 다른 학생이 온다 해도 이상할 게 없다. 하지만 여섯 명이 앉을 만한 공간이 전부 비어 있으니 좀 더 넓게 써도 될 것 같은데.

"치토세 군, 맞지?"

내가 다시 생각을 하려던 참에 옆에 앉은 사람이 말을 걸었다.

보아하니 볼일이 있어서 일부러 옆에 앉은 모양이었다.

그쪽을 보니 꽤 단정하게 생기고 훈훈한 청년이 앉아있었다. 주름 하나 없는 셔츠, 불쾌하지 않을 정도로 적당히 허술하게 입은 교복, 살랑살랑한 머리카락에 시원스러운 미소.

타입으로 따지자면 카즈키하고 비슷할지도 모르겠다.

"아, 미안. 갑자기."

"그건 상관없는데……, 우리 아는 사이였나?"

그럭저럭 눈에 띄는 외모니까 본 적이 있긴 한데, 아마 직접 이야기한 적은 없었을 것이다.

"아니, 나는 치토세 군을 잘 알고 있지만, 아쉽게도 지금까지 직접 이야기한 적은 없어. 아, 사쿠라고 불러도 돼?"

훈훈한 청년이 시원스럽게 웃었다.

"그래, 마음대로 해. 음……."

"7반 나루세 토모야. 토모야라고 불러도 돼, 사쿠."

왠지 여자애들의 호감도가 높을 것 같아서 열 받는 녀석이네.

"토모야 말이지, 오케이. 이쪽은 야마자키 켄타야."

켄타가 '안녕하세요'라고 작은 목소리로 말하며 고개를 꾸벅 숙였다. 같은 5반 친구들과는 꽤 익숙해진 모양이지만 처음 만나는데 이렇게 가볍게 다가서는 건 아직 일렀던 모양이다.

토모야는 켄타를 보고 다시 나를 보았다.

"소문을 듣긴 했어. 은톨이였던 오타쿠 남자애를 학교에 데리고 왔다면서? 정말 대단하구나."

켄타가 어쩔 줄 몰라 하고 있었기에 나는 '그래서'라고 하며 이야기를 끊었다.

"나한테 무슨 볼일 있어? 고백이라면 제발 하지 말아줘."

"음, 그렇긴 한데. 아니, 고백 쪽이 아니라……, 미안해.

야마자키 군은 잠깐 자리를 피해줄 수 있을까?"

보아하니 다른 사람이 듣지 않았으면 하는 이야기인 모양이다.

켄타는 '무, 물론'이라고 하면서 자리에서 일어서려 했다.

"토모야, 미안한데 켄타하고 밥을 먹고 있었거든. 입이 가벼운 녀석은 아니니까 다른 사람에게 떠들고 다니진 않을 거야. 그래도 말하고 싶지 않다면 그쪽이 나중에 다시 와줄래?"

그렇게 말하자 토모야는 조금 놀란 듯한 표정을 짓고 나서 '그렇긴 하지'라고 말했다.

"하긴, 방금은 내가 잘못했어. 야마자키 군에게도 미안해."

"아, 아니. 나는 먼저 돌아가도 전혀 상관없는데."

나는 켄타에게 '됐으니까 앉아있어'라고 말했다.

"그래서, 무슨 일인데?"

토모야는 지금까지 말했던 가벼운 태도와는 달리 심각한 표정으로 입을 열었다.

"저기, 갑자기 이런 걸 물어보는 건 실례일 것 같긴 한데……, 나나세 유즈키하고 사귄다는 게 정말이야?"

그렇구나, 나는 그렇게 생각했다.

당연히 이런 녀석도 나오겠지.

토모야처럼 외모와 호감도가 괜찮은 녀석이라면 현실적으로 유즈키를 노리고 있다 해도 이상할 게 없을 테고, 새치기당했다고 생각하면서도 만에 하나의 가능성을 고려하면 직접 확인할 수밖에 없었겠지.

조금 미안하다고 생각하면서도 나는 유즈키와 한 약속을 우선시했다.

"그래, 정말이야. 나도 슬슬 빌어먹을 걸레남을 졸업할 생각이라."

토모야는 어깨를 늘어뜨리고 잠깐 망설이다가 다시 이야기를 계속했다.

"이런 말을 하는 게 실례라는 것도 알고 있고, 내가 착각한 거라면 때려도 상관없는데, 사귀는 척하는 건 아니지?"

"나하고 유즈키가 안 어울려?"

눈앞에 있던 훈훈한 청년이 힘차게 고개를 저었다.

"그런 게 아니야. 오히려 너무 잘 어울릴 정도로 어울리는 것 같아. 그런데, 내가 알고 있는 나나세 양은 뭐라고 해야 하나, 그냥 남자친구를 만들 타입이 아닌 것 같아서……."

뭐, 그렇게 관찰한 건 딱히 틀리진 않았는데.

"먼저 확인해두고 싶은데, 토모야는 유즈키를 좋아한다는 거야?"

"……입학식 때부터."

약간 소극적으로 입을 다물고는 결심했다는 듯이 내 눈을 보았다.

"입학식 때 첫눈에 반했고, 그 이후로 계속. 상대방도 나를 인식 정도는 하고 있을 거야. 어중간한 마음이 아니라고. 그러니까 만에 하나라도 아직 가능성이 있다면, 알아두고 싶어서……. 정말 미안해. 기분 나쁘지?"

나는 별다른 생각 없이 켄타를 보았고, 그도 곤란하다는 듯한 표정으로 나를 보고 있었다.

어떻게 해야 할까, 나는 그렇게 생각했다.

유즈키와 계약하긴 했다. 그건 반드시 지켜야만 하고, 만약 진실을 알려준다 해도 토모야에게 사귈 수 있는 가능성이 생길지 여부는 꽤 미묘하다. 그렇다고 해서 한 남자의 연심을 내 일방적이고 현실적인 형편 때문에 휴지통에 버려도 되는 걸까.

──한참 고민해 보았지만, 결국 내 어설픈 부분이 이겼다.

"토모야, 입은 무거운 편이야? 비밀을 누설하거나 악용하면 그에 맞는 대가를 치를 각오는 있어? 미리 말해두지만 농담하는 게 아니야. 나는 당한 만큼 확실하게 갚아주는 타입이니까."

그 말을 듣고 곧바로 토모야가 대답했다.

"그런 짓을 할 리가 없지. 이제 이야기를 처음 해본 사쿠에게 이런 말을 해도 어쩔 수 없지만, 나나세 양에 대한 마음은 그렇게 경박한 게 아니라고 생각하거든."

휴우, 나는 그렇게 숨을 내쉬었다.

"알았어. 맹세코 다른 사람에게 말하면 안 된다. 나하고 유즈키가 어떤 사정 때문에 사귀는 척하고 있긴 해. 그 이유는 뭔가 특별한 사정이 생기지 않는 한, 앞으로 물어본다

해도 밝히지 않을 테니까 그렇게 알아둬. 이러면 됐어?"

토모야의 표정이 활짝 밝아졌다.

"물론이지! 그렇구나, 그렇구나아……."

그는 무릎 위에서 몇 번이고 주먹을 쥐었다 폈다 반복했다.

"그런데 말이지, 말이 나온 김에 한 가지만 더 부탁하고 싶은 게 있거든."

"너, 시원스럽게 생겼는데 의외로 뻔뻔하구나. 켄타도 아니고."

내가 '안 그래?'라는 눈초리로 켄타를 보자 고개를 돌리고 서투른 휘파람을 불고 있었다.

토모야가 쿡쿡 웃었다.

"야마자키 군하고 한데 싸잡아 보는 건 좀 그런데. 그건 그렇고, 사쿠. 어떻게 하면 나나세 양하고 사귈 수 있을지 비결을 전수해줄 수 없을까?"

"갑자기 심한 요구를 하시네, 이 시원스러운 면상이! 미리 말해두지만 나는 오늘 처음 이야기를 나눈 너보다 유즈키가 훨씬 더 소중해. 그 녀석이 좋아하는 남자가 어떤 타입인지, 그런 건 절대 가르쳐주지 않을 거야. 공평하지 못하니까."

뭐, 물어봤자 그런 건 모르지만.

"사쿠는 그렇게 말할 것 같았단 말이지. 그럼 예를 들어서 오늘 나나세 양하고 어떤 이야기를 했다든지, 문제가 되지 않는 범위 안에서 가르쳐주는 건 어때? 그 정보를 통해서 내가 알아서 생각할 테니까. 잡담 정도라면 친구로서 이상하지도 않겠지?"

그 정도라면 문제가 없긴 하겠지.

가르쳐주고 싶지 않은 정보는 내가 차단하면 되고.

아니, 왠지 이 녀석 페이스에 놀아나고 있는 것 같은데.

'하는 김에', 토모야가 그렇게 말했다.

"또 있어? 물어보지도 않았는데 계속 덤을 얹어주는 홈쇼핑 같은 녀석이네."

"뭐, 너무 그러지 말고. 사쿠는 인기 많지? 그러니까 저기, 나나세 양하고 상관이 없어도 좋으니까 조언이라고 해야 하나, 연애 지도…… 같은 걸 해주면 좋을 것 같아서."

이봐, 이봐, 또 지도 패턴이야?

나도 모르게 켄타를 째려보니 소리도 나지 않는 휘파람을 불면서 닭고기 수프가 담겨있던 그릇을 손수건으로 닦고 있었다. 아니, 진짜 뭐하는 거야? 너.

나는 반짝이는 토모야의 눈을 보고 축 늘어졌다.

"저기 말이지. 내가 인기가 많긴 해. 그야 켄타의 인생 백배 정도는 인기가 많지. 하지만 연애 테크닉 같은 건 모른다고. 마음대로 살다 보니 어느새 인기가 많아진 거라고."

"그러니까 연애 쪽으로 그렇게 마음대로 사는 법을 가르쳐 줘. 그게 사쿠의 인기가 많은 비결이지?"

토모야는 여전히 천진난만한 미소를 짓고 있었다.

"설마 이러겠나 싶긴 한데, 연애 쪽 의논을 하면서 라이벌을 한 명 줄이겠다는 생각은 아니겠지? 너를 배려해서 내가 유즈키하고 진짜로 사귀지 않을 거라거나."

"어? 아니야?"

"응석 부리지 마, 멍청아. 사람이 언제 어떻게 사랑에 빠지는지는 아무도 모른다고, 연애에 대해 가르쳐주는 동안이라 해도 유즈키하고 데이트도 할 거고, 좋아하게 되면 진짜로 사귈 거야. 오늘 만난 너보다 유즈키가 더 소중하다고 했잖아."

"그거 아쉽네. 그래도 괜찮아, 오케이."

꽤 고민해도 되는 부분 같은데, 이렇게까지 가볍게 나오니 켄타와는 다른 의미로 열 받네.

"······알았어! 내가 졌다고. 이것저것 바쁜 시기니까 최소한으로밖에 상대 못 해준다?"

토모야는 씨익 웃으며 오른손을 내밀었다.

나는 그 손을 꽉 잡았다.

*

토모야가 라인 ID를 교환하고 떠나자 우리도 식기를 반납하고 교실로 돌아가기로 했다. 점심시간이 아직 20분 정도 남긴 했지만, 어차피 시간을 때울 거라면 일부러 식당에 남지 않아도 될 테니까.

학교 건물로 이어지는 연결 통로를 걸어가고 있자니 켄타가 그제야 입을 열었다.

"괜찮을까요? 신이시여. 나나세 양하고 약속한 것도 그렇지만, 안 그래도 지금은 이것저것 바쁜 시기일 텐데요."

"나를 걱정하다니, 성장했구나."

놀리는 듯이 말하자 켄타가 기분 나쁘게 째려보았다.

"그리고……, 저 때와 비교하면 꽤 쉽사리 받아들이셨네요. 우선 정론으로 철저하게 반항할 의사를 깎아낸 다음에 망연자실해 있을 때 세뇌하는 거 아니었나요?"

"뭐야, 남자 녀석이 질투하다니, 장난 아닌데. 그건 네가 쓸데없이 저항하니까 그랬던 거지. 그리고 좀 생각한 게 있어서."

골치 아픈 일이 늘어난 건 분명하지만, 어떤 의미로는 양쪽 다 유즈키가 걸려 있으니 새로 들이는 수고는 최소한에 그칠 것이다.

그리고 토모야가 내게 어디까지 기대하고 있는지는 모르겠지만, 켄타의 인싸 지도와는 다르게 연애는 기본적으로 테크닉으로 어떻게 될 만한 것이 아니다. '상대가 누구든 상관없으니 불특정 다수 여자애에게 인기를 끌고 싶다'는 목적, 다시 말해 닥치는 대로 격추하는 작전이라면 어느 정도 가르쳐줄 수도 있을 것이다. 하지만 그 외모와 성격이라면 그런 수준은 이미 달성했을 것이다.

게다가 상대방은 나나세 유즈키.

나조차 제대로 파악하지 못하고 있는 사람의 공략법을 가르쳐줄 수도 없고, 아마 토모야도 그 사실은 이해하고 있는 것 같다.

　가장 큰 목적은 유즈키와 가까운 내게 다가와서 상대적인 거리를 줄이는 거겠지. 뭐, 친구의 친구와 친구가 되면 좋겠다는 뜻이다. 그리고 추가로 내가 할 수 있는 게 있다면 '그런 방식으로는 유즈키가 절대로 넘어오지 않는다'는 진상 같은 행동을 가르쳐주는 정도밖에 없겠고.

　옆을 보니 더 이상 화제를 따라잡을 수 없다고 생각했는지 켄타가 스마트폰으로 라인 대화를 하고 있었다. 상대방은 아마 팀 치토세 중 누군가겠지만, 얼마 전까지 5채널이나 학교 비밀 사이트만 보던 걸 생각하면 많이 발전했다. 어느새 학교에서 이 녀석이 옆에 있는 것도 위화감이 없어졌다는 걸 깨닫고 나도 모르게 쓴웃음을 지었다.

　"아, 신이시여. 돌아가기 전에 잠깐 어디 좀 같이 가도 될까요?"

　"괜찮긴 한데, 어디?"

　"아니, 생물실에 두고 온 게 좀 있어서요."

　"상관없긴 한데, 오늘 수업에서 생물실을 썼었나?"

　"됐으니까 가죠."

　왠지 모르겠지만 켄타는 내 등을 꾹꾹 밀어댔다.

　"자, 신이시여, 문 여시고."

　"대체 뭐냐고. 짜증 나네."

담담하게 생물실 문을 열자 켄타가 뒤에서 힘껏 밀쳤다.

두세 발짝 내디디며 생물실로 들어서자 뒤에서 문이 쾅 닫히는 소리가 들렸다.

"장난치지 말라고. 대체 뭐야?"

그렇게 말하며 고개를 들어보니 그곳에는.

──악귀 두 마리가 기다리고 있었다.

밝은 미소를 지으며 떡 버티고 있는 유우코, 자애로운 표정을 지으면서 왠지 모르겠지만 커다란 칠판용 삼각자를 들고 있는 유아.

무슨 일인지 단숨에 파악한 내가 급하게 돌아서자 문 유리창 너머로 합장하고 있는 켄타가 보였다.

"너 이 자식, 나를 속였구나!!"

켄타는 재빨리 후다닥 도망쳤다.

나는 조심조심, 천천히, 신중하게 돌아섰다.

"사쿠~♡"

"사쿠 군♪"

악귀 두 마리가 방긋 웃었고.

""잠깐 거기 앉아봐.""

──이런, 나 죽었네. 후회할 게 많은 삶이었다.

*

"그래서, 사쿠, 변명하고 싶은 거 있어?"

유우코가 방긋방긋 웃으며 다가섰다.

그동안 유아가 슬쩍 문을 잠갔다.

"애, 애초에 무슨 이야기를 하는 거야?"

나는 있는 힘껏 눈을 피하며 대답한 다음, 근처에 있는 의자에 앉았다.

"에잇."

"아파?!"

등을 날카로운 무언가가 찔렀기에 돌아보니 유아가 삼각자를 들이대고 있었다.

"누가 의자에 앉아도 된다고 했어?"

"……뭐?"

"꿇어야!(주: 무릎 꿇고 앉아!)"

"네에엣!"

내가 허둥대며 무릎을 꿇고 앉자 유아는 삼각자를 손바닥에 탁탁 두들기며 입을 열었다.

"내가 사쿠 군에게 뭐라고 했어? 무슨 이야기인지는 알지?"

"저기……, 자기를 노리는 건 상관없다는 사고방식은 바람직하지 않다고 하셨지요."

"맞아, 맞아. 그래서?"

"어제 있었던 일은 정말 죄송합니다."

진심으로 고개를 크게 숙였다.

그러자 내 앞에 유우코가 앉았다.

"사쿠는 어제 우리가 어떤 마음으로 지켜보고 있었는지 전혀 몰라. 얀고 사람들에게 맞는 거 아닐까 하고 지이이이이이이이이인짜 걱정했거든?"

"아니, 저기, 진짜 미안해."

유우코와 유아가 한 말이 맞다.

이번에 나는 나름대로 합리적인 행동을 했다고 생각하고, 잘못된 행동을 했다고 생각진 않는다. 하지만 그 안에는 나 자신을 걱정하거나 나 자신을 걱정해주는 누군가를 걱정하는 게 포함되어 있지 않았다.

유우코의 목소리가 조금 부드러워졌고, 살랑살랑 예쁜 머리카락이 흔들렸다.

"저기 말이지, 사쿠. 나 같은 바보도 그런 사람들하고 이야기하는 것만으로 끝나지 않는 경우가 있다는 건 알아. 주먹이 오가야만 해결되는 게 있을지도 모르고."

그렇게 말한 다음, 숨을 크게 들이마신 뒤 '그, 래, 도!'라고 다시 강한 말투로 말했다.

"그럴 때는 '누군가를 지킨다'라든가 '반드시 살아 돌아오겠다'라든가, 그렇게 소중한 마음을 품어야만 하잖아! '이렇게 하면 되겠지' 같은 태도로는 안 돼!"

역시 당해낼 수가 없네~, 그런 생각이 들었다.

내가 한 행동만 놓고 보면 '유즈키를 지키기 위해서'라고밖에 할 수 없다. 하지만 유우코가 말하고 있는 건 분명히 그런 게 아닐 것이다. 그 마음에 이끌려서 저절로 움직인 결과인지, 단순히 가장 적합한 수단을 선택한 것인지. 이 두 가지는 비슷하지만 매우 거리가 멀다.

아무도 모르는 산속의 호수처럼 맑은 눈동자는 그렇게 내 조그마한 부분까지 전부 꿰뚫어 본다.

유아도 유우코 옆에 앉았다.

"유즈키가 들으면 신경 쓸 테니까 장소를 여기로 잡은 건데, 다시 말할게. 도와주고 싶다는 마음은 마찬가지야. 그렇다고 해서 사쿠 군이 상처를 입어도 된다는 이유는 안 돼."

유아가 내 목 쪽으로 손을 살며시 내밀었다. 어제 멱살을 잡혔을 때 기세 때문에 쓸려서 조금 빨갛게 변한 부분을 부드럽게 만졌다.

"만약에 정말 그것밖에 방법이 없을 때는 말해줘. 받아들일 수 있다면 적어도 잠자코 볼 수밖에 없는 아픔을 우리도 견딜 테니까."

"······알았어, 약속할게."

내가 그렇게 말하자 유아와 유우코는 아름답게 웃었다.

보아하니 용서해준 모양이다.

"그건 그렇고, 둘 다 아까부터 팬티가 보일 것 같──, 미안해, 유아. 경동맥을 꽉 누르지 마."

'정말, 너도 참', 유아가 그렇게 말하고 오른손 새끼손가락을 내밀었다.

유우코가 그 옆에 왼손 새끼손가락을 가져다 댔다.

"사쿠, 손가락 걸고 약속해. 또 거짓말을 하면 싫어할 거야."

나는 조용히, 그러면서도 확실하게, 그 상냥한 두 손가락과 약속했다.

*

방과 후, 유즈키가 주말 시합을 대비해 간단한 미팅을 하는 모양이라 나는 기다리는 동안 문고본을 엉덩이 주머니에 넣고 옥상으로 향했다.

문손잡이를 비틀어보니 신기하게도 문이 잠겨 있지 않았다.

쿠라쌤이 와 있나 싶었는데, 다른 선생님이라면 변명하기가 귀찮아질 테니 소리를 내지 않게끔 살짝 문을 열어보았다.

"~~~~ ♪"

몇 센티미터 정도 빛이 새어 들어오는 틈새로 마치 폐허가 되어버린 세계의 한구석에서 울리는 것처럼, 허스키하고 왠지 덧없는 것 같은 노랫소리가 들렸다.

——처음 들었는데, 저 사람이 노래하는 거.

문을 더 열면 분명히 노래를 그만둘 테니 잠시 멈춰 서서 흘러드는 멜로디에 귀를 기울였다. 나는 '길드'라는 그

예전 노래를 작년에 질릴 정도로 반복해서 들었다.

1절이 끝난 걸 확인한 다음 천천히 문을 끝까지 열었다.

끼이익, 소리가 나자 예상했던 대로 노랫소리가 멈췄다.

"브라보~. 앵콜을 부탁해도 될까?"

시설물 위에 서 있던 아스 누나, 니시노 아스카 선배는 나를 보고 신기하게도 동요하는 모습을 보였다. 정신이 번쩍 들어서 표정을 다잡았고, 그럼에도 불구하고 숨기지 못한 쑥스러움 때문에 고개를 돌린 다음, 마지막에는 발끈해서 나를 노려보았다.

"옥상에 허가를 받지 않은 학생이 출입하는 건 금지되어 있어요."

나중에는 툴툴대며 그런 말을 했다.

이렇게 허를 찔린 아스 누나를 볼 수 있는 건 귀중한 기회이기 때문에 너무 훈훈해서 나도 모르게 입가에 미소가 번져버렸다.

주머니에서 옥상 열쇠를 꺼내 얼굴 앞에 들어 올렸다.

"몰랐어? 2대째 옥상 청소 담당은 나야."

"……쿠라쌤, 일부러 나한테 말하지 않았구나?"

통통통, 나는 사다리를 올라갔다.

아스 누나는 토라진 듯이 구석에 웅크려 앉아있었다.

나는 구겨지지 않게끔 문고본을 빼낸 다음 그 옆에 앉았다.

"이야기를 들어보니 쿠라쌤은 자기가 맡은 반에서도 특

별히 우수하고 특별히 질이 안 좋은 사람에게 이 열쇠를 준다던데."

흐흥, 웃으며 그렇게 말하자 아스 누나는 이쪽을 홱 돌아보았다.

"잠깐만, 그런 이야기는 처음 듣는데. 나 때는──."

그녀는 자기도 모르게 그렇게 말한 다음 허둥대며 웅얼거리고 있었기에 나는 화제를 돌렸다.

그 아저씨니까. 어차피 그때 적당히 생각난 걸 말했을 뿐이겠지.

"아스 누나, 노래하는 목소리가 예쁘던데."

"너, 지금 잘 배려하면서 말하고 있는 거라 생각할지도 모르겠지만, 신경을 건드리고 있는 거거든?"

아, 진짜. 아스 누나는 그렇게 말하며 매끈매끈하고 예쁜 무릎 사이로 얼굴을 파묻었다.

"노래는 서투르거든, 예전부터."

마치 어린애처럼 그런 말을 했다.

"나는 한 번 더 듣고 싶은데. 그 곡을 좋아하거든."

같은 곳을 비슷한 목소리 크기로 흥얼거렸다.

"……유감이야."

"뭐가."

"왠지 괜찮은 느낌이라 탐탁지 않아."

"아스 누나도 괜찮은 느낌이었다니까."

"흥~."

정말, 여우비 같은 사람이다.

"이 곡, 아니, 앨범을 아스 누나가 빌려줬어. 기억해?"

그제야 내 쪽을 돌아봐 주었다.

옥상 꼭대기에서 불어오는 기분 좋은 바람이 그녀의 짧은 머리카락을 살랑살랑 흔들었다. 변덕스러운 들고양이 같은 눈이 슬쩍 가늘어졌고, 연한 입술이 초승달을 그렸다. 왼쪽 눈가의 눈물점은 성격이 급해서 먼저 뜬 별이라고 해야 할까.

"물론이지. 너는 분명히 마음에 들어 할 거라 생각했어. 이리저리 방랑하는 고양이 같은 표정이었으니까."

마음속으로 중얼거리던 고양이라는 표현이 겹쳐서 기쁘기도 하고, 쑥스럽기도 하니 복잡한 기분이 들었다. 나는 고양이라기보다 들개에 더 가까울 것 같은데.

그날, 대충 봐도 여고생답지 않게 고풍스러운 편지에 나열된 아름다운 문장과 함께 준 CD 덕분에 나는 많은 도움을 받았다.

아스 누나는 볼에 걸린 머리카락을 새끼손가락으로 쓸어내며 계속 말했다.

"특히 이 곡은, 왠지 네 생각이 난단 말이지."

"……그렇구나."

더 이상 캐묻는 것도 뭐하니 화제를 돌렸다.

"아스 누나, 항상 하던 거 해도 돼?"

"네 진로 상담?"

"적어도 고해라고 해주는 게 더 어울릴 것 같은데."

그런 다음 나는 평소처럼 최근에 있었던 일에 대해 이야기했다.

물론 유즈키에게 가짜 애인이 되어달라는 부탁을 받고 난 이후로 어제까지 일어난 일까지 전부. 이 사람은 영세 중립국 같은 거라서 애초에 이야기해도 될 화제나 하면 안 되는 화제를 구분하지 않는다.

대충 이야기를 다 들은 아스 누나는 내가 손 근처에 놓아둔 문고본을 들고 팔랑팔랑 페이지를 넘겼다.

"그래서 아베 코보의 '상자인간'이야?"

"그래서 그런 건 아니지만 말이야. 왠지 읽고 싶어져서."

책을 탁 덮은 아스 누나가 중얼거렸다.

"——네가 정말 멋지고 불확실한 점은 말이지."

왠지 자상한 목소리가 울렸다.

"뭐든지 자기 혼자서 할 수 있을 거라고 생각하고, 실제로 뭐든지 해내 버리는 점이야."

나는 그 말을 천천히 삼키고 난 다음에 입을 열었다.

"사실 오늘, 유우코하고 유아에게도 조금 비슷한 말을 들었어. 누군가가 상처 입지 않게끔 하기 위해서 내가 상처를 입어도 상관없다는 사고방식 이야기였지만."

그렇게 말하면서 나도 참 촌스럽다고 생각하며 쓴웃음을 지었다.

아스 누나도 마찬가지로 쿡쿡 웃었다.

"네 삶에는 항상 누군가가 있는 것 같으면서도 사실 자신밖에 없어. 하지만 언제나 자신밖에 없는 것 같으면서도 사실 누군가가 있지."

그렇다면 불확실한 존재 방식이긴 할 것이다.

내가 무슨 말을 하기도 전에 아스 누나가 중얼거렸다.

"분명히 여름에 마루에서 울리는 풍령 같은 거겠지."

어떻게든 받아들일 수 있는 말이었다.

고독하면서 단란하게도, 자상하면서 쌀쌀맞게도, 강하면서 약하게도, 그리고 행복하면서 슬프게도. 해석할 여지만 잔뜩 늘어나서 선택할 여지를 주지 않는다.

그야말로 나 자신 그 자체인 것 같다.

철컥, 아래쪽에서 문이 열리는 소리가 들렸다.

아무래도 오늘 진로 상담은 여기까지인 것 같다.

"사쿠~?"

유즈키의 목소리를 듣고 나는 일어서서 손을 들었다.

옆에서 시원스러운 표정을 짓고 있던 아스 누나도 일어섰다.

"미안, 이야기하고 있었어?"

"아니, 마침 끝난 참이야."

먼저 아스 누나가, 그런 다음 내가 사다리를 내려갔다.

"유즈키, 소개할게. 3학년 니시노 아스카 선배. 아스 누나, 방금 말했던 나나세 유즈키."

내가 그렇게 말하자 유즈키는 사바나에서 펭귄을 만난

것 같은 표정으로 살짝 굳은 다음, 급하게 아스 누나에게 고개를 꾸벅 숙였다.

그리고 평소처럼 종잡을 수가 없는 표정을 짓고 있던 아스 누나가 유즈키에게 말을 걸었다.

"만나서 반가워, 나나세 양. 여기 있는 너에게 들었는데 매우 까다로운 상황에 처한 모양이네. 처음 만났고 상관도 없는 사람이 걱정해줬으면 하지도 않을 테니까 한 가지만 말할게. 부디 눈을 감지 말아줘."

"그게, 무슨……."

유즈키가 그렇게 대답할 만도 했다.

나도 그 말에 무슨 의도가 있는지 잘 모르겠다.

아스 누나는 나를 보았다.

"이야기를 들어보니, 나나세 양은 너니까."

나와 유즈키는 서로 얼굴을 마주 보았다.

유즈키와 비슷한 타입이라는 건 자각하고 있었다. 하지만 이 사람이 한 말에는 분명히 다른 의미가 담겨져 있을 것이다.

그렇게 말하고 떠나려 하는 아스 누나의 뒷모습을 보며 유즈키가 '저기'라고 말을 걸었다.

"니시노 선배하고 사쿠는 어떤 관계인가요?"

그건 매우 평범한 여자애 같아서, 나나세 유즈키답지 않은 질문이었다.

그런 건 나중에 내게 물어봐도 되고, 물어보면 딱히 숨길 생각도 없다.

"**내** 대답을 듣고 싶었던 거구나?"

아스 누나는 어른스러운 미소를 지으며 그렇게 대답하고 나서 갑자기 어린애처럼 '음~'이라는 소리를 내며 생각에 잠겼다.

"그래. 분명히 나나세 양이 상상한 것보다 좀 더 난해하고, 좀 더 재치가 있고, 그리고――."

장난을 막 배운 새끼 고양이처럼 천진난만한 미소를 지으며 말했다.

"좀 더 위기의식을 품는 게 나을 것 같은 선배와 후배려나?"

""뭐라고요?""

그렇게 자기가 하고 싶은 말만 마친 그 사람은 바람처럼 떠나가 버렸다.

＊

"――무슨 관계신지?"

그러니 당연히 이렇게 된다.

좋은 말을 해줄 때는 잊어버리곤 하지만, 아스 누나는 기본적으로 자유분방한 사람이다. 자기 마음대로 컨트롤

같은 걸 할 수가 없다.

집에 가는 길에 옆에서 걸어가는 유즈키는 왠지 토라진 상태였다.

뭐, 거리를 걸어가다 보니 갑자기 하늘에서 찬물이 잔뜩 들어 있는 양동이가 떨어진 거나 마찬가지다. 완전히 당했다는 느낌이 마음에 들지 않는 것 같다.

"아스 누나가 말했잖아. 그냥 선배하고 후배야."

"그렇게 말한 기억이 없는데?"

"복잡한 관계거든요."

유즈키는 에나멜 백을 있는 힘껏 휘둘러 내 엉덩이를 때렸다.

그렇게 하니 조금 분이 풀렸는지, 조용히 중얼거렸다.

"조금 뜻밖이었어."

"뭐가?"

"사쿠에게 그런 사람이 있다는 거."

빤히, 무언가를 확인하려는 듯이 내 눈을 들여다보았다.

"그런 사람이라니, 어떤 사람인데?"

"사쿠에게 특별하고, 그렇게 특별한 누군가도 사쿠가 특별하다고 생각하는 관계를 맺고 있는 상대라는 뜻이야."

"설마. 아스 누나에게는 그냥 시간 때우기 같은 거나 마찬가지라고."

그 말은 겸손하거나 자학하는 게 아니라 그냥 진심이었다.

"사쿠는 어찌 되든 상관없는 사람을 누나라고 부르지 않아. 그리고……."

유즈키는 휴우, 숨을 내쉬었다.

"눈치 못 챘어? 니시노 선배는 나를 나나세 양이라고 불렀는데, 사쿠는 너라고만 불렀다고. 원래는 '치토세 군'이나 '이 사람'이라고 해야 할 때조차 '여기 있는 너'라고 했지. 그런 상대가 특별하지 않을 리가 없잖아."

솔직히 그런 말을 들으니 정신이 번쩍 들었다.

생각해보니 제3자가 있는 상황에서 아스 누나와 이야기한 건 이번이 처음이었다.

'너'라는 호칭은 확실하게 선배와 후배라는 선을 나누고 있는 것 같아서 계속 마음에 걸렸는데, 혹시 그것 말고도 아스 누나 나름대로 의도가 있는 건지도 모르겠다.

단, 그 이유는 연애 같은 것이 아니다, 부디 그랬으면 좋겠다.

나는 장난치는 듯이 대답했다.

"갑자기 나타난 라이벌 캐릭터에게 질투하다니, 유즈키도 조금 여자친구다워졌는데."

"그럴지도 모르지."

평소처럼 대담하나 싶었는데, 상상했던 것보다 섬세한 목소리가 돌아왔다.

"아마 내 위치라고 생각했던 거겠지……, 응, 분명 그럴 거야. 사쿠의 본질을 이해하고, 같은 시선에서 이야기할 수 있는 건 나나세 유즈키밖에 없다, 그런 식으로 생각했던 거야, 나는."

"딱히 틀린 말은 아닌데. 실제로 유즈키처럼 나와 닮은 녀석은 없는 것 같고."

"그게 아니야. 나도 나름대로 여자애였다는 이야기지. 사쿠를 좋아하게 되었다는 뜻 같은 게 아니라, 특수한 상대 곁에 있을 수 있는 건 특수한 자신이라고 뽐내고 있었던 거야."

"이봐, **나나세**……."

그렇게 말하려던 내 입술에 유즈키가 집게손가락을 가져다 댔다.

"그래, 나는 **나나세**야, **치토세**. 사랑 이전, 우정 미만, 내 특별한 것은 상대의 특별한 것이 아닐지도 모르는, 겨우 그것뿐인 자그마한 감정. 자신만이 다를 거라고 생각했던 여자애의 자그마한 패배."

나는……, 말이 나오지 않았다.

가벼운 농담으로 피하고 싶었는데, 그러지 못했다.

왜냐하면 유즈키와 똑같은 생각을 하고 있다는 걸 눈치채버렸으니까.

분명 유즈키에게 나는 특수하고, 특수한 유즈키 곁에 서서 모든 것을 공유하고 지켜**줄 수 있는 것**은 나뿐이라고 무의식적으로 그렇게 생각하고 있었으니까.

만약에 유즈키에게 나보다 더 마음을 터놓을 수 있는 남자가 있다는 걸 안다면……, 그냥 그런 거라고 이해할 수 있다. 그렇게 이해하면 왠지 마음 한구석이 괴로워질 거라는 것도 이해했다.

"저기, 사쿠는 고독한 사람이라고 생각했어. 나와 마찬가지로."

"유즈키는 고독한 사람이라고 생각했어. 나하고 마찬가지로."

"우리는 스스로 생각한 것보다 재주가 좋지도 않고, 합리적이지 못할지도 모르겠어."

"혹시나 말이지."

유즈키가 내 앞으로 손을 스윽 내밀었다.

"길을 가로막겠다는 거야?"

"저기 말이야, 이게 손을 잡자는 것 말고 다른 의미로 보인다면 지금까지 살아온 인생에 심각한 버그가 있는 것 같거든?"

"왜 또 갑자기."

"그러면 조금이나마 특별해질까 싶어서."

"그만둬, 버릇된다고."

"쳇."

그렇게 우리는 어디에나 있는 평범한 남녀다운 거리로 터벅터벅 걸어갔다.

*

우리는 20분 정도 걸려서 유즈키의 집에 도착했다.

그녀가 말하기로는 '일반 가정'이라고 했지만, 아마 최근 10년 이내에 지은 것 같은 그 집은 매우 호화로웠고, 주차장에는 누구나 알고 있을 정도로 유명한 독일 메이커 자동차가 있었다.

나는 그 한구석에 꿔다놓은 보릿자루처럼 서 있던 마운틴 바이크의 자물쇠를 따고 우체통 안을 확인하고 있던 유즈키에게 말을 걸었다.

"그럼 갈게."

"응, 오늘도 고맙……."

도착한 우편물을 팔랑거리며 보고 있던 손이 멈췄다.

"잠깐! 사쿠."

그 목소리에서 왠지 절실한 느낌이 들었기에 나는 마운틴 바이크에서 내렸다.

"이거……, 뭘까."

유즈키가 내게 내민 것은 수수한 하얀색 봉투였다. 보낸 사람의 이름도, 받는 사람도 적혀 있지 않았고, 풀도 안 붙어 있었다. 뭔가 잘못된 게 아니라면 누군가가 직접 이 집의 우체통에 넣었을 것이다. 햇빛에 비춰보니 네모난 실루엣이 희미하게 보였다.

"편지……, 아니, 사진인가? 내용물을 확인해볼게."

접힌 자국이나 얼룩 같은 게 전혀 없는 순백색이 지금은 오히려 기분 나쁘게 느껴졌다.

마치 방금 산 봉투에 바로 내용물을 넣은 것처럼 결벽증 같은 느낌이 들었다. 손바닥 위에서 뒤집어보니 역시 사진 같은 게 여러 장 떨어졌다.

유즈키에게 보이지 않는 위치에서 찍힌 걸 확인해보니 매우 친숙한 얼굴이 늘어서 있었다.

"사쿠, 보여줘."

그러지 말라고 해도 내 말을 듣지 않겠지.

나는 조용히 사진 세 장을 건넸다.

"나하고……, 사쿠."

도서관에서 같이 공부하는 사진, 강가를 따라 학교에 가는 사진, 문제는 마지막 한 장이다.

역 앞 카페에서 나와 유즈키가 에그 베네딕트를 먹고 있는 사진.

"아무래도 착각한 게 아니었던 모양인데."

"……그렇구나."

그날, 그 시간, 우리 말고 다른 손님은 없었다. 구도를 봐도 가게 바깥에서 찍었을 것이다. 나는 완전히 유즈키와 이야기를 나누는데 집중하고 있었고, 유즈키도 아직 제대로 경계하고 있지는 않았을 것이다. 그럴 생각만 있다면 도촬하는 건 쉽다.

"어제 찍힌 두 장. 도서관은 학생들이 너무 많아서 알아낼 수가 없고. 타이밍을 보면 얀고 녀석들이 제일 의심스럽지만, 증거는 안 돼. 강가도 마찬가지지. 좀 경솔했네. 생각했던 것보다 용의주도해."

날마다 도촬 당하고, '빌어먹을 걸레남이 ○반 ○○양을 꼬셨다, 죽어'라는 글이 학교 비밀 사이트에 올라오곤 하는 나와는 달리 나름대로 충격이 클 것이다.

자기가 의식하지 못하는 부분을 다른 사람이 의식적으로 보고 있다는 것을 알게 된 건 분명히 유즈키도 경험해본 적이 있을 것이다. 지금까지 살아오면서 모르는 남자들이 짐작도 안 되는 애정을 산더미처럼 쏟아부었을 테니까.

하지만 사진이라는 건 그런 타인의 시선을 잘라내서 강제로 공유하게 만드는 도구다.

그때, 어디 사는 누군가가, 자신을 이런 식으로 보고 있었다.

그런 감정이 싹튼다면 아무리 생각해도 기분이 나쁠 수밖에 없다.

"꽤 예쁘게 찍었잖아. 모델에 대한 사랑이 느껴지는데."

내가 씨익 웃으면서 그렇게 말하자 유즈키의 표정이 조금 부드러워졌다.

"이거 꽤 아슬아슬하잖아. 애초에 사쿠는 따로 신경 쓸 부분이 있을 텐데."

무슨 말인지는 생각해볼 필요도 없다.

"진짜, 멋진 얼굴이 엉망이 됐네. 하네츠키 승부에서 진 것도 아닌데."

모든 사진에 찍힌 내 얼굴에 커터칼이나 나이프 같은 걸로 X표시를 새겨놓았다. 덤으로 온몸을 붉은색 매직으로 칠해놓아서 내가 봐도 참 안쓰러운 상태였다. 강가에서 찍은 사진 뒤에는 '지금 당장 헤어져라'라고 적혀 있었다. 필적을 숨기기 위해서겠지만, 그 글자가 묘하게 각져있어서 무섭기보다 헛웃음이 나와버렸다.

"흐음, 참치처럼 붉으니 무순하고 같이 내놓으면 맛있을 것 같은데."

내가 그렇게 말하자 유즈키도 덩달아 웃음을 터뜨렸다.

"너는 정말, 심각한 일을 쓸데없는 개그로 망치는데 천재구나."

"너무 그렇게 칭찬하지 마, 쑥스러우니까."

아마 이렇게까지 확실한 공격을 한 건 이번이 처음일 것이다. 예전에도 그런 적이 있었다면 내게 말했을 테고, 이렇게까지 놀라지도 않았을 것이다.

이유는 따로 생각해볼 필요도 없이 꼼꼼하게 적어놓았다.

단적으로 나와 유즈키가 사귀기 시작했다는 것이 마음에 들지 않았던 것이다. 그냥 사귀는 척하는 것이라는 사실을 알고 있는 사람은 내 친구들을 제외하면 어쩌다 보니 가르쳐주게 된 토모야뿐이다. 다른 거의 모든 사람은 의심할 여지도 없을 것 같다.

자, 기뻐해야 할까, 후회해야 할까.

애초에 스토커의 존재를 확실하게 알아내는 것이 목적 중 하나였다. 그런 의미에서는 상대방이 초조해하면서 극단적인 행동에 나서준 건 계획대로라고 할 수 있다.

유즈키가 기대했던 것처럼 남자친구가 있다는 걸 알고 포기해줬다면 해결되었겠지만, 아무래도 분노를 드러내는 타입이었던 모양이다.

사진 안에 있는 치토세 군에게 한 짓은 척 보기에도 얀고답게 성격이 급한 것 같다. 그런데 필적을 숨긴 걸 보니 최소한 머리는 돌아가는 것 같다.

"유즈키, 괜찮아?"

"왕자님, 보통은 제일 먼저 그걸 확인해야 하지 않을까?"

그야 그렇지.

"괜찮지 않아, 기분 나빠. 그래도 같이 확인해서 그런지 내가 처한 상황에 비해서는 충격이 덜한 편인 것 같아. 보아하니 원한을 산 건 사쿠 같기도 하고."

유즈키는 놀리는 듯이 내 어깨를 찔렀다.

"그렇게 비꼴 수 있는 걸 보니 다행이네. 뭐, 도촬이라고 해도 옷을 갈아입는 사진이 아니라 다행이야."

"만약에 그런 사진이었다면 어떻게 할 거야?"

"유즈키! 너는 안 봐도 돼! 이건 내가 맡아둘게!"

"경찰 아저씨, 이 녀석이에요."

둘이서 깔깔대며 웃었다.

"농담은 제쳐두고, 문제는 지금부터 어떻게 할지인데.

뭔가 생각 있어?"

"사쿠를 산 제물로 바치고 나만 살아날 거야."

"호오, 구체적으로는?"

"야마자키에게 들었는데, 세상에는 낭자애라는 게 있다고 하거든. 그쪽에 반하면 기회가 있지."

"대단하네, 나도 미처 상상하지 못한 발상인데."

애써 기운을 내고 있는 것 같다.

그렇게 애써서 낸 기운까지 텅 비어버리기 전에 최대한 빠르게 결판을 냈으면 한다.

"진지하게 따지자면, 집에 감시 카메라라도 설치하면 편할 텐데."

그렇게 말하자 유즈키는 고개를 저었다.

"미안. 사쿠까지 휘말리게 해서 이런 소리를 하나 싶겠지만, 할 수 있다면 부모님께는 말하고 싶지 않아."

"그렇겠지, 알겠어."

나는 쉽사리 고개를 끄덕였다.

유즈키는 맥이 빠진 것처럼 보였지만, 더 이상 이유를 물어볼 생각은 없다. 고등학생이 부모님과 의논하고 싶지 않다는 것은 후쿠이 현민이 달걀을 넣은 카츠동을 먹고 싶지 않아 하는 것과 비슷할 정도로 흔한 일이다……, 아니, 그렇게 쪼잔한 비유를 들어도 될지는 모르겠지만.

어찌 됐든, 이대로 가다가는 휘둘리기만 한다.

어떻게든 반격에 나서고 싶긴 한데, 왠지 가지고 있는

조각이 너무 제각각이라 아직 퍼즐을 제대로 맞출 수 있을 것 같지 않았다.

결국 그렇게 좋은 생각을 떠올리지도 못하고 주위가 어두워져만 갔다. 위엄있는 모습으로 떡 자리 잡은 독일 차가 그런 우리를 지켜보고 있었다.

*

집으로 돌아와서 샤워를 하고 적당히 준비한 저녁밥을 먹자 스마트폰으로 전화가 왔다.

나는 나루세 토모야라는 이름을 확인하고 받기 아이콘을 터치했다.

"음~, 지금 거신 전화는 없는……."

『아니, 너무 오래된 개그잖아. 이건 라인이고.』

"무슨 일인데."

『무슨 일이냐니, 오늘 낮에 말했던 거야. 연애 지도.』

"너, 설마 그러진 않겠지만, 날마다 전화할 생각은 아니겠지?"

『사쿠는 항상 나나세 양이나 반 친구들하고 같이 있잖아. 이것 말고 다른 방법이 있어?』

쓸데없이 시원스러운 목소리가 열 받는데, 뭐, 틀린 말은 아니지.

일단 내 사정을 고려해주고 있다는 걸 알 수가 있으니

불평하기도 힘들다.

우선 나는 오늘 있었던 일에 대해 이야기했다. 하지만 아스 누나에 대한 이야기나 그녀와 나누었던 이야기, 그리고 사진 이야기 같은 걸 할 수가 없었기에 별것 없는 잡담이 되었다.

『호오, 나나세 양도 의외로 평범한 여고생이라는 느낌이구나.』

"당연하지. 방과 후에는 변신하고 어둠의 조직과 싸울 줄 알았어?"

『뭐라고 해야 하나, 신성한 느낌이 들거든. 모든 게 완벽하고, 사쿠처럼 안 좋은 소문도 없고, 주위 사람들하고는 다르다고 해야 하나?』

"왜 이야기하다가 내 험담을 한 건데? 이봐, 아마 그런 건 그 녀석을 이해하는 것에서 가장 멀리 떨어진 해석일 것 같은데."

『무슨 뜻이야?』

토모야는 진심으로 의아하다는 듯이 물어보았다.

"먼저 물어보고 싶은데, 토모야는 왜 유즈키를 좋아하게 된 거야? 연애 상담을 받아주게 되었으니 그 정도는 가르쳐줄 수 있잖아."

『그렇지, 솔직히 말하자면 처음에는 까놓고 말해서 얼굴이었어. 너무 미인이라 눈길이 사로잡혔지. 그 이후로 왠지 틈만 나면 보게 되었고, 확실하게 좋아하게 된 건 그때

였나?』

투두둑, 스마트폰에 이어폰을 끼운 듯한 소리가 들렸다.

『방과 후에 말이지, 교문 근처에서 만화처럼 넘어져서 가방 안에 들어있던 걸 전부 쏟아버린 적이 있거든. 다들 쿡쿡 웃으면서 지나가기만 했고. 허둥대기도 했고, 어두워진 시간이라 제대로 주울 수가 없어서…….』

"그때 멈춰 서서 냉정하게 스마트폰 라이트를 켜서 도와준 게 유즈키였다고?"

『어? 어떻게 알았어?』

그런 건 금방 상상이 되는데.

"그건 네가 생각하는 자상한 마음이 아니야. 자상한 마음의 한 가지 형태이긴 하지만, 그냥 지나가는 다른 녀석들하고 똑같이 되고 싶지 않았을 뿐이라고."

『무슨 뜻인지 잘 모르겠는데.』

"자상한 마음이 아예 없다고 하진 않겠어. 물론 그 밑바닥에는 있겠지. 하지만 만약에 순진무구한 박애주의자라고 생각하는 거라면 유즈키와 사귀는 건 힘들 거야."

전화기 너머에 있는 토모야는 침묵하고 있었다.

"자기 혼자 만들어낸 우상이 아니라 유즈키라는 여자애를 제대로 보라는 뜻이야. 그 녀석도 코를 풀고, 귓밥도 쌓이고, 클럽활동을 한 다음에는 땀 냄새가 나고, 타산적으로 이미지를 만들어내기도 해. 우선 그걸 이해하는 게 나을 것 같다고."

『나나세 양도 인간이니까 그렇겠지만……, 별로 유쾌한 이야기는 아니네.』

"그렇겠지, 하지만 중요한 거야. 연애가 대부분 환상에서 시작된다는 건 부정하지 않겠어. 하지만 환상을 손에 넣으려고 하면 대부분 실망으로 끝나지. 그리고 그 실망이라는 건 분명히 소중하게 여기던 상대를 상처 입힐 거고."

『완전히 딱 잘라 말하는구나.』

"그렇게 하찮은 결말을 싫증이 날 정도로 많이 봐왔으니까."

그렇게 말한 다음, 지나간 나날을 떠올려보고 감정을 너무 드러냈나 하고 반성했다. 오늘 처음 만난 사람에게 할 이야기가 아니었는지도 모르겠다.

"기분이 상했다면 미안해. 하지만 공교롭게도 이런 말밖에 못 하겠거든. 이제 그만할까?"

『아니, 오히려 마음을 열어준 것 같다는 느낌이라 기뻐. 네가 괜찮다면 계속해줬으면 좋겠는데.』

"촌스러운 말일지도 모르겠지만, 결국 사람의 마음을 움직이는 건 솔직하고 뜨거운 마음인 것 같아. 부딪히고, 실패하고, 다시 부딪히는 거, 그렇게 청춘다운 거 말이야."

진짜로 촌스럽네, 내가 생각해도 감탄스럽다.

"그러니까 토모야가 진짜로 유즈키와 사귀고 싶은 거라면 우선 제대로 말을 걸고 관계를 맺어. 연락처를 물어보고, 날마다 잠깐이라도 이야기를 하고, 그 녀석에 대해 알고, 알아갈 때마다 조금씩 상상했던 것과는 다른 일면이 보이고, 그럼에도 불구하고 정말 좋아한다고 생각하면 확실하게 마음을 전하라고."

『좀 구질구질한 것 같아서 뜻밖인데. 사쿠는 좀 더 세련된 방법을 제안할 줄 알았어.』

"그것도 마찬가지로 환상이야. 유즈키뿐만이 아니라 내게도 환상을 보고 있다고, 너는."

또 말이 너무 많았구나, 그런 생각이 들었다. 아마 내게 어울리지도 않는 가짜 연인 행세를 하고 있어서 평소보다 감상적이기 때문일 것이다.

하지만 분명히 이 정도는 말해두는 게 나을 것 같다.

그 결과로 어떻게 행동할지는 토모야가 선택할 문제고, 책임도 자기가 알아서 질 테니까.

『하고 싶은 말이 뭔지는 좀 알 것 같아. 결국 아직 나나세 양을 잘 모른다는 거지?』

"단적으로 말하자면 그렇지. 이것만은 알아두라고. 안이하게 지름길로 가려 하면 안이한 결과만 나올 테니까."

『결국 연애에는 왕도가 없다는 건가? 고마워, 마음이 조금 따끔하네. 조금만 더 알아가는 노력을 해볼게.』

"그거 다행이네. 오늘은 이만 잘 거야."

『그래, 내일 보자.』

전화를 끊은 다음, 나는 그대로 침대 구석에 걸터앉아 있었다.

*

목요일이 지나고, 금요일이 지나고, 토요일을 맞이했다.

그동안 유즈키네 집 우체통에는 편지 봉투가 두 개 왔고, 스쿨 백에 넣어두었던 필통과 수첩이 어디론가 멀리 가출했다. 두 번째 편지 봉투는 저번과 별로 다를 게 없었지만, 세 번째 봉투에 들어있던 사진은 1학년 때 유즈키였다.

정말 마음에 들지 않는 상황이 되어가는 것 같다.

유즈키는 평소와 별로 달라 보이지 않았지만, 이런 상황에서 평소처럼 보이는 것 자체가 분명히 평소 같지 않다고 할 수 있을 것이다. 진짜로 여유가 있을 때 그 녀석이라면 비꼬는 듯한 농담이라도 하면서 웃어넘긴다. 마음의 피로가 확실하게 쌓이고 있는 것 같다.

토모야는 그렇게 매일 밤 전화를 걸었고, 그럴 때마다 나는 최대한 조언을 해주었다. 켄타 때 그랬듯이 처음에는 골치 아픈 일을 받아들였다는 느낌이 들었지만, 점점 '슬슬 전화가 올 때인가?'라고 생각하게 된 걸 보니 습관이란 참 무서운 것 같다.

오늘 여자 농구부 연습 시합에 그 녀석도 오라고 해봤는데, '갑자기 시합을 보러 가면 이상하게 생각할 것 같다'는 이유로 거절했다. 무슨 마음인지는 알 것 같으니 나도 더 이상 끈질기게 설득하지는 않았다.

시합장은 우리 고등학교의 제1체육관. 안으로 들어가자 이미 후지 고등학교와 상대 고등학교 여자 농구부 멤버가 몸을 풀기 시작하고 있었다. 그 모습을 곁눈질하며 나는 2층 통로로 올라갔다. 연습 시합이니 관객이 별로 없을 줄 알았는데, 상대가 전국에서도 이름난 강호 학교라서 그런지 나름대로 학생들이 꽤 많이 대기하고 있었다.

유즈키와 하루도 팀 치토세 멤버들을 적극적으로 부르지 않은 모양이었다. 이렇게 말하면 좀 그렇지만, 운동부 연습 시합 같은 건 아무리 대단한 상대와 하는 거라 해도 정작 본인들에게는 흔해빠진 일상의 일부다. 함부로 말을 걸면 보러 가야만 한다는 의무감을 짊어지게 만들어서 시험공부를 방해하게 되어버린다. 그 녀석들이 그런 걸 신경 쓰지 않을 리가 없다.

그렇다면 나는 왜 부른 거냐고 할 수도 있겠지만, 특수한 사정도 있으니 그건 제쳐두기로 하자.

"안녕! 사쿠!"

갑자기 말을 건 키다리는 그냥 카이토였다.

"안녕. 카이토도 보러왔구나."

"여자라고는 해도 전국 클래스 팀은 참고가 되거든. 이제 와서 발버둥 쳐봤자 어떻게 될 성적도 아니고."

"진짜로 발버둥 쳐야 하는 건 너 같은 녀석인 것 같은데."

"사쿠, 그거 몰라? 진인사대천왕!"

"뭐야, 그냥 악당이었네."

다시 주위를 둘러보니 조금 뜻밖인 사람들이 보였다.

무대를 정면으로 보는 기준으로 우리는 왼쪽 통로. 그 정반대 쪽인 오른쪽 통로에 나즈나와 아토무가 보였다.

상대방도 우리를 봤는지 나즈나가 손을 붕붕 흔들었다.

나도 손을 흔들어주자 아토무가 마음에 들지 않는다는 듯이 눈을 피했다.

두 사람은 아무리 생각해도 데이트를 할 때 스포츠를 보러 오는 타입이 아닌 것 같은데, 같이 아는 친구가 시합에 나가기라도 한 건가?

나는 다시 코트를 바라보았다.

팀 컬러인 군청색 유니폼을 입은 후지 고등학교 선수들이 슛을 하고 있었다. 여자 농구부 유니폼은 건강하고 야해서 좋다고 느긋하게 생각하고 있자니 사람들 중에 내가 잘 아는 두 사람이 없다는 걸 눈치챘다.

신경 쓰여서 체육관 전체를 둘러보니 코트에서 거리가 좀 떨어진 벽 쪽에서 고문인 미사키 선생님, 하루, 유즈키가 뭔가 심각한 표정으로 이야기를 하고 있었다. 위치 관계로 보니 화제의 중심은 유즈키인 모양이다.

나는 기분 나쁜 예감이 들어서 재빨리 계단 쪽으로 뛰어가기 시작했다.

"뭐야? 똥 마려워? 금방 시작할 텐데."

카이토의 얼빠진 목소리가 들렸다.

"멍청한 소리 하지 말고 너도 와."

우리가 다가가자 미사키 선생님이 째려보았다.

"뭐냐, 치토세, 아사노까지. 응원은 위에서 해."

어른 여자답게 쭉쭉빵빵한 몸매와 단정한 외모로 쏘아붙이는 차가운 말투가 일부 남학생들에게 평판이 좋은 여자 선생님인데, 지금은 그걸 즐기고 있을 때가 아니다.

남자 농구부, 여자 농구부로 나뉘어 있긴 하지만, 날마다 같은 체육관에서 얼마나 엄한지 봐왔던 카이토는 커다란 몸집을 최대한 웅크리며 내 뒤에 숨어 있었다.

"죄송합니다, 위에서 보다가 좀 신경 쓰여서요. 무슨 일이 있었나요?"

제일 먼저 반응을 보인 것은 하루였다.

"치토세, 유즈키 농구화가 없어. 기본적으로 부실에 놔두고, 시험 기간에 들어가기 전에 마지막 연습 때도 신었는데……."

또 도둑맞았나, 그런 생각이 제일 먼저 떠올랐다.

미사키 선생님이 이야기를 이어받았다.

"하루라면 모를까, 유즈키가 관리를 허술하게 하지도 않았을 테니까. 그런데 방금 확인해보니 오늘 아침에는 제대로 문이 잠겨 있었던 모양이다."

"이상한 질문이긴 한데요, 부원들이 모두 부실에서 멀리 떨어진 적이 있었나요?"

내가 한 말을 듣고 미사키 선생님이 수상쩍어하는 표정

을 지었다.

"그야 있긴 하지. 저쪽 학교 학생들이 와서 일단 부원들이 모두 체육관에 모여서 인사를 했다. 그런 다음 미팅으로 넘어갔고."

가능성이 있다면 그 타이밍인가, 나는 그렇게 생각했다.

유즈키가 뭔가 눈치챈 모양인지 밝은 목소리로 말했다.

"뭐, 오늘은 조금 기합을 넣고 왔으니까 맥이 빠지긴 하지만⋯⋯, 응, 괜찮아. 발 사이즈가 맞는 애한테 빌려도 되고, 최악의 경우에는 실내화가 있으니까."

"괜찮을 리가 있냐? 멍청이."

완전히 똑같을지는 모르겠지만, 나도 중요한 야구 시합 때 다른 사람의 방망이나 글러브를 쓰라고 하면 꽤 초조해질 것이다. 스포츠 선수에게 몸에 익숙한 도구가 있는 것과 없는 것은 발휘할 수 있는 능력에 꽤 많은 영향을 준다.

상황을 이해한 나는 '카이토'라고 말하며 체육관 밖으로 나가려 했다.

그러자 뒤에서 유즈키의 목소리가 따라붙었다.

"사쿠?"

"졌을 때 변명거리로 삼으면 안 되잖아. 유즈키는 **내기**만 생각하라고."

하루의 목소리가 추격타를 가했다.

"형씨, 이왕 나가는 거니까 빈손으로 돌아오면 안 봐줄 거야."

"나도 안다고."

체육관을 나선 우리는 우선 나뉘어서 농구화를 찾기로
했다.

찾아낼 수 있을지 없을지, 가능성은 반반이다.

단순히 유즈키의 물건이 욕심난다는 이유로 훔쳐 간 거
라면 아웃. 이미 학교 안에 남아있지 않을 것이다. 하지만
만약에 뭐든 상관없으니 곤란하게 만들고 싶다는 동기라
면 아직 늦지 않았을지도 모른다. 우선 그쪽에 희망을 걸
고 움직일 수밖에 없을 것 같다.

"카이토는 이 근처에 있는 쓰레기통을 뒤집어서 샅샅이
뒤져봐. 그런 다음에는 학교 건물 안을 구석구석 찾아
보고."

"그래, 알겠어. 사쿠는?"

"나는 우선 그늘이나 학교 건물 말고 다른 곳. 그런 다음
에는 학교 근처도 돌아볼게."

주먹을 딱 부딪힌 다음, 카이토가 달려갔다.

나도 바로 부실 근처부터 꼼꼼하게 확인하기 시작했다.

단순하게 벽 바깥 도로, 벽과 부실 사이, 체육관 뒤, 창
고. 바로 생각나는 곳을 차례차례 확인해보았는데……, 그
렇게 쉽게 풀리지는 않을 것 같았다.

이건 시간과의 승부다.

나는 블레이저를 벗고 적당히 철책에 걸어두었다. 셔츠

소매를 걷어붙이고 스탠스미스의 끈을 다시 꽉 묶었다.

숨을 크게 들이마셨다가 내쉬었다.

좋다고, 쪼잔한 스토커 자식. 차례차례 유쾌한 여흥을 제공해주고 말이야. 치토세 사쿠에게 시비를 건 걸 죽을 만큼 후회하게 해주마.

타닥, 나는 힘껏 지면을 박찼다.

체육관 안에서는 시합 개시를 알리는 호루라기 소리가 울려 퍼졌다.

──빌어먹을, 안 되겠다.

학교 옆 용수로를 구석구석 확인한 다음, 나는 숨을 헐떡이고 있었다.

운동장 쪽, 식당 쪽, 자전거 보관소 쪽, 학교 근처에 있는 주차장과 공원. 그 근처를 전부 돌아보았지만 그럴싸한 게 보이지 않았다. 찾기 시작한 뒤로 20분 이상 지났다. 시합은 이미 제3쿼터에 들어갔을 무렵이다.

온몸에서 땀이 흘렀고, 초조한 마음이 북받쳤다.

젠장. 이렇게 찾았는데 집에 가져가서 행복하게 킁킁 냄새를 맡고 있었다면 지구 끝까지 쫓아가서 내 스탠스미스로 콧등을 눌러줄 테다.

카이토에게 전화가 왔고, 스마트폰이 울렸다.

『안 되겠어, 못 찾겠다고. 사쿠.』

"젠장. 아무튼, 카이토 너는 일단 뛰어다녀. 청소 도구함이든 뭐든 농구화가 들어갈 만한 곳은 전부 열어봐. 나는 다시 부실로 돌아갈게."

『어쩌려고?』

"너는 체력을 쓴다, 나는 머리를 쓴다, 오케이?"

『너무하잖아?!』

곧바로 벽을 뛰어넘어 여자 농구부 부실 앞으로 돌아 왔다.

정신없이 찾아봤자 끝이 없다.

뚝뚝 떨어지는 땀을 거칠게 닦아내면서 나는 애써서 냉정하게 생각했다.

어차피 사실을 검증할 여유는 없으니 오늘 아침, 부원이 아무도 없었던 타이밍을 노리고 농구화를 훔쳐 갔다고 가정하자.

상대 팀 사람이나 우리처럼 구경꾼이 많이 왔다고는 해 도 기본적으로는 클럽활동을 쉬는 시험 기간이다. 평소 휴 일과 비교하면 교내에 학생이 별로 없고, 하이컷이라면 나 름대로 부피가 꽤 되는 농구화를 끌어안고 어슬렁거리다 가는 눈에 띄게 된다. 목적이 괴롭히는 거라면 오늘 시합 이 시작되기 전까지만 발견되지 않으면 충분하다. 그렇게 까지 수고를 많이 들여서 숨기지는 않을 것이다.

최대한 근처, 편한 곳, 그리고 쉽게 들키지 않을 곳.

농구화를 훔친 사람의 마음으로 처음부터 다시 상상해 보았다.

눈에 띄는 범위 안에 숨기기 딱 맞는 곳은 없었다. 벽을 기어 올라가서 바깥으로 도망친다면 편하긴 하겠지만, 만에 하나 근처에 사는 사람이나 다른 교사에게 들키면 골치 아파진다. 반대로 말하자면, 학교 부지 안에서 돌아다니는 동안 여자 농구부 사람들과 마주치지만 않으면 어지간한 행동도 변명할 여지가 생긴다.

그럼 그 여자 농구부 멤버는 어디 있지?

물론 바로 옆에 있는 제1체육관인데, 어떤 이유 때문에 갑자기 바깥으로 나올지 모른다. 그렇다면 심리적으로는 그쪽으로 가고 싶지 않을 테고.

가정을 하나 더 추가해 보았다. 실행범이 어디까지 생각한 사람인지는 모르겠지만, 유즈키 정도 되는 선수가 애용하는 농구화라면 그렇게 싸구려는 아닐 것이다.

만에 하나 도난 사건이 되고 학교에서 경찰에 신고라도 한다면, 장난으로 끝나지 않게 된다. 적어도 유즈키를 곤란하게 만든다는 이익과 자신이 뒤집어쓸지도 모르는 손해가 들어맞지 않게 될 것이다.

그렇다면 오늘만 곤란하게 만들고 금방 발견될 곳이 제일 좋다.

누군가가 학교 안에서 농구화를 찾아내면 높은 확률로 농구부에게 돌려줄 테고, 물건만 찾아내면 분명히 그렇게까지 일이 커지진 않을 것이다.

머릿속으로 학교 부지의 약도를 그리고 이곳에서 제1체

육관과 반대쪽으로 따라가 보니.

──있다, 있다고. 그 조건에 딱 맞고, 아직 찾아보지 않았던 곳이.

*

"유즈키!!"

시합 중인 체육관 문을 드르륵 열고, 큰 목소리로 외친 남자에게 마침 상대 팀이 골을 넣어서 흐름이 끊어졌던 체육관 전체가 호기심 어린 눈길을 보냈다.

그 사람은 선수도 아닌데 온몸이 땀에 흠뻑 젖은 채 농구화를 들고 있었고, 게다가 이곳저곳에 나뭇잎과 진흙 같은 게 묻어있었기 때문이다.

"타임."

미사키 선생님이 심판에게 선언했다.

그와 동시에 유즈키가 뛰어왔다.

나는 푸른 바탕에 흰색 로고가 들어가 있는 나이키 농구화를 휘익 던진 다음 점수를 슬쩍 확인하고 흐느적거리며 최대한 비꼬는 듯한 미소를 짓고 말했다.

"뭐야. 지고 있잖아, 입만 살았다니까."

나는 벽에 축 늘어지며 몸을 기대고 주저앉았다.

지금은 제4쿼터 초반인가?

점수는 상대 팀이 88, 후지 고등학교가 80. 강호 상대로 분투하고 있긴 하지만, 남은 시간을 생각하면 꽤 까다롭다.

농구화를 받고 꽉 끌어안은 유즈키가 눈앞에 앉았다. 땀 때문에 반들반들 빛나는 팔뚝이 정말 섹시했지만, 그런 마음을 품을 여유도 없다는 게 안타깝다.

"픕, 큭――, 아하하하하하."

내 축축한 머리카락을 마구 쓰다듬으면서 유즈키가 진짜 우습다는 듯이 웃었다.

"사쿠! 나뭇잎 묻었어! 땀 때문에 머리카락도 납작해졌고, 팔꿈치도 까졌다고. 푸하하하."

"노선을 좀 변경했거든. 더티하고 와일드한 남자를 목표로 삼아볼까 해서."

"이봐, 받았으면 어서 갈아신어라."

미사키 선생님의 목소리가 날아들었다.

유즈키는 여전히 가라앉지 않은 웃음을 필사적으로 억누르면서 실내화를 농구화로 갈아 신고 끈을 꾹꾹 묶었다. 손목에 차고 있던 고무줄을 입에 물고 재빨리 세미 롱 머리카락을 묶어서 포니테일로 만들었다.

"나나, 우미, 할 수 있지? 저기 있는 바보에게 보답해 줘라."

""네!""

미사키 선생님이 격려하자 유즈키와 하루가 대답했다. 코트네임이라는 거겠지. 특별한 의미로 붙이는 팀도 있다고 들었는데, 나나세가 나나고 아오미가 우미, 심플해서 선생님답다.

유즈키가 점수판을 한 번 노려본 다음, 돌아서서 기분 좋게 방긋 웃었다.

"거기서 보고 있어, 사쿠. 지금부터 나는 아마 좀 대단할 테니까."

유즈키가 시원스럽게 코트로 돌아갔다.

하루는 이쪽을 보고 엄지손가락을 들어 보인 다음 기운 차게 달려갔다.

정신을 차리고 보니 미사키 선생님이 쿨한 눈초리로 나를 내려다보고 있었다.

"죄송합니다, 응원은 2층에서 하는 거였죠."

일어나려 하자 선생님이 손을 들어 말렸다.

"나나도 그렇게 말했으니까. 거기서 보고 가라."

"그거 다행이네요. 하는 김에 말이죠. 여자 농구부 부비로 화단 울타리 수선 비용 같은 걸 내줄 수는 없나요?"

──유즈키의 농구화가 어디 있는지, 내가 마지막으로 눈독을 들인 곳은 체육관 근처에 있는 궁도장이었다. 연습 중에 다른 사람이 실수로 사선에 들어가지 못하게끔, 사격장 근처는 높은 화단 울타리로 둘러싸여 있어서 옆을 지나가는 것 정도로는 안을 들여다볼 수 없다.

그런 한편, 궁도부는 시험 기간 중에도 아침 훈련을 했으니 모레, 월요일이 되면 누군가가 발견할 것이다. 내가 추측한 조건을 전부 만족시키는 곳이었다.

골치가 아팠던 건 침입 방법이었다.

훔쳐 간 사람은 바깥에서 던져넣기만 하면 되니까 고생할 게 없지만, 사격장 문은 당연히 잠겨 있어서 내부를 확인하려면 화단 울타리를 돌파할 수밖에 없다.

남은 시간과 싸움을 벌이다 초조해진 내가 생각하는 걸 포기하고 억지로 밀어붙인 결과가 지금 이 꼴인 것이다.

"내줄 것 같으냐?"

"그렇겠죠~."

"그래도, 뭐……."

미사키 선생님이 살짝 미소를 지었다.

"못 들은 걸로 해두지."

이 사람에게는 최대한 관대하게 봐준 게 그거겠지.

"그래서, 나나하고 우미, 어느 쪽이지?"

"선생님도 그런 말씀을 하시는군요."

*

경기가 다시 시작되었다.

다시 두 팀을 보니 상대 쪽 키가 압도적으로 더 컸다.

팀 치토세 여자 중에서 가장 키가 큰 유즈키도 상대편 학교에 들어가면 아마 평균 이하일 것이다. 하루는 아예 코트에 있는 선수 중에서 제일 꼬맹이다.

그럼에도 불구하고 후지 고등학교의 볼 점유율은 높았다.

그 중심에 있는 사람은 유즈키.

문외한인 내가 봐도 소름이 돋을 정도로 정확한 볼 컨트롤로 상대방을 피하면서 상황을 전체적으로 파악하고 중요한 타이밍에 정신이 번쩍 들 정도로 확실하게 패스한다. 마치 360도가 전부 보이는 것 같다는 착각이 들 정도였다.

그렇게 적뿐만이 아니라 아군까지 제쳐버리지 않을까 하는 빠른 패스를 확실하게 잡아내는 사람이 하루.

예전에 내가 몸소 깨달았던 압도적인 스피드와 정확도로 역전의 디펜스진을 우롱하고, 가볍게 슛을 넣고 있다. 안쪽으로 파고들어서 날리는 레이업이나 중거리에서 날리는 슛 등, 다채로운 공격 패턴을 갖추고 있어서 파고들 여지를 주지 않는다.

다시 하루의 레이업이 들어갔다.

"치토세~, 어때!"

멍청한 녀석, 시합에 집중하지 못할까.

V사인을 보내는 하루에게 손을 휙휙 저었다.

유즈키와 하루의 활약으로 점수는 상대 팀 94, 후지 고등학교가 88. 꽤 아슬아슬하게 따라잡았지만, 남은 시간은 3분. 종합적인 실력 차이를 고려하면 역전할 수 있을지 꽤 미묘하다.

"치토세, 나나가 경기하는 걸 처음 보나?"

미사키 선생님이 갑자기 물어보았다.

"아뇨, 하루를 응원할 겸 몇 번 본 적이 있어요. 오늘처럼 냉정 침착하고 정확하기 짝이 없는 플레이 스타일이라는 느낌인데요."

"그렇다면 너는 아직 저 녀석을 모르는 거로군. 항상 액셀을 끝까지 밟는 우미와는 달리 나나는 항상 자신을 억누르고 있다. 코트 위에서 어떻게 행동하면 우미가, 팀 전체가 살아날지 그것만 생각하거든."

선생님은 그렇게 말한 다음 오른손으로 권총 모양을 만들어서 자기 관자놀이에 가져다 댔다.

"그런데 말이지, 가끔——, **굴레가 벗겨지지.**"

그 말이 끝나자마자, 상대쪽 패스를 하루가 억지로 터치해서 바깥으로 튕겨냈다.

"나나!"

——끼익, 타악.

살짝, 푸른색 나이키가 울었다.

3점 숫 라인 바깥에서 공을 잡아낸 유즈키가 뛰었다.

——화악.

남자와 마찬가지로 한 손으로 날린 숫은 소리 없이 골대로 빨려 들어갔다.

넋이 나갈 틈도 없이 상대 팀의 속공이 시작되었다. 거칠게 날린 3점 숫이 링에 튕겨 나왔고, 그것을 다시 하루가 받아냈다.

낮고 번개처럼 빠른 드리블이 코트 위를 치고 나갔다. 눈이 번쩍 뜨이는 것 같은 스톱 & 고가 반복되자 거의 모든 선수가 따라잡지 못했다.

하루는 자잘한 패스를 이어나가며 상대 쪽 골대 밑으로 파고들었고, 키를 보면 도저히 상상할 수 없을 정도로 높게 뛰어올랐다.

하지만 하루를 집중적으로 마크하고 있던 상대쪽 센터가 그곳을 막아섰다. 더블 클러치 모션을 취했지만, 상대 쪽 체공 시간도 길었다.

"우미!"

"나나!"

공중에서 반쯤 쓰러지며 하루가 억지로 자세를 바꿔서 3점 숫 라인 바깥으로 패스를 보냈다.

유즈키는 이미 링만 보이는 것 같았다.

──끼익, 타악.

거의 공을 받자마자 유즈키가 뛰었다.

──화악.

의심할 여지조차 없이 그 숫이 그물을 통과했다.

점수는 상대 팀 94, 후지 고등학교 94, 동점까지 따라붙었다.

미사키 선생님이 내 어깨에 손을 얹었다.

"어때, 우리 팀 선수들도 꽤 하지? 치토세, 너도 스포츠맨의 피가 끓지 않나?"

"무슨 말씀이신지. 저는 별 볼 일 없는 전직 야구부원인데요."

다시 상대 팀의 속공이 시작되었다.

후지 고등학교의 디펜스진이 필사적으로 커버하러 나섰지만, 역시 강호였다. 맥이 빠질 정도로 쉽사리 레이업을 넣어버렸다.

득점차는 2점. 남은 시간은 30초도 안 된다.

"이 자시이이이이이이익."

하루가 선두에 서서 아군과 자잘한 패스를 이어가며 성난 파도처럼 돌격했다.

하지만 완전히 수비에 나선 상대쪽 학교를 뚫지 못했다.

골대 앞에서 슛이 막힌 하루가 공중에서 자기 팀을 돌아보았다.

"넣어어어어, 나나아!"

휘익, 총알처럼 날아간 패스가 간 곳은 3점 슛 라인보다 아득히 먼 곳.

받아든 유즈키는.

──끼익, 탓.

이미 뛰고 있었다.

그 모습은 마치 남몰래 깊은 계곡에 피어난 벚꽃.

나긋나긋한 듯 아름답고, 씩씩한 듯 허망하다.

화려한 듯 고고하고, 단정한 듯 싸늘하다.

근처에 있던 상대 선수 두 명이 급하게 슛 코스를 막으러 나섰다.

소용없다. 이미 이곳의 시간은 유즈키를 위해 존재한다.

──후욱.

공이 떠났다.

시합 종료를 알리는 부저가 시끄럽게 울렸다.

블록 같은 걸 할 수 있을 리가 없다, 나는 그렇게 생각했다.

슈우우욱, 마치 그대로 밤하늘까지 닿을 것만 같은 궤도로 아름다운 보름달이 호를 그렸다.

그 누구도 저 완벽한 포물선에 손을 댈 수 있을 리가 없다.

한없이 얌전히, 막을 내리는 소리가 골 네트를 지나 빠져나갔다.

2, 3초 공백을 넘어 체육관 안에 비명 소리와 환호성이 폭발했다.

살얼음 같은 분위기를 두르고 있던 승리자가 살며시 주먹을 쥐며 어깨에 들어간 힘을 뺐다.

그런 다음 빙글 돌아서 나를 손가락으로 가리키고 활짝 웃으며 윙크했다.

*

"너무하잖아, 사쿠우~!"

"아니, 저기, 뭐라고 해야 하나, 진짜 미안해."

나는 다그치는 카이토에게서 눈을 돌렸다.

시합은 1점 차로 후지 고등학교의 승리. 지금은 양쪽 학교 모두 쉬고 있다.

숨을 돌리고 나서야 카이토가 생각나서 연락했고, 지금 같은 상황이 된 것이다.

"난 네가 전화할 때까지 쉬지않고 계속 학교 안을 뛰어다녔다고……."

"응, 너는 진짜 좋은 녀석이야. 다음에 8번 쏠 테니까 좀 봐줘. 그리고 뒤집어 놓은 것들이나 열어놓은 사물함도 전부 정리해두고."

"너무해~."

체육관 바깥 벤치에서 미사키 선생님에게 받은 포카리를 마시면서 그렇게 쓸데없는 이야기를 하고 있자니 아토무가 눈앞을 지나갔다.

"카이토, 잠깐만 기다려."

나는 그렇게 말하고 달려가서 후문으로 나가려던 그를 따라갔다.

"여, 휴일에 학교 데이트라니, 멋진데."

"뭐야, 치토세. 말 걸지 말라고."

아토무는 매우 짜증 난다는 듯이 그렇게 중얼거렸다.

"너무 그러지 말고. 농구 좋아해?"

"내가 좋아해서 보러 온 거 아니라고. 나즈나가 원래 농구부에서 그럭저럭 뛰는 선수였던 모양이라서. 우리 학교가 그 팀하고 붙는 걸 보고 싶다고 떼를 쓰더라고."

그거……, 좀 뜻밖인데.

설마 체육 계열일 줄은 몰랐다.

"그런데 나즈나는?"

"뭔가 기분 좋게 이긴 게 마음에 들지 않았는지 바로 가버렸어. 나나세의 얼굴을 보고 싶지 않다더라."

"뭐, 그건 좀 치사하지."

"그래, 다른 사람이 그렇게 멋지게 활약하면 열 받기도 하겠지."

문득 그렇게 말한 아토무는 그렇게 말한 게 창피하다는 듯이 고개를 돌렸다.

나는 화제를 돌렸다.

"미안, 말이 나온 김에 좀 물어보고 싶은 게 있는데, 얀고에 친구들 있어?"

"뭐? 없는데."

"그럼 나즈나는?"

"뭐야, 진짜. 예전에 친구가 다닌다고 하긴 했어."

"그렇구나, 땡큐. 저번에 얀고 녀석들하고 조금 다퉜거든. 그래서 신경 쓰였을 뿐이야."

"야구 그만두고 싸움이나 하다니, 뭐야 그게."

진짜 그렇다니까.

"불러서 미안해, 또 학교에서 보자."

아토무는 코웃음친 다음 뒷문으로 나갔다.

아직 조각이 부족하다.
나는 그렇게 생각했다.

＊

둘이서 교내 탐색 뒤처리를 한 다음, 카이토는 몸을 움직이고 싶어졌다며 먼저 돌아갔다. 방금까지 뛰어다닌 건 준비운동이라는 건가? 여전히 힘이 넘치는 녀석이다.

완전히 축 늘어진 내가 벤치에 드러누워서 꾸벅꾸벅 졸고 있자니 목덜미에 무언가가 닿았다.

"앗, 차가워."

그 싸늘한 감촉에 놀라서 일어나 보니 하루가 절반으로 나눈 쭈쭈바 한쪽을 입에 물고 서 있었다.

"고생했어~, 치토세."

그렇게 말하더니 들고 있던 나머지 반쪽을 억지로 내 입에 밀어 넣었다.

정겨운 단맛이 입안에 화악 퍼졌다. 어렸을 때는 자주 막과자집에서 친구들과 반으로 나눠서 먹곤 했는데.

"너야말로 고생했어. 이건 어디서 난 거야?"

"학부형이 가져다준 거~."

"유즈키는?"

"아마 시간이 좀 더 걸릴 거야. 마지막에는 완전히 한계를 넘어버렸으니까, 머리를 식히는 중~."

그 표현이 우스워서 나도 모르게 웃음이 나왔다.

몸을 일으켜서 벤치에 앉자 하루가 당연하다는 듯이 옆으로 다가왔다. 신발을 슥슥 벗어던지고, 양말까지 샥샥 벗고는 맨발로 웅크려 앉았다.

헐렁한 반바지 소매가 흘러내리고 아직 달아올라 있는 허벅지가 드러났다.

나는 그곳에서 눈을 돌리려는 듯이 말을 걸었다.

"하루도 그렇고, 유즈키도 대단하더라. 오랜만에 시합을 봤는데, 둘만 플레이가 다른 차원이었어."

하루가 쭈쭈바 끄트머리를 문 채 크큭큭 웃었다.

"뭐, 유즈키가 잘하는 건 항상 그랬지만, 오늘은 완전히 신들렸더라~. 그런 상황에서 그 상대로 세 번 연속으로 3점 슛을 넣는다고? 마지막에 날린 건 거의 센터라인이었고. 평소라면 그렇게 안 좋은 위치에서 곧바로 슛을 쏘진 않았을 거야."

"뭐, 내기했거든. 어떻게 해서든 내일 나와 데이트를 하고 싶었던 거겠지."

"바보야~, 아니거든?"

하루가 그렇게 말하고 내 어깨에 팔을 두른 다음 얼굴을 가져다 댔다.

"누군가가 자기답지 않은 짓을 하니까, 자기도 그렇게

자기답지 않은 짓을 해보고 싶어진 거라고, 그 애도."

어찌 됐든 너 때문이긴 하지만~, 하루는 그렇게 말하면서 내 허벅지 위에 자기 다리를 얹었다. 고무줄을 빼서 숏 포니테일을 풀고 목에 걸치고 있던 스포츠 타월을 베개 삼아 그대로 누웠다.

"하루 양, 이건 뭐지?"

"아주 좋구나, 나를 신경 써 주거라."

"어째서?"

"너 때문에 신이 난 유즈키에게 맞춰주다 보니 평소보다 두 배는 피곤해졌거든~."

아무리 그렇다고 해도 동급생 남자에게 마사지를 시키지 말라고.

대체 어쩌라는 건지.

내가 당황하고 있자니 하루가 몸을 일으켜서 어깨를 쿡쿡 찔렀다.

"뭐야, 뭐야? 섹시한 하루를 보고 쑥스러워졌어?"

"좋았어, 후회하지 마라, 이 자식."

나는 그 자그마한 발을 잡고, 있는 힘껏 지압했다.

"아파, 아파아파아파! 좀 살살."

"사양하지 마, 마음껏 신경 써줄게."

"아프다니까~!"

──한없이 쓸데없는 공방전을 펼쳐버렸다.

"아~, 죽는 줄 알았어. 그래도…….."

하루가 맨발로 땅바닥에 서서 통통 뛰어올랐다.

"왠지 다리가 가벼운 것 같아."

"당연하지, 적당히 하는 줄 알았어?"

음음, 하루는 그렇게 고개를 끄덕이면서 다시 벤치에 앉아 기분 좋다는 듯이 다리를 뻗었다.

"치토세는 말이야, 만약에 없어진 게 내 농구화였다면 마찬가지로 찾아줬을까?"

"뭐야, 갑자기."

"그냥, 좀 물어보고 싶어서."

"글쎄다. 하루라면 '그런 게 없어져도 어떻게든 되니까 시합을 봐~!'라고 할 것 같은데."

"그렇구나……."

대답하는 모습이 묘하게 얌전해 보였기에 나도 모르게 옆을 보았다.

살짝 고개를 숙이고 있어서 어떤 표정인지 머리카락에 가려서 보이지 않았다.

"그래도."

나는 마치 변명하는 듯이 계속 말했다.

"유즈키가 마사지해달라고 부탁해도, 아마 안 할 거야. 이런 건 네게만 하는 거라고."

하루가 고개를 들고 나를 보았다.

"왜?"

"그쪽은 너무 야해서 어딜 만져야 할지 모르겠거든."

"……응? 잠깐만, 그게 무슨 뜻이야, 이 자식아."

1초 만에 평소처럼 돌아온 하루와 장난치면서 나는 유즈키가 나오기를 기다렸다.

✻

농구부는 시합 뒷정리가 끝나자 곧바로 해산했기에 유즈키, 하루와 함께 8번 라멘에 와 있었다. 나는 평소처럼 당면 두 덩어리에 파를 추가한 것과 볶음밥, 유즈키는 채소라멘 소금맛, 하루는 채소라멘과 돈코츠 곱빼기, 그리고 교자와 밥을 추가한 A세트를 주문했다.

"저기, 사쿠. 농구화 사건은 어떻게 생각해?"

주문을 마치자 유즈키가 이야기를 꺼냈다.

"실행범은 얀고 녀석이 아닐지도 몰라."

나는 계속 생각하던 것을 말했다.

"백 보 양보해서 침입하는 것만이라면 우리 학생에게 교복을 빌리면 어떻게든 되겠지만, 궁도장은 외부인이 쉽사리 떠올릴 수 있을 만한 곳이 아니야. 농구부의 빈틈을 노린 행동도 그렇고, 나름대로 우리 학교 사정을 잘 알아야만 가능하겠지."

아마 유즈키도 같은 결론을 내렸을 것이다. 생각에 잠긴 표정으로 고개를 끄덕였다.

하루가 이야기에 끼어들었다.

"어? 그럼 스토커가 우리 학교 사람일지도 모른다는 뜻이야?"

"그렇게 말하면 조금 엇나가는 것 같은데. 저번에 내게 시비를 걸었을 때 들었던 생각 때문인지도 모르겠지만, 얀고와 어떤 형태로든 관련이 있다는 건 거의 틀림이 없을 거야. 협력자, 또는 협력할 수밖에 없는 녀석이 있을지도 모른다는 뜻이지."

그 말을 듣고 유즈키가 대답했다.

"용의자는 우리를 제외한 거의 모든 후지 고등학교 학생. 결국 아무것도 모르는 거나 마찬가지구나."

그 말대로다.

그래서 나도 지금까지 이 이야기를 적극적으로 꺼내지 않았다.

공범 쪽을 찾아봤자 '우연히 눈에 띄어서 억지로 협박당했다' 같은 이유라면 정답에 도달할 수가 없다. 현행범을 붙잡는다면 또 모르겠지만, 아무리 그래도 이제 여자 농구부 부실을 노리는 위험을 두 번 다시 무릅쓰지 않을 것이다.

예를 들어서 딱 한 곳, 유즈키의 집에서 잠복할 수도 있을지 모르겠지만, 날짜나 시간대를 파악하지 못하고 있으니 먼저 우리가 지쳐버릴 것이다. 아무리 오랫동안 버텨봤자 상대방이 제대로 수면을 취하고 밤중에 오기라도 하면 소용이 없다.

"그러고 보니 오늘, 아야세하고 우에무라가 왔었지."

하루가 아무렇지도 않게 말했다.

나즈나하고 아토무는 그대로 통로에서 시합을 처음부터 끝까지 보고 있었을 것이다.

"호오?"

유즈키가 그 정보에 흥미를 보였다.

농구화 사건 때문에 관객석을 느긋하게 확인할 여유가 없었던 모양이다.

"우리 멤버 중에 사이좋게 지내는 사람이 있나?"

"아니, 그런 말은 못 들었는데~. 치토세는? 뭔가 이야기했어?"

"나한테 그런 여유가 있었을 것 같아?"

왠지 모르게 반쯤 둘러댔다.

나즈나와는 이야기하지 않았지만, 아토무와는 이야기를 했다.

하지만 전해 들은 걸 멋대로 퍼뜨리고 다니는 건 내 취향이 아니다.

마침 각자 주문한 라멘이 나왔기에 그 이야기는 그냥 넘어가게 되었다.

"치토세, 당면하고 볶음밥, 한 입만 줘."

하루가 내 그릇에 손을 뻗었다.

"상관없긴 한데, 넌 밥도 시켰잖아. 얼마나 많이 먹으려고 그래?"

"오랜만에 느낌이 온 시합이라 연료가 바닥났거든~. 자, 내 돈코츠 줄게. 교자도 드셔."

젓가락과 수저를 넣어둔 그릇을 통째로 건넸다. 나도 젓가락과 건더기를 건져낼 때 쓰는 구멍난 스푼을 얹은 채 당면 그릇을 건넸다.

받은 돈코츠를 먹다 보니 가끔은 평범한 채소라멘도 나쁘지 않을 것 같았다.

하루도 나름대로 당면을 후루룩 먹다가……, 완전히 사레가 들렸다.

"콜록, 콜록. 잠깐, 치토세. 식초하고 라유를 너무 많이 뿌렸잖아."

"그래도 그게 좋단 말이지."

"으음……, 분하지만, 이해가 되긴 해."

"이봐, 얼마나 많이 먹으려고?"

그런 우리 모습을 유즈키가 어이없다는 듯이 바라보고 있었다.

"왜? 유즈키도 먹고 싶어?"

하루가 당면 그릇을 밀어주면서 그렇게 말하자 유즈키는 '노 땡큐'라고 하면서 다시 밀어냈다.

"뭐야, 내가 치토세의 젓가락이나 스푼을 쓰는 게 마음에 안 들어서 그런 줄 알았더니."

"설마, 초등학생도 아니고."

"그게 말이지, 좀 전에 치토세가 나한테 다리 마사지를 해줬거든~."

"——그게 무슨 소리야. 자세히 말해봐."

나는 두 사람이 그렇게 이야기하는 모습을 편한 마음으로 바라보고 있었다.

왠지 이 녀석들은 '파트너'라는 단어가 잘 어울린다.

하루는 그렇다 치고, 유즈키는 나와 마찬가지로 다른 사람에게 확실한 선을 긋는 타입이다.

이 사람에게는 여기까지. 저 사람에게는 그 이전. 누구에게 어디까지 자신을 보여줄지, 어떤 자신을 어떤 식으로 보여줄지. 그런 생각을 하면서 살아가는 우리에게 진짜로 마음을 터놓을 수 있는 상대는 무엇과도 바꿀 수가 없다.

하루 앞에서 마음 편히 지내고 있는 유즈키를 보니 왠지 나까지 행복한 기분이 들었다.

"그런데 말이야, 둘이서 내일 어디서 데이트할 거야?"

느긋하게 생각을 하고 있자니 하루가 갑자기 태클을 걸었다. 나는 먼저 그 이야기를 했으니까 놀라지 않았지만, 보아하니 유즈키는 하루에게 말하지 않았던 모양이었다.

찌릿, 그녀가 나를 노려보았다.

하루가 당연히 알고 있다는 표정을 짓고 있길래 유즈키가 이야기한 줄 알았는데.

솔직히, 미안하다.

"데이트 같은 게 아니라 말이지. 애인인 척하고 있으니까 그럴싸하게 행동하자는 이야기였어."

유즈키가 허둥지둥 하루에게 변명했다.

초조해하는 게 재미있어서 캐물어 보았다.

"호오? 나는 데이트를 하고 싶다고 들었는데."

아앙, 그만해, 물수건 던지지 마.

"유즈키는 말이지."

하루가 방긋 웃었다.

"분명히 자기가 생각하는 것보다 여자애라고."

"무슨 뜻이야."

"말 그대로, 그런 뜻인데~."

유즈키는 뭔가 생각하는 듯이 머리를 마구 헝클어댄 다음, 결심했다는 듯이 대답했다.

"하루는 그대로도 상관없어? 미리 말해두지만 나는 너만은 봐주지 않을 거야. 따라잡지 못하면 패스를 하지 않을 거라고."

"무슨 소린가 싶긴 하지만, 좋아. 남자의 힘을 빌려야만 제 실력을 낼 수 있는 여자에게는 지지 않아."

"나는 남자의 힘도 빌리지 못하는 여자에게 지고 싶지 않거든."

왠지 불꽃이 튀기 시작했다.

그래서 나는 몰래 화장실로 떠났다.

까앙, 키잉, 키잉.

"하루는 항상 공격이 어설프다, 고."

까아앙, 까앙.

"유즈키는 그렇게 너무 깔끔하게 움직이려고 하니까 판단이 느려지는 거란 말이, 지."

키잉, 키잉, 키잉, 키잉.

"잡았다."

"으랴아아아아아아앗."

푸슈욱, 까앙, 데굴데굴데굴데굴.

"좋았어어어어어어어. 자, 내가 이겼지~."

"하루, 한 번만 더."

——어째서 이렇게 되었지?

사실 내가 하루에게 1 on 1로 복수할 예정이었는데, 정신을 차리고 보니 게임 센터에서 에어 하키를 하게 되었다. 화장실에서 돌아와 보니 이미 그렇게 되어 있었다.

아니, 아까부터 나는 하게 된 것조차 아니었다. 그냥 보기만 하는 역할일 뿐이다.

방금 승리로 통산 성적은 하루가 3승 2패. 이러쿵저러쿵해도 시합을 시작한 뒤로 유즈키에게 한 번도 밀리지 않았다.

타고난 반사신경이 뛰어난 것도 그렇지만, 하루는 일단

골대만 바라보는 듯한 느낌이다. 기본적으로 수비라는 개념이 없어서 상대방이 날린 슛도 막는 게 아니라 힘껏 받아쳐서 슛으로 만들었다.

유즈키는 그 반대다. 자기 진영을 굳게 지키면서 슛을 막아내고, 완벽한 타이밍을 노린 다음 아마도 입사각, 반사각까지 계산하며 사이드 벽을 이용해서 확실하게 골을 넣고 있다.

서른 개를 노려서 열 개를 넣는 하루와 열 개를 노려서 여덟 개를 넣는 유즈키.

……다시 말해 이건 그런 싸움이다, 그렇게 자기도 모르게 스포츠 중계를 하는 것 같은 느낌이 들 정도로 한가해진 치토세 군입니다.

"치토세."

"사쿠."

""동전 바꿔 와.""

"서, 옛 서!"

짤랑짤랑, 내가 바꿔온 100엔 동전을 각자 넣었다.

방금은 유즈키가 선공이었기에 이번에는 하루가 선공이다.

퍽을 툭툭 움직이며 입을 열었다.

"저기, 나나(유즈키), 내기할까?"

고개를 숙인 채 손 쪽을 보고 있어서 무슨 표정인지는 보이지 않았다.

"상관없는데, 무슨 내기?"

아니, 체육 계열들은 진짜 내기를 좋아한단 말이지.

내가 느긋하게 그런 생각을 하고 있자니 고개를 든 하루가 씨익 웃었다.

"이 게임, 나나가 이기면 두 시합 이긴 걸로 치고 역전승인 걸로."

"그러면 우미(하루)에게 무슨 이득이 있어?"

"있지. 내가 이기면……."

하루가 채를 겨누고.

"내일 데이트 교대하자."

타악, 퍽을 때려 넣었다.

"뭐?"

투욱, 데굴데굴데굴데굴.

늦게 반응한 유즈키의 골대에 하루의 슛이 맹렬한 기세로 꽂혔다.

왠지 나도 그냥 넘길 수가 없는 말이 들린 것 같은데…….

유즈키는 쿨하게 그 퍽을 꺼내고 말했다.

"코트네임으로 선언한 걸 보니까."

마치 방금까지는 연습 시합이었다는 듯이 싸늘한 분위기를 풍겼다.

"그거, 진검승부라는 뜻으로 받아들여도 되겠지?"

슈욱, 그렇게 때린 퍽은 기세가 조금 뒤처지긴 했지만 정확히 하루의 팔을 스치고 까앙, 튀어서 골대로 들어갔다.

하루는 퍽을 꺼내고 씨익 웃었다.

"으응~? 조금 스위치가 켜져 버렸나? 그렇게~ 치토세와 데이트를 하는 걸 기대했구나~?"

"딱히, 우미에게만은 지고 싶지 않을 뿐이야."

"지고 싶지 않은 거라면 제대로 지고 싶지 않다는 표정을 지으라고, 나나."

"나는 우미가 아니야. 그런 짓을 하지 않아도, 이길 거야."

"뭐, 어찌 되든 상관없지만."

하루가 힘을 꾸욱 주고 팔을 당겼다.

"그렇게 시원스럽기만 한 플레이만 계속하다가 **그때처럼** 지고 나서 후회하지 말고?"

"언제 이야기를 하는 건지."

까앙, 키잉, 까앙까앙, 키이이잉.

——어? 이 스포츠 만화 같은 상황은 뭐지?

"나나는 항상 그렇게 한 발짝 물러서는구나. 자기는 바깥쪽에 있는 거라고 생각하는 거야."

"3점 슈터니까."

"네, 네, 참 대단한 테크니션이시네요."

"뭐든지 골대까지 일직선으로만 가면 이길 수가 없는 거, 야."

"일직선으로 달려가 본 적도 없는 여자가 그렇게 말해 봤, 자."

점점 랠리가 거세지기 시작했다.

이제 게임 센터에서 노는 수준이 아니다.

"으랴아아아아아아아앗, 나나아아아아아앗."

"적당히, 좀 하라고, 우미이잇."

나중에는 목소리조차 어딘가에 두고 온 대화가 내일을 향해 한없이 울려 퍼지고 있었다.

*

딸깍딸깍딸깍딸깍.

덜컥덜컥덜컥, 투욱덜컥.

신사 경내에 나막신 소리가 기분 좋게 울렸다.

다양한 노점이 늘어서 있고, 제각각 다른 향기를 뿜어 냈다.

붉은색, 푸른색, 오렌지, 녹색, 동그라미, 삼각, 사각.

오가는 소녀들의 옷에도 꽃이 피어났고, 그게 사과 사탕 이나 물풍선과 나란히 눈에 띄었다.

가면을 쓰고 장난감 검을 휘두르며 달려가는 소년들을 지켜보는 어른은 맥주를 들고 왠지 평소보다 부드러운 표정을 짓고 있었다.

자그마한 동화의 나라에는 이 지방 기업과 상점 이름이 들어가 있는 등롱이 잔뜩 떠서 희미한 불빛으로 밤을 드러 내고 있었다.

연습 시합 다음 날인 일요일, 19시 반.

나는 후지 고등학교에서 가까운 신사 토리이 근처에서 유즈키를 기다리고 있었다.

데이트 약속을 한 건 좋지만, 엘파에서 영화를 보거나 쇼핑하는 것도 좀 그렇다고 생각하고 있던 참에 마침 이 신사에서 축제가 열린다는 것을 알게 된 것이다.

딸깍, 툭, 툭.

눈앞에서 나막신 소리가 멈췄다.

고개를 들자 그대로 내 시간도 멈췄다.

하얀 바탕 유카타 전체에 연한 하늘색과 군청색이 들어간 섬세한 접시꽃, 그리고 색을 맞춘 것 같은 밤 같은 색상 띠, 검은색 세미 롱 머리카락에는 비녀를 꽂아 묶어서 현기증이 날 것 같은 목덜미가 보였다. 립스틱인지, 색이 있는 립글로스인지는 모르겠지만, 얌전하게 미소를 지은 입술이 살짝 붉은색이었다.

아무리 소극적으로 표현해도 오늘 유즈키는 스쳐 지나간 그 누구보다도 더 아름다웠다.

왠지 유카타를 잘 차려입고 올 거라고 상상하긴 했지만, 상상했던 게 상상 그 이상이라니, 사기다.

"미안해, 오늘은 기다리게 해버렸네."

쑥스러운 듯이 웃는 유즈키를 보고 나는 왠지 갑자기 감상적인 기분이 들었다.

"……사쿠?"

나는 너무나도 어울리지 않게 솟구친 감정을 휴지통에 버리고 농담처럼 말했다.

"띠를 잡고 마구 돌리는 걸 하고 싶어질 정도로 잘 어울리네."

"좀 솔직하게 칭찬할 수는 없어?"

"그런데 유즈키는 입었을까 안 입었을까."

"이봐……."

유즈키는 어이없다는 듯이 한숨을 쉬고 나서 매우 섹시한 표정으로 옷깃을 살짝 잡았다.

"신경 쓰이면 확인해볼래?"

"항복, 오늘은 내가 졌어. 진짜로 벗기 전에 예의 바르게 사과 사탕이라도 먹자고."

걸어가기 시작하려 하는 나를 유즈키가 '잠깐'이라고 하며 불러 세웠다.

딸깍, 덜컥, 그렇게 두세 발짝 물러난 다음 내 온몸을 빤히 바라보았다.

"뭐야, 쑥스럽게."

"음~, 의외성 점수를 가산하면 무승부인가? 눈보신이긴 한데……, 이럴 때는 여자애가 더 돋보이게 해주는 게 낫지 않아?"

아마 나도 유카타를 입고 와서 그렇게 말하는 거겠지. 거의 무늬가 없는 심플한 남색 유카타지만, 모처럼 기회가 생겼으니 꺼내서 입고 왔다.

"유카타를 가지고 있는 남자라니, 신기하네."

"작년에 어떤 사람이 떠넘겼거든."

"호오? 수상쩍은 관계인데?"

"그렇게 생각한다면 말할 수 없지."

"그런데 사쿠 씨, 가슴 쪽을 조금만 더 벌려……."

"네가 먼저 발정해서 어쩔 건데."

이번에는 진짜로 걸어가려 하던 내 새끼손가락을 유즈키가 살짝 잡았다.

모처럼 특별한 날이니까. 이 정도는 분명히 신도 못 본 척해줄 것이다.

삐리리쿵쿵, 그렇게 울리는 축제 악기 소리에 이끌리듯이 우리는 둘이서 토리이를 통과했다.

*

우리는 새빨간 사과 사탕을 하나 사서 번갈아 가며 먹으면서 딸깍딸깍, 경내를 걸어갔다.

어렸을 때부터 축제가 열린 밤을 좋아했다.

얼마 안 되는 용돈을 쥐고 뭘 살지 한참 고민하거나, 너무 고민하다가 결국 다 쓰지도 못하고 끝나거나. 후쿠이의 축제에는 보통 근처에 사는 친구들이 모두 모이곤 하지만, 알고 있는데도 같은 반 여자애를 보면 가슴이 매우 두근거리기도 했다.

그런데 어느새 엄청난 미소녀와 함께 돌아다니게 되다니.

　작년 봄에는 야구에 빠져 살고 있었고, 여름에는 유우코와 다른 친구들이 가자고 해도 그런 마음이 들지 않았으니, 고등학교에 들어오고 나서 축제에 온 건 이번이 처음이다.

　사과 사탕 안에 들어있는 퍼석퍼석해진 사과를 깨물자, 역시 좋다는 생각이 절실하게 들었다.

　"저기, 사쿠. 저거 하자. 금붕어 건지기."

　유즈키의 얼굴이 활짝 밝아졌다.

　어제 그런 일이 있어서 조금 걱정했는데, 기분전환이 잘되고 있는 모양이었다.

　"상관없긴 한데, 건지면 제대로 키울 수 있어?"

　"응! 예전에 축제에서 건진 금붕어를 키운 적이 있으니까."

　우리는 노점 아저씨에게 각자 300엔씩 내고 종이 뜰채를 하나씩 받았다.

　유즈키가 유카타 소매를 스윽 걷어 올리고, 조준한 다음 조심조심 물에 종이 뜰채를 집어넣었다.

　"앗, 아~."

　한순간, 가운데에 금붕어가 올라왔지만, 순식간에 찢어져서 도망쳐버렸다.

　"미숙한 녀석 같으니."

내가 그렇게 말하자 유즈키는 발끈하며 볼을 부풀렸다.

"그럼 사쿠가 건져줘. 저 빨간 애랑 까만 애로."

"화금붕어하고 툭눈금붕어는 헤엄치는 속도가 다르니까 똑같은 거라고 생각하면 안 돼. 같은 빨간색이니까 이쪽에 있는 꼬리가 하늘하늘한 유금붕어를 건져내도 상관없을까?"

유즈키가 눈을 반짝이면서 고개를 연달아 끄덕였다.

"요령이 있거든. 우선 이 종이 뜰채를 봐. 종이가 붙어 있는 쪽이 앞이고, 이쪽으로 건져내는 게 더 덜 찢어져."

나는 내 뜰채를 보여주면서 설명했다.

"그리고 컵은 최대한 수면 근처에서 대기하고. 뜰채를 물에 넣을 때는 각도를 기울여서 비스듬히, 단숨에 재빨리 넣는 거야. 겁이 나서 물에 절반만 넣으면 보통 그 경계에서 찢어지거든."

이야기를 하면서 까만 툭눈금붕어를 노리고 뜰채를 넣었다.

"건져낼 때는 최대한 뜰채 가장자리에, 가능하다면 머리 쪽만 얹는 거야. 봐, 한 마리 끝."

같은 요령으로 붉은색 유금붕어도 건졌다.

두 마리가 헤엄쳐 다니는 컵을 뽐내는 듯이 보여주자 유즈키가 가까이 다가와서 그것을 들여다보았다.

"대단해! 대단해!"

"흐흥, 이래 봬도 어렸을 때는 금붕어를 너무 많이 건져서 이용 금지까지 당한 남자라고."

"엄청 뜻밖이야! 사쿠는 친구가 이런 길 하고 있는 모습을 비웃는 듯한 표정으로 뒤에서 구경하는 타입인 줄 알았는데."

"이봐, 나는 이래 봬도 축제남이라고. 가마 같은 것도 엄청 열심히 짊어지는 타입이야."

"핫피 입고?! 그거 엄청 보고 싶은데."

너무 많이 잡아봤자 소용이 없으니 나는 뜰채를 반납하고 그 두 마리를 봉투에 담아달라고 했다. 아마 유즈키에게 주는 서비스인 모양인지 아저씨가 실실거리는 표정을 지으며 작은 먹이 봉투를 덤으로 얹어주었다. 응, 그 마음은 나도 엄청나게 잘 알겠어.

우리는 숨을 돌리려고 마루마루야키와 야키소바, 헤비 카스테라를 사서 돌계단에 앉았다. 참고로 마루마루야키는 도라야키 정도 크기인 오코노미야키 같은 음식이다. 목이 마를 것 같아서 라무네도 두 병 사두었다.

그러던 동안에도 유즈키는 금붕어가 든 봉투를 연달아 얼굴 앞으로 들어 올리고 기뻐하며 보고 있었다.

그렇게 기뻐해 주니 나도 어렸을 때 실력을 갈고닦은 보람이 있는 것 같았다.

"저기, 사쿠. 이름은 뭘로 할까."

"적과 흑."

"너무 직구 아니야?"

"축제 금붕어는 약해서 금방 죽어버릴 경우도 있으니까.

너무 정을 많이 주면서 이름을 붙이면 그럴 때 슬퍼진다고."

"그럼 치토세하고 사쿠."

"얼굴에 마루마루야키를 날려줄까, 이 녀석."

그렇게 되지 않게끔 제대로 돌봐줄 거야~, 유즈키는 그렇게 말하며 봉투를 쿡쿡 찔렀다.

희미한 조명을 받고 있는 그 천진난만한 옆얼굴을 보고 있자니 역시 토리이 앞에서 유즈키를 봤을 때와 마찬가지로 매우 슬픈 기분이 북받쳤다.

나도 이유를 알 수가 없는 것 같다.

하지만 지금 가슴 속에 휘몰아치는 감정이라든가, 축제의 향기라든가, 사람들이 시끄럽게 떠드는 소리라든가, 그런 것들을 전부 합쳐서 이 순간을 잘라내어 영원히 보존할 수 없다는 것이, 완전히 똑같은 순간은 두 번 다시 경험할 수 없다는 것이 어떻게 할 수 없을 만큼 쓸쓸하다는 생각이 들었다.

그럼에도 불구하고 이 감정에 이름을 붙여주기에는 아직 이르다.

"야키소바 먹을까?"

무언가를 잘라내려는 듯이 나무젓가락을 따악, 갈랐다.

척 보기에도 축제 노점답게 싸구려 같은 맛을 즐기고 있자니 유즈키가 손을 쭈욱 내밀었다. 자기도 달라는 뜻인 것 같다.

"응."

나는 새 젓가락과 함께 야키소바 팩을 건넸다.

——왠지 모르겠지만 나무젓가락만 돌아왔다.

다시, 아직 쓰지 않은 나무젓가락을 건넸다.

옆에 있는 분이 말없이 고개를 젓고 있다.

——어떻게 해서든 이 나무젓가락을 쓰고 싶지 않은 모양이다.

시험 삼아 입에 물고 있던 쪽을 건네보았다.

유즈키는 그제야 만족스럽다는 듯이 야키소바를 먹기 시작했다.

뭐야, 역시 하루가 부러웠구나, 그런 생각이 들어서 웃음을 터뜨릴 뻔했지만, 정작 본인이 너무 창피하다는 듯이 고개를 돌리고 있었기에 웃지는 않았다.

야키소바와 마루마루야키를 다 먹고 난 다음, 우리는 하나, 둘, 숫자를 세고 쏘옥, 라무네 유리구슬을 병 속에 가라앉혔다. 정확히 말하자면 병이 아니라 페트병이라 조금 아쉽긴 했지만, 곧바로 손을 놓아버린 유즈키의 병에서는 부글부글 거품이 쏟아져 나와서 꺄악꺄악, 떠들어대며 내 입가에 밀어붙였다.

급하게 입을 대자 생각했던 것보다 기세가 세서 콜록콜록 기침을 했다.

유즈키가 웃고, 나도 웃었다. 내가 웃고, 유즈키도 웃었다.

가끔 라무네 병도 딸랑딸랑, 웃었다.

다 마시고 나서 뚜껑을 열고 각자 유리구슬을 꺼낸 다음 어렸을 때 그랬던 것처럼 눈앞에 들어 올리고 들여다보았다.

물구나무선 세계에서 밤이 화려한 색으로 일렁이고 있었다.

뛰어다니는 남자애도, 잘 차려입은 여자애도, 손을 잡은 두 사람도, 잡고 싶어 하는 것 같은 두 사람도, 아무도 거꾸로 선 상태라는 걸 눈치채지 못한 모양이었다.

"저기, 유리구슬 너머로 보이는 사쿠는 역시 예뻐."

유즈키가 말했다.

"유리구슬 너머로 보이는 유즈키도 마찬가지로 예뻐."

유즈키도, 나도, 축제 분위기에 취해서 달아오른 모양이었다.

내일이 되면 여기가 어디에나 있을 법한 작은 신사로 돌아가듯이, 분명히 이 열기도 깔끔하게 빠져나갈 것이다.

그러니 조금만 더 이대로 들떠도 될 거라 생각했다.

＊

헤비 카스테라까지 다 먹은 다음, 한 바퀴 더 돌까 하고 일어섰을 때였다.

유즈키가 비틀비틀 이끌려가듯이 어두운 쪽으로 걸어갔다.

화장실이라도 찾는 건가 싶었는데, 금줄이 둘려 있는 한 그루, 아니, 두 그루 나무 앞에서 멈춰 서서 이리 오라며 손짓하고 있었다.

"왜 그래?"

내가 다가가자 유즈키는 조용히 알림판을 손가락으로 가리켰다.

거기에는 '부부 은행나무'라고 적혀 있었다. 설명을 읽어 보니 이 신사에는 나무 두 그루가 서로 몸을 기대는 듯이 서 있는 나무가 많아서 인연을 맺어주는 소원을 비는데 좋다는 내용이었다.

유즈키는 내가 다 읽은 것을 확인하고 V자로 서 있는 나무 중 한쪽에 손을 댔다.

"자, 모처럼 왔으니까."

왠지 뭘 원하는지 알 수가 있었다.

다른 한쪽에 살며시 손을 가져다 댔다.

나는 눈을 살짝 감은 유즈키를 바라보았고, 계속 바라보고 있었다. 눈을 감아보긴 했지만, 무슨 소원을 빌어야 할지 몰랐기 때문이다.

잠시 후, 눈을 뜬 유즈키와 그대로 눈이 마주쳤고, 그녀는 조금 쓸쓸한 듯한 미소를 지었다.

"왠지 이거, 부부 나무라기보다는 양다리 걸치는 나무 같은 느낌인데."

"진짜, 벌 받을 거야."

이럴 때 나는 이렇게 장난을 치며 둘러대는 것밖에 못
한다.

분명히 유즈키도 더 이상 발을 내디딜 수 없을 테고, 그
럴 생각도 없을 것이다. 이건 상대방을 벨 용기도 없는 주
제에 칼끝만 챙챙 맞부딪히는 칼싸움 같은 거나 마찬가
지다.

그런 생각을 하고 있자니.

"여, 치토세 사쿠."

——좀 봐주라.

대체 어디서 솟아난 건지, 낯익은 닭벼슬 머리가 우리
두 사람 사이에 억지로 끼어들었다.

"꺄악."

필요 이상으로 놀란 유즈키가 비틀거렸고, 곧바로 자갈
위에 넘어져 버렸다.

나는 곧바로 화가 치밀어오른 머리를 필사적으로 식히
면서 유즈키의 손을 잡고 일으켜 세우려 했다.

그런 내 등에 퍼억, 꽤 강렬한 발차기가 날아들었다. 움
직이기 힘든 유카타를 입고 앉아있었기 때문에 곧바로 유
즈키 위로 넘어지듯이 쓰러져버렸다.

깔깔깔, 짜증 나는 웃음소리가 쏟아져 내렸다.

까불지 말라고, 빌어먹을.

일어서려다가 문득 유즈키의 얼굴을 보았다.

내 뒤쪽을 바라보고 있는 그 눈동자는 지금까지 본 적이 없었던 싸늘한 공포로 가라앉아 있었다. 필사적으로 내 유카타를 붙잡은 손은 조금씩 부들부들 떨렸고, 아름다웠던 입술에서는 핏기가 가셨다.

"섹시한데~, 나나세 유즈키."

꼬꼬댁의 목소리를 듣고 나는 벌어져 있던 유즈키의 유카타 옷자락을 슬며시 바로잡아 주었다.

만에 하나, 다시 걷어차이더라도 버틸 수 있게끔 다리를 넓게 벌리고 꽉 버티면서 몸에 힘을 주지 못하고 있는 유즈키를 거의 끌어안듯이 일으켜 세웠다.

유즈키가 확실하게 내 뒤쪽에 가려지게끔 돌아서자 꼬꼬댁 뒤에도 키가 큰 남자가 한 명 더 서 있었다.

카이토와 거의 비슷하거나 조금 작은 정도인가? 전체적으로 너무 말랐고 길쭉한 팔다리가 큰 키와 맞물려서 독특한 분위기를 풍기고 있었다.

나는 재빨리 좌우로 눈을 돌렸다. 저번에 도서관에 있던 다른 두 명은 보이지 않았다.

하지만 유카타 차림에 나막신을 신고 있으니 난투를 벌이게 되면 승산은 없을 것이다.

여차하면 야키소바나 오코노미야키를 써야지. 이카야키라서 다행이다. 물론 녀석들의 등에 뜨거운 걸 집어넣어서 유즈키가 도망칠 시간을 벌기 위한 도구다.

"오랜만이지이, **유즈키**."

안쪽에 있던 키가 큰 남자가 이쪽으로 다가왔다.

사무라이 헤어라고 해야 할까, 양쪽을 짧게 깎고 나머지 긴 머리카락을 뒤통수에 높게 묶었다. 길게 찢어진 눈초리가 사나워서 꼬꼬댁이 말했던 선배라는 녀석이 이 녀석이라는 것을 바로 알 수 있었다.

그리고 그 말투는 분명히 **아는 사람**에게 말하는 말투였다.

유즈키가 내 팔을 꽉 잡았다. 부들부들 떨면서도 손가락에는 손톱까지 파고들 정도로 힘을 세게 주고 있었다.

"……배."

유즈키가 울먹이는 소리로 말했다.

"야나, 시타……, 선배."

나는 숨을 들이마신 다음 내뱉었다.

괜찮다, 머리에 쏠렸던 피는 내려갔다. 쿨하게 가자.

유즈키의 손에 살며시 내 손을 겹쳤다.

"제 여자친구에게 무슨 볼일이 있으신가요?"

내가 한 말을 듣고 야나시타라는 녀석이 슬며시 웃었다.

"치토세 사쿠냐? 비켜, 유즈키를 만나러 왔다고."

"그래도 보시는 것처럼 유즈키가 놔주질 않아서요. 인기 있는 남자는 피곤하네요."

타악, 야나시타가 발치에 있던 자갈을 걷어찼다.

유즈키가 다시 움찔거렸고, 아플 정도로 세게 매달렸다.

"그 녀석은 내 거였거든."

"처음 듣는 소리네요. 전 남친이라는 건가요?"

내 뒤에서 유즈키가 필사적으로 고개를 젓고 있다는 걸 알 수 있었다.

"야, 유즈키, 그렇게 누구와도 사귈 생각이 없다고 한 주제에 고등학교에 들어가서 이런 껄렁껄렁한 남자하고 마구 해대는 거야?"

야나시타의 표정이 완전히 일그러졌다.

"누구든 상관없다면 나도 괜찮을 거 아냐. 또 그런 꼴을 당하고 싶진 않겠지?"

"⋯⋯그런 꼴이라뇨?"

마치 묻지 말라는 듯이 유즈키가 살짝 오열하는 소리가 울렸다.

야나시타는 뜸을 들이는 듯이 말했다.

"모르지? 너. 이 녀석은 겁먹고 우는 모습이 최고로 꼴리거든."

크히히, 그렇게 천박한 웃음소리가 울렸다. 유즈키는 점점 더 세게 달라붙고 있었다.

──아~, 이제 됐어.

모처럼 내려간 피가 다시 머리에 쏠리기 시작했다.

한 발짝 내딛고 얼굴에 주먹을 날린다. 그러면 이 불쾌한 시간을 끝낼 수 있다.

그게 나다운 방식이 아니라고 해도 알 바 아니지.

──있는 힘껏 주먹을 쥐자, 문득 새끼손가락 두 개가 머릿속에 떠올랐다.

그랬지. 지금도 아니고, 이런 방식도 아니야.
나는 주먹을 쥐었다 폈다 반복하면서 힘을 뺐다.
이번에는 괜찮을 거다.
나는 결심하고 나서 있는 힘껏 숨을 들이마신 다음.

"꺄아아아아아아아아아아악! 이 사람들, 나한테 야한 짓을 할 셈이야아아아아아아아! 남자든 여자든 상관없다고, 미소년을 좋아한다고, 싫어어어어어어어어어어엇. 누가 좀 도와줘요오오오오오오오오오오오오오오옷."

있는 힘껏 소리쳤다.
경내에 있던 사람들이 일제히 이쪽을 보고 작은 목소리로 속닥이기 시작했다.
너무 이해하기 힘든 일이 벌어지자 멍해져 있던 꼬꼬댁이 그제야 정신을 차리고 '너, 까불지 마라'라고 하면서 다가왔다.
"당해버려어어어어어어어어어어어어어어어엇. 운동부 남자애의 식스팩을 갈라진 라인에 맞게 끈적끈적하게 핥는 걸 좋아한대애애애애애애애애애애애애애애애애애애앳. 부풀어오른 대흉근에 볼을 비비면서 듬직한 대퇴이두근을 마구 주무르는 것에 더할 나위 없는 쾌감을 느낀대애애애애애애애애애. 마지막에는 잘 단련된 대둔근을 움켜잡고 끝내버린대애애애애애애애애애애애애애애앳. 더러워져버려어어어어어어어어어어어어어어어어어어엇."

"진짜 적당히 좀……."

"잘 가, 내 국화꼬오오오오오오오오오오오오오오오오오오오오오오오오오오오오오오오오오옷."

웅성웅성, 주위 사람들이 아예 대놓고 싸늘한 눈초리로 바라보고 있었다.

야나시타와 꼬꼬댁은 죽을 만큼 동요한 표정으로 서로 바라본 다음, 아무런 말도 하지 못하고 떠나갔다.

에헴, 싸움에는 주먹질만 있는 게 아니라고.

자신의 소중한 것을 희생하면 다른 소중한 것을 지킬 수 있을 때도 있다.

웃어주면 좋겠다고 생각한 유즈키는 팔을 둘러서 내게 꼬옥 달라붙어 있었다.

3장 이름이 있는 관계와 이름이 없는 거리

축제에서 얀고의 야나시타와 꼬꼬댁에게 시비가 걸린 다음 날, 유즈키는 그녀답지 않게 학교를 쉬었다.

아마 예전의 자신을 연기할 수 없을 정도로 지쳤기 때문일 것이다.

친구들에게 어제 있었던 일은 말할 수가 없었다. 위험할 뻔했다는 걸 숨기면서 걱정을 끼치지 않게끔 하기 위해서가 아니라, 야나시나타라는 남자를 보고 유즈키가 지나치게 반응을 보였다는 것을 나 자신이 아직 완전히 파악하지 못하고 있기 때문이다. 애매한 정보를 애매하게 흘리면 그게 유즈키에게 어떤 영향을 끼쳐버리게 될지 모른다.

어제 집까지 데려다준 다음, 자기 전에 '괜찮아?'라고 메시지를 보냈지만 '내일은 쉴게'라는 답장만 왔다. 내가 생각해도 분명히 괜찮지 않을 상대에게 할 말로서는 정말 어설픈 말이었다. 얀고 녀석들에게 시비가 걸리는 건 시간 문제라고 생각했는데, 유즈키가 그렇게 당황할 줄은 몰랐다.

──아마 유즈키를 더 제대로 이해하려 해야만 할 것 같다.

그런 생각을 구질구질하게 하면서 맞이한 방과 후, 나는 시험공부를 할 겸 토모야와 역 앞 사이제리아에 와 있었다. 솔직히 전혀 그럴 기분이 아니었지만, 결과적으로 유즈키의 남자친구 역할도 쉽게 되었기 때문에 제대로 마주 보고 의논할 시간을 만들 수 있는 얼마 안 되는 기회다.

우선 내일부터 시작될 중간고사에 대비해서 두 시간 정도 공부하고 나니 왠지 쉬고 나서 하자는 분위기가 되었다. 조금 일찌감치 저녁 식사를 할 겸, 나는 채소소스 햄버그와 밥 곱빼기, 토모야는 밀라노풍 도리아를 주문했다.

각자 주문한 메뉴가 나왔고, 몇 번째인지 모를 드링크바 리필을 해오자 목이 빠지게 기다렸다는 듯이 토모야가 입을 열었다.

"그래서, 어제 축제는 어땠어?"

갑자기 그걸 물어보냐, 그런 생각이 들긴 했지만, 이 녀석 입장에서 보면 신경 쓰여서 견딜 수 없을 것 같다.

잠자코 가는 것도 공평하지 않겠다 싶어서 전날 축제에 간다고 말했었다. 그래도 어제는 느긋하게 연애 지도를 해줄 마음이 들지 않았기에 보고는 나중으로 미뤘다. 유즈키에게 반한 사람으로서 궁금해서 견딜 수 없다는 것도 이해가 된다.

내 심정은 어디까지 내 심정이고, 토모야에게 잘못은 없다.

기분을 전환하고 가벼운 말투로 대답했다.

"으음, 축제 데이트는 참 좋은 것이지."

"그야 그렇지. 유카타 차림인 나나세 양하고 돌아다닐

수 있다니, 사실은 지금 당장 내가 얼굴에 도리아를 날려도 이상하지 않거든?"

토모야가 원망스러운 표정을 지었다.

"뭐, 너무 그러지 마. 그건 그거, 이건 이거, 오늘도 너하고 같이 있어 주잖아."

"그건 나나세 양이 쉬었기 때문이잖아. 신기하네, 몸 상태가 안 좋은 것 같지도 않았는데."

"그날이겠지, 이해해줘라."

"또 그런 말을……."

뭐, 식사 중에 할 농담은 아니긴 하지.

"무슨 고민이라도 있나?"

"이봐……."

나는 햄버그와 달걀 프라이를 전부 한입 크기로 자른 다음에 나이프를 내려놓았다.

"저번에도 말했지만, 그런 건 좋지 않은 버릇이라고. 여자애의 일거수일투족을 전부 호들갑 떨면서 로맨틱한 이야기로 만들려고 하지 마. 아까 말한 건 농담이라고 치고, 어차피 배를 드러내고 자다가 감기라도 걸린 거겠지."

오늘은 고민이 있어서 쉬었다는 말이 틀린 말은 아닐 것이다.

하지만 닥치는 대로 백 번 던졌던 공 중 하나가 좋은 코스로 들어갔다고 해서 투수가 될 수 있는 건 아니다.

"사쿠가 지적하고 나서 주의하게끔 하고 있긴 한데, 나도 모르게 그런단 말이지. 아픈 거든 고민이 있는 거든, 곤란하고 있다면 힘이 되어주고 싶다는 생각이 들어서."

토모야는 스푼으로 도리아를 이리저리 섞으면서 쑥스러운 듯이 웃었다.

"거의 알지도 못하는 남자가 갑자기 간병하러 오다니, 그냥 호러잖아. 애초에 누군가의 문제를 자기라면 해결할 수 있다는 생각은 그냥 거만한 생각일 뿐이야."

——그럼, **네가 하고 있는 짓은 대체 뭐냐.**

머릿속에서 광대(피에로)가 웃었다.

"그래도 말이지, 사쿠는 야마자키 군을 도와주었고, 이렇게 내게도 협력해주고 있잖아. 그건 누군가의 문제를 해결해주는 거하고 다른 거야?"

예상했던 대로 아픈 곳을 찔려버렸다.

하긴, '분명히 다른 사람들보다는 잘 해낼 수 있을 것이다'라는 생각은 하고 있다. 그렇기 때문에 그와 동시에 '분명히 다른 누구보다 잘 해낼 수 없다'는 걸 눈치챈 것도 나 자신이다.

그렇지만 그런 모순도 어디까지나 내 모순이니까 지금은 토모야를 위해 올바른 단어를 사용해야만 한다.

"누군가가 받쳐주든지, 등을 밀어주든지, 결국 자신을 구해줄 수 있는 건 자신뿐이야. 토모야도 마찬가지라고. 애초에 유즈키와 이야기를 할 수 없다면 한 발짝도 나아갈 수가 없어."

"사쿠에게 소개해달라고 하면……."

"그렇게 해줄 수도 있지만, 그 정도 용기도 못 내는 남자를 나나세 유즈키가 돌아볼 것 같아?"

"그렇겠지……."

토모야는 묘하게 힘없는 표정으로 고개를 숙였다.

"토모야는 너무 어렵게 생각하는 거야. 적당히 말을 걸고 '그때 있었던 일을 기억하나요?'라고 물어보면 되잖아……. 아니, 그건 좀 무서운가?"

"꽤 인상적이었던 일이니까 기억하고 있긴 하겠지만, 만약에 '너 누군데?'라고 대답하면 가볍게 죽을 것 같은 자신이 있어."

"그럼 '호쿠리쿠는 항상 날씨가 흐리네요'라든지 '여보세요, 이 근처에서 제가 떨어뜨린 고로케빵 못 보셨나요'라든지, 뭐든 상관없으니까 일단 말을 걸라고! 짜증 나네! 관계를 따지는 건 그다음이야."

나는 우물쭈물하는 남자를 제쳐두고 '이봐'라고 계속 말했다.

"나도 연애의 정답 같은 건 모르겠지만, 우선 상대를 알고, 자신을 알아달라고 한다. 좋아해 주게끔 노력한다. 제대로 마음을 전한다. 이 세 단계는 언제든 마찬가지 아냐?"

첫눈에 반한다는 말을 나는 믿지 않는다.

그것은 분명히 좋아하게 된 것 같다는 마음일 뿐, 아직 연애 미만 상태라고 생각한다.

"토모야는 아직 첫 번째 단계에도 서지 못했어. 안타깝게도 모든 현실에서 영화나 소설처럼 운명적인 상황 같은 건 아무도 마련해주지 않는다고. 어디에나 있을 법한 평범한 남녀관계가 굴러다니고 있을 뿐이지. 그러니까——."

나는 그렇게 말한 다음 토모야의 눈을 보았다.

"그냥 조심조심 말을 걸고, 안절부절못하면서 라인을 하고, 두근거리면서 데이트를 하자고 하면 되는 거라고. 그렇게 흔해빠진 것에 두 사람이 나중에 운명이라는 이름을 붙여주는 거야."

"그래도……, 어떻게 하더라도 돌아봐 주지 않는다면?"

"어두운 방에서 울면서 안쓰러운 시를 지어내고, 질리면 기타라도 사서 곡으로 만들면 되지. 그걸 내걸고 학교 축제에서 밴드로 공연하면 새로운 사랑을 찾을 수 있을 거야."

"그건……."

신기하게도 토모야가 나를 노려보았다.

"사쿠가 제대로 사랑을 하지 않기 때문이야. 이 사람보다 더 좋은 사람은 절대로 찾아낼 수 없겠다는 상대를 만난 적이 없는 사람이나 하는 소리라고."

"그럴지도 모르지."

진심으로 그렇게 말했다.

"마지막으로 한 농담은 제쳐두더라도, 나는 토모야의 마음이 어느 정도인지 몰라. 진짜 사랑이라는 것도 아마 모를 거고. 하지만 그런 나도 뭐가 올바르고 뭐가 잘못된 것인지, 그 정도는 알고 있는 것 같은데."

토모야는 말이 심했다고 생각했는지 목소리 톤을 낮추었다.

"미안, 이렇게 이야기를 들어주고 있는데 내가 말이 심했어."

"사과할 필요는 없어. 나도 하고 싶은 말을 했고, 토모야도 하고 싶은 말을 했을 뿐이니까."

나는 왠지 패밀리 레스토랑 한정으로 매우 마시고 싶어지는 메론 소다가 담긴 컵을 비우고 일어서서 문득 생각난 걸 말했다.

"그러고 보니, 토모야는 취미 있어?"

"갑자기 그건 왜?"

수상쩍어하는 표정으로 나를 바라보았다.

"아니, 그렇게 친구끼리 하는 이야기 같은 걸 거의 안 했다 싶어서."

"뭐, 방금 이야기가 나와서 그런 건 아니지만, 음악 같은 건 좋아하는 편이야."

"그렇구나, 그럼 다음에 추천하는 거라도 알려줘."

"오케이, 생각해둘게."

우리는 방긋 웃은 다음 오늘 모임을 끝내기로 했다.

*

그날 밤, 나는 한참 생각하고 생각한 끝에 유즈키에게 메시지를 보냈다.

『간병하러 가면 땀을 많이 흘려서 기분이 안 좋으니까 몸을 닦아달라는 이벤트가 발생할까?』

　그런 결과로 이런 메시지가 나왔으니 내가 생각해도 한심했지만, 바로 읽음 표시가 떴다.

『그때 감기가 옮아서 이번에는 내가 대신 간병하는 이벤트까지 이어진다면, 그럴 수도 있지.』

『유즈키는 어디까지 닦아줄 건데?』

『어디까지 닦아줬으면 해?』

『그야 물론, 더러운 곳을 구석구석.』

『여자를 울리면서 살아온 과거 말이야?』

『네놈, 어떻게 그걸 알고 있지!』

　원래 모습이 조금 돌아온 모양이다.

『저기, 사쿠. 그건 내가 아니야.』

　그렇게 생각하고 있자니, 내가 대답하는 걸 기다리지 않고 유즈키가 먼저 메시지를 보냈다.

『이미 늦었어. 축제 분위기에 취해서 평소보다 여자애 같았던 유즈키를 잊지는 못해.』

『사쿠도 평소보다 남자애였지만 말이지.』

　이모티콘이나 스탬프를 쓰지 않고 대화를 나누는 건 편하긴 하지만, 감정을 파악하기가 힘들다. 스마트폰 너머에서 유즈키는 어떤 표정을 짓고 있을까.

　나는 최대한 심플한 화제를 선택했다.

『적과 흑은 잘 지내?』

『치토세하고 사쿠는 책상 위에서 사이좋게 헤엄치고 있어.』

『그거 다행이네. 매일 밤 자기 전에 좋아한다고 속삭여줘.』

『좋아해, 치토세 사쿠.』

『쉼표 찍는 걸 깜빡하지 마. 착각해버리잖아.』

『착각해줬으면 좋겠어, 지금만큼은.』

　아무래도 아직 원래 모습으로 돌아오진 못한 것 같다.

　나는 5분 정도 생각한 다음, 문장을 한 줄 보냈다.

『나나세, 제대로 내 여자친구가 될래?』

　휙휙 오가던 이야기가 끊어졌다.

　마찬가지로 5분 정도 지난 다음, 대답이 왔다.

『지금만큼은 안 돼, 치토세.』

　다행이다, 그런 생각이 들었다.

　그렇게 말해주는 나나세라 다행이라고.

『아쉽네. 약해졌으니 꼬실 기회라고 생각했는데.』

『그건 일반론이지. 저는 나나세 유즈키입니다.』

『저는 지나가던 빌어먹을 걸레남입니다. 좀 더 괜찮은 걸 준비해둘 테니 오늘 밤에 꼬신 대사는 잊어주세요.』

이제야 유즈키가 검은 고양이 스탬프를 보냈다.

'후냥~', 그런 소리를 내며 발톱을 세우고 있는 느낌이다.

『내일은 와, 나나세.』

『내일은 갈게, 치토세.』

『잘 자, 유즈키.』

『잘 자, 사쿠.』

그렇게 우리는 제대로 임시적인 애인 사이로 돌아왔다.

*

다음 날 아침, 유즈키의 집까지 데리러 가자 적어도 표면상으로는 평소 모습으로 돌아와 있었다.

학교에 가서 팀 치토세끼리 시험 문제를 예상하며 공부할 때도 부자연스러운 느낌은 없었다.

이대로 아무 일도 없이 오늘이 지나가면 좋겠다는 생각이 들었는데, 어디 사는 누군가는 그렇게 좋은 기회를 놓치지 않으려 했던 모양이었다.

10분 정도만 있으면 첫 시험이 시작되는 타이밍.

아토무 일행과 이야기를 마무리하고 자리로 돌아가려하던 나즈나가 유즈키의 책상에 툭 부딪혔다.

"아, 미안~……."

나즈나의 목소리가 끊기고 책상 서랍에서 튀어나온 무언가가 팔랑팔랑 바닥에 흩어졌다.

기본적으로 우리 학교에서는 시험 기간 동안 서랍을 비워두는 규칙이 있기 때문에 거의 모든 학생은 어제 집에 갈 때 서랍에 들어있던 걸 사물함으로 옮겼을 것이다. 유즈키는 쉬긴 했지만 유우코와 유아가 나서서 그 작업을 대신해주었고, 본인에게도 알려주었다.

그래서 유즈키는 물론이고 나도 뜻밖이라 반응하는 게 늦었다.

"뭐야, 이거. 치토세 군하고 데이트하는 사진? 아니, 몇 장이나 인쇄한 거야, 짜증 나네~."

나즈나가 한 말을 들었을 때는 이미 늦었다.

근처에 있던 유우코가 바닥에 떨어진 사진 한 장을 주운 다음, 굳었다.

열 장 정도 되는 사진은 전부 똑같은 사진이었고, 찍힌 것은 유카타 차림인 유즈키가 내 새끼손가락을 잡고 경내를 돌아다니는 장면이었다.

눈치챈 유즈키가 바닥에 무릎을 꿇고 두 팔을 벌려서 필사적으로 나머지 사진을 주워 모았다.

아무리 생각해도 그녀답지 않게 허둥대며 주위 시선을 잊어버린 듯한 그 모습은 오히려 '보여주면 안 되는 거구나'라는 분위기를 더 강하게 만들었지만, 그런 조언을 해줄 수 있는 상황도 아니고, 그런 상태도 아니다.

나즈나가 그런 유즈키를 내려다보면서 코웃음을 쳤다.

"촌스러워. 딱히 껄끄러운 짓을 한 게 아니면 당당하게 굴지 그래?"

유즈키는 바닥에 앉은 채 나즈나를 노려보았지만, 바로 옆에 서 있는 유우코가 눈에 들어와서 그런지 미안하다는 듯이 고개를 숙여버렸다.

그 모습을 민감하게 눈치챈 나즈나는 사정없이 말을 던졌다.

"뭐야, 히이라기에게 비밀로 하고 갔어? 의외로 쪼잔한 짓을 하는구나."

어떻게든 해주고 싶었지만, 아무리 생각해도 내가 끼어드는 건 악수다. 지금 말을 늘어놔봤자 초조해하면서 변명을 하는 것으로만 들릴 테니까.

애초에 우리는 사귀고 있는 것으로 되어 있으니 최악의 경우에는 나즈나 반 친구들에게 보여준 것까지는 상관없다. 문제는 그걸 사귀는 척하는 거라고 알고 있는 팀 치토세 친구들, 그리고 유우코가 봐버렸다는 점이다.

분명히 그 순간에는 나도, 유즈키도, 너무 들떠 있었다.

딱히 누군가를 배신한 것도 아니고, 못 할 짓을 한 것도 아니지만, 유우코와 다른 친구들 앞에서도 똑같이 행동할 수 있냐고 물어본다면 대답은 당연히 '아니다'이다.

예를 들자면, 소년이나 소녀가 몰래 쓴 비밀 소설을 친한 사람이 읽어버린 듯한 감각.

그런 느낌인 이상, 떠안을 필요가 없는 약간의 죄책감과 수치심으로부터는 벗어날 수가 없다.

결국 누가 무슨 말을 해야 할지 알 수가 없는 상황을 타파한 것은 나즈나였다.

"재미없네. 역시 너는 치토세 군하고 안 어울리는 거 아니야?"

첫 시험이 수학이라 다행인 것 같다.

만약 현대 문학이었다면 다른 사람들의 마음을 생각했을 것이다.

*

시험 첫날이 끝나고, 오전에 해방된 우리는 항상 그랬듯이 8번에서 밥을 먹기로 했다.

테이블석에는 여섯 명까지밖에 앉지 못하기 때문에 옆으로 붙은 자리를 확보했다.

한쪽에는 나, 유즈키, 유우코, 켄타.

다른 한쪽에는 카즈키, 카이토, 유아, 하루.

아무리 생각해도 조합에 악의가 느껴지는 건 저뿐일까요?

신이 나서 시험 문제의 답과 맞춰보고 있는 건너편 테이블과 비교하면 이쪽은 마치 초상집 같다. 학교를 나서기 전에 확인해보니 유즈키의 책상뿐만이 아니라 꼼꼼하게도 나를 비롯한 팀 치토세 모두의 서랍에 같은 사진이 한 장씩 들어있었으니 어차피 들키긴 했을 것이다.

유우코는 말없이, 그리고 정신없이 채소라멘 미소 곱빼기를 후루룩 먹고 있고, 유즈키는 새침한 표정으로 시오라멘 국물을 마시고 있고, 켄타는 모르겠다 싶었는지 채소챠슈멘 돈코츠를 열심히 먹고 있다…… 응, 아무리 생각해도 너는 숫자를 맞추려고 억지로 이쪽으로 내던져진 느낌이니까, 무슨 심정인지는 알겠어.

그런 나도 오늘은 당면을 한 덩어리만 주문했다. 아무래도 식욕이 없었기 때문이다.

"그, 그리고 보니까, 오늘 시험은 어땠어? 나는 수학이 좀 의심스러운데."

이런 분위기를 견디지 못하겠다는 듯이 켄타가 입을 열었다.

좋아, 역시 내 제자야.

자, 상호이해를 시작하자.

──유우코도 그렇고 유즈키도 대답을 하지 않았기에, 나도 열려던 입을 다물었다.

켄타는 '이 자식, 신, 이 배신자'라는 느낌으로 나를 보았지만, 소리가 나지 않는 휘파람을 불면서 눈을 피했다.

"시, 신이시여. 축제에 가실 거면 저도 부르시지 그랬어요~. 유카타를 입은 여자애하고 축제에 가다니, 픽션 안에만 존재하는 이벤트인 줄 알았는데요."

오, 좋은데.

일부러 그런 화제를 건드리는 스타일을 보니 엄청나게 성장한 느낌이 드는구나.

——하지만 나는 입을 다물었다.

켄타는 '커뮤니케이션의 본질은 캐치볼이라고 하지 않았냐? 신? 으으응?'이라는 느낌으로 나를 보았지만, 당면에 들어있던 편육을 젓가락으로 집는 척하면서 눈을 돌렸다.

그러던 와중에 유우코가 면과 건더기를 다 먹었는지, 두 손으로 들어 올린 그릇에 입을 대고 꿀꺽, 꿀꺽, 국물을 깔끔하게 다 마셨다.

투욱.

내동댕이치듯이 그릇을 내려놓고, 물을 꿀꺽꿀꺽 단숨에 삼켰다.

"저기 말이죠!"

유우코는 싸울 준비가 다 되었다는 듯이 말했다.

나와 유즈키는 무심코 자세를 바로잡았다.

"손을 말이죠, 잡고 계셨단 말이죠! 이렇게, 손가락을 살짝, 이런 느낌으로."

""……네.""

평소와는 달리 그 말투가 묘하게 무섭다.

타악.

다시 물이 든 컵을 단숨에 비우자 켄타가 따라주었다.

"두 분께서는 '가짜' 애인이었을 텐데요?"

""……말씀하신 게 맞습니다.""

"그런데 어쩌다가 손을 잡고 유카타 데이트를 하게 되신 걸까요, 켄타찌 씨."

"마, 맞아, 이상하다고. 신, 나나세 양!"

켄타는 저쪽 편에 붙기로 결심한 모양이다.

젠장, 아까 당한 걸 복수하려는 거냐?

"저, 저기 말이지, 유우코……."

내가 조심조심 입을 열려 하자 컵을 내밀며 가로막았다.

"사쿠는 좀 조용히 있어! 그 사진은 아무리 봐도 유즈키가 먼저 잡은 거니까."

유즈키는 껄끄럽다는 듯이 침묵을 지키고 있었고, 유우코가 계속 말했다.

"저기 말이지, 딱히 손을 잡지 말라는 게 아니라고요. 그야 두 분 마음대로 낮이든 밤이든 잡고 싶은 만큼 잡으라 이거예요. 그래도 말이지! 내가 하고 싶은 말은 대체 어쩔 생각이냐는 거야!"

"어쩌냐니……."

모기처럼 기어들어 가는 목소리로 유즈키가 대답했다.

"유즈키는 사쿠가 아니면 안되는 거냐는 뜻이야. 누구든 상관없으니까 따스한 손에 매달리고 싶은 것뿐이라면 이제 그만해. 내게 이런 말을 할 권리는 없지만, 이제 그만했으면 좋겠어."

유우코는 평소와는 달리 강하게, 딱 잘라 말했다.

"누구든 상관없는 건……, 아닌 것 같아."

"만약에 거기 있던 사람이 켄타찌였다면 손을 잡지 않았을 거라고?"

"안 잡지."

유즈키가 곧바로 대답했다.

이봐, 쓸데없이 켄타를 상처입히지 말아 달라고.

"그럼 카즈키나 카이토였다면?"

"역시……, 안 잡았을 거야."

"사쿠가 아니면 안 된다고?"

"……미안, 모르겠어."

유우코는 그 말을 듣고, 숨을 크게 내쉬었다.

"좋았어, 무슨 마음인지는 알겠어. 라이벌이구나, 지금부터는!"

유즈키가 깜짝 놀란 표정을 지었다.

아마 나도 똑같은 표정을 짓고 있었을 것이다.

"아니, 그런 말은 한마디도."

"다들 처음에는 그렇게들 말씀하시죠."

유우코가 고개를 끄덕이면서 마치 취조중인 경찰 같은 말투로 말했다.

"그래도 말이지, 자기 태도를 정하지도 않고 붙잡을 수 있는 상대가 아니야, 옆에 있는 멍청이는. 지금 유즈키도, 나도, 사쿠의 특별한 사람이 아니지. 하지만 나는 내가 특별하지 않다는 걸 알고 있으니까, 한발 앞서 있네!"

유우코가 세차게 내민 손가락 끝을 본 유즈키는 한순간 움찔거리며 긴장하다가 뒤늦게 웃음을 터뜨린 다음 깔깔대며 웃었다.

"유우코는 이상해! 뭐라고 해야 하나, 여러모로 이상하다고."

"이상한 거 아니야, 솔직한 것뿐이니까."

"보통은 그런 식으로 건너뛰어 가면서 솔직해질 수가 없거든."

"귀찮은 여자애구나."

그런 다음 유우코는 내 쪽을 돌아보았다.

"그리고, 멍청이!"

"네에~."

"대답은 네!라고 해야지."

"네!"

테이블 너머로 몸을 내밀고 집게손가락으로 내 이마를 쿡쿡 찔러댔다.

"저, 기, 말, 이, 죠. 자상하고 물러터진 게 사쿠의 장점이자 단점이라는 건 알고 있어. 그래도 그런 식으로 다가오는 여자애들하고 휙휙 손을 잡다 보면 조만간 지구 한 바퀴를 돌아버릴 거라고!"

"아니, 여자애들하고 각각 손을 잡기만 하면 원으로 이어지지는 않을 것 같은데……."

푸욱, 제대로 손질해둔 손톱이 파고들어서 아프다.

"나조차도 본 적이 없는 유카타를 차려입고 멋 낼 시간이 있다면 얼른 유즈키를 구해주는 게 어떨까요? 그리고 여름에는 무조건 나하고도 유카타를 입고 같이 불꽃놀이를 보러 가야 해, 가야 한다고."

나는 유우코의 손가락에 이마를 찔린 채 고개를 끄덕였다.

일단 이렇게 정리되는 건가.

유우코 덕분에 관계가 이상하게 꼬이지 않게 되어서 다행이다. 이번에 발산시키지 않았다면 더 말하기 껄끄러운 분위기가 생겼을 것이다. 유아와 하루가 있는 쪽 테이블에서도 '끝났어?'라는 느낌으로 싱글거리며 이쪽을 보고 있었다.

그건 그렇고.

상대방의 악의가 서서히 유즈키의 핵심을 향해 기어들고 있는 것 같아서 이제 좀 소름이 끼친다.

계속 수세에 몰리기만 하니 불쾌하다.

뭔가 상황을 움직일 수 있는 결정타가 있다면 좋을 텐데.

별다른 생각이 떠오르지 않았기에 나는 당면을 계속 먹어댔다.

＊

계산을 마친 다음, 가게를 나서기 전에 들렀던 화장실에서 나오자 세면대 쪽에서 유우코가 기다리고 있었다.

내가 손을 씻는 동안 계속 거울 너머로 이쪽을 빤히 바라보고 있었다. 아직 화가 안 풀렸나 싶어서 움찔거리며 손을 다 씻자 그제야 말을 걸었다.

"사쿠, 손수건 빌려줄까?"

"아니, 부우웅하는 걸로 말릴 거니까 괜찮아."

"으~."

왜 그러는 거지? 내가 손을 말리고 있자니 이번에는 자기 손을 내밀었다.

"저기, 라멘 국물까지 마셨더니 손가락이 좀 뚱뚱해진 것 같아. 자, 봐."

"물풍선도 아니고, 그럴 리가 없잖아."

"저기, 좀 제대로 확인해보라니까! 자!"

의도를 알 수가 없었기에 나는 어쩔 수 없이 쭉쭉 내밀고 있는 유우코의 손을 빤히 보았다.

"괜찮아. 평소처럼 예쁜 손가락이야."

"으으으~. 그런 게 아니라~!"

말하는 대로 해줬는데, 이번에는 화를 내기 시작했다.

진짜 뭐지?

"가게 앞에서 다들 기다리잖아, 얼른 가자."

그렇게 말하자 유우코는 어쩔 수 없다는 듯이 '네~'라고 하며 돌아서서 한 발짝 내디뎠고.

"꺄악."

단차가 있다는 걸 눈치채지 못했는지 비틀거렸다.

"위험해."

재빨리 유우코의 손을 잡았다.

그렇게 겨우 멈춰 선 유우코가 빙글 돌아 나를 보았다. 왠지 모르겠지만 활짝 미소를 짓고 있었다.

"왜 웃는 거야? 유우코는 꽤 덤벙거리니까 조심해."

유우코는 내가 한 말 같은 건 전혀 들리지 않는다는 듯이 자기 손, 그리고 그것을 잡고 있는 내 손을 얼굴 앞으로 들어 올렸다.

"이거, 사쿠가 먼저 잡아준 거지요?"

──그렇구나.

그제야 유우코가 무슨 생각을 하고 있었는지 이해하고 나도 모르게 웃음을 터뜨렸다.

"뭐, 그렇게 되겠지."

"에헤헤헤~."

만족했는지 유우코는 고개를 끄덕인 다음 손을 놓고 출구 쪽으로 걸어가기 시작했다. 나는 그녀의 뒷모습을 향해 말을 걸었다.

"유우코."

"왜애~?"

"화장실에서 나온 다음에 손은 제대로 씻었어?"

"이 바보~!"

*

유즈키는 일단 아팠다는 설정이었기 때문에 우리는 8번에서 헤어져서 각자 집으로 가게 되었다.

옆에서 걸어가는 사람의 옆얼굴을 힐끔 보았다.

유우코 덕분에 어느 정도 기운을 차린 것 같았는데, 그 효과도 금방 떨어져 버린 모양이었다. 평소에 보던 완벽한 표정 위에 우울함과 피곤함이 쌓여 있는 것 같았다.

아마 무의식적으로 그러는 것 같은데, 아까부터 깊은 한숨을 여러 번 쉬고 있다.

그럴 만도 하다. 어떤 관계인지는 일부러 물어보지 않겠지만, 얀고의 야나시타라는 녀석이 유즈키의 마음을 바람직하지 못한 방식으로 흔들어놓은 것은 분명하고, 안 그래도 흔들리고 있던 와중에 오늘 아침에는 그런 일이 있었다.

고등학생 여자애에게 밀어닥친 상황을 생각해보면 이미 예전에 울면서 쓰러지더라도 이상할 게 없다. 그렇게 되지 않는 이유는 유즈키가 두 발로 버티고 서 있기 때문이다.

"괘……."

나도 모르게 '괜찮아?'라고 말을 걸 뻔하다가 멈췄다.

축제 밤에도 그랬지만, 이럴 때는 의외로 싸구려 대사밖에 안 나오네.

내가 지금 그런 걸 물어봤자 유즈키는 억지로 '괜찮아'라고 하면서 조금 더 마음이 깎여나갈 게 분명하다.

사실 곧바로 어떻게든 해주고 싶었다.

그렇게 해결할 수 있다면 동귀어진할 각오로 얀고 녀석들을 때려눕힐 수도 있고, 쿠라쌤이나 경찰에 이야기해서 편해질 수 있다면 그렇게 해도 상관없다.

하지만 유즈키가 자기 의지로 아직 싸우고 있는 이상, 어떻게 옆에서 참견할 수가 있을까. 그냥 보고 있기만 하는 사람이 먼저 인내심에 한계가 오다니, 농담이라고 해도 웃을 수가 없다.

내가 부탁받은 것은 어디까지나 일상적인 남자친구 행세와 유사시에 대비한 보디가드뿐이다. 유즈키가 겪고 있는 사태를 해결해달라는 말도, 내면적인 문제에 파고들어서 마음을 돌봐달라는 말도 듣지 않았다.

그 선을 넘어서려는 것은 그냥 자기만족이다.

나도 모르게 주먹을 꽉 쥐었다.

──그러니까 아직.

지금 나는 더 이상 할 수 있는 게 없다.

"저기, 사쿠."

갑자기 유즈키가 내 이름을 불렀다.

"나는 제대로 앞을 향해 나아가고 있을까?"

아마 답 같은 건 원하지 않을 것이다.

"마이클 잭슨도 아니니 앞을 보면서 뒤쪽으로 가는 건

힘들 텐데."

후훗, 살짝 웃음소리가 새어 나왔다.

"진짜 쓸데없는 개그네."

내일 유즈키가 오늘보다 더 웃을 수 있으면 좋겠다.

진심으로 그렇게 기원했다.

*

시험 이틀째는 호쿠리쿠답게 비가 추적추적 계속 내리고 있었다. 유즈키와 둘이서 질색하며 학교에 와보니 그곳에는 상상할 수 있는 것 중에 최악의 아침이 기다리고 있었다.

교실에 들어가자마자 같은 반 녀석들이 자기 스마트폰과 우리를 번갈아 가며 보았다. 또 내 험담이 학교 비밀 사이트에 올라왔나 싶었는데, 보아하니 호기심 어린 눈초리는 유즈키에게 쏠리고 있는 것 같았다.

기분 나쁜 예감이 들었다.

우리를 보고 유아가 곧바로 달려왔다.

"사쿠 군⋯⋯."

그렇게 말하며 자기 스마트폰을 건넸다.

나는 그걸 확인하고 바로 블레이저 주머니에 넣었다.

"보여줘."

뭔가 눈치챘는지, 유즈키가 손을 내밀었다.

"별거 아니야, 또 빌어먹을 걸레남 이야기로 불타오르고 있는 것 같아. 유즈키에게 보여주고 '헤어지자'라는 말을 듣는 건 사양하고 싶은데."

물론 그런 속임수가 통할 상대가 아니다.

유즈키가 자기 스마트폰을 꺼내자.

"나나세, 너 말이야——."

나즈나가 스마트폰 화면을 보여주면서 이쪽으로 다가왔다.

"이런 게 네 취향이야?"

거기 떠 있던 것은 사진 한 장.

중학생으로 보이는 유즈키가 어떤 남자와 같이 찍혀 있었다.

그 남자는 유즈키의 허리에 팔을 두르고 자기 쪽으로 끌어안고 있었다.

얼마 전에 본 모습보다 약간 어린 티가 남아있긴 했지만, 분명히 야나시타였다.

"불량스러운 남자하고 사귀다니, 완전히 중학생 여자애 같은 느낌이 웃기네~."

하긴, 척 보면 그런 느낌이 든다 해도 이상할 게 없다.

하지만 문제는 사진에 나온 유즈키 쪽이다. 야나시타 반대쪽으로 고개를 숙이고 있는 표정은 있는 힘껏 입술을 다물고 있고, 눈에는 눈물이 살짝 맺혀있는 데다 자기 왼손으로 오른쪽 손목을 필사적으로 잡고 있었다.

유즈키의 평소 모습을 잘 알고 있는 나나 유아는 곧바로 그 위화감을 눈치챘지만, 아마 나즈나는 깊게 생각하지 않고 유즈키의 전 남자친구라고 여기고는 가벼운 마음으로 시비를 걸었을 것이다.

그리고 유즈키의 변화는 극적이었다.

기대는 듯이 내 팔을 붙잡고 부들부들 떨고 있었다. 힘을 빼면 곧바로 쓰러져버릴 것 같았다.

나즈나가 한 말이 추격타를 가했다.

"또 치토세 군에게 아양을 떠는 거야? 지금은 너밖에 안 본다고?"

그 말을 들은 유즈키가 움찔거리며 반응한 다음, 내 팔을 놓았다.

"……언제."

쥐어짜내는 듯한 목소리로 말했다.

"언제, 내가 사쿠에게 아양을 떨었는데."

나즈나가 그 말에 대답했다.

"항상 그랬잖아. 누구에게나 호감을 살 수 있게끔 가면을 쓰고, 이리저리 표정을 바꾸고, 계속 마음에 안 들었단 말이지."

"——그래서?"

뜨거워지던 유즈키의 목소리에서 갑자기 온도가 사라졌다.

얼음 같은 표정을 지으며 나즈나에게 말했다.

"그래서 아야세는 얀고 학생 심부름꾼이 되어서 이런 짓을 계속 해댄 거야?"

"뭐어?"

아차, 나는 그렇게 생각했다.

하지만 말릴 틈도 없이 유즈키가 계속 말했다.

"내 지한제를 도둑맞았을 때, 아야세는 신기하게도 늦게까지 교실에 남아있었지. 농구화를 누군가가 숨겼을 때, 왠지 모르겠지만 시합을 보러 왔어. 그리고 어제, 실수로 그런 듯이 책상에 부딪혀서 사진을 흩뿌렸고……."

유즈키가 슬며시 웃었다.

"정말 형편 좋게 우연이 이어지는구나. 정말 우연히도 얀고에 친구가 있는 아야세 양?"

설마 지한제가 없어진 날에 있었던 일, 그리고 얀고에 친구가 있다는 것까지 알고 있었다니.

그것들은 내가 일부러 유즈키에게 이야기하지 않은 정보였다.

그렇게 늘어놓으면 얀고의 협력자가 나즈나일 거라는 가정이 생기긴 하지.

하지만 어디까지나 추측의 영역에 불과하다.

만약에 진짜로 나즈나가 실행범이라면 너무 머리가 나쁜 것 같다.

지한제를 훔친 다음, 내게 말을 걸 필요도 없고, 시합 같은 걸 보러오지 않았다면 누구도 의심하지 않는다. 어제 사진은 팀 치토세 모두의 서랍 안에 들어있었으니 우리 중 누군가가 눈치채는 걸 기다리기만 해도 될 테고.

냉정한 상태인 유즈키라면 그걸 눈치채지 못할 리가 없다.

그리고 나는 그날 저녁에 이야기를 나누었던 나즈나와 실행범의 이미지가 아무리 애를 써도 겹쳐지지 않았다.

"뭐어?"

나즈나가 유즈키에게 되물었다.

"그게 무슨 소리야? 무슨 뜻인지는 모르겠지만, 그러니까 내가 너를 슬쩍슬쩍 괴롭혔다는 거야?"

"그렇게까지 딱 잘라 말하진 않았어. 그냥 사실을 말했을 뿐이지."

"왜 내가 그런 짓을 하는데?"

"추측한 거라도 상관없다면 이유는 몇 가지 정도 짐작 가는 게 있는데."

"──바보 취급하지 마!"

콰직, 나즈나는 자기 스마트폰을 바닥에 내동댕이쳤다. 살짝 튕겨서 위쪽으로 향한 화면에는 쩍쩍 금이 가 있었다.

"그야 내가 빈말로도 착한 아이라고는 할 수 없겠지. 나나세도 마음에 들지 않아. 그래도……."

유즈키의 냉정한 표정을 노려보았다.

그 눈에는 눈물이 살짝 맺혀 있었다.

"불만이 있으면 직접 말한다고! 몰래 그런 짓을 하다니, 나는 그렇게 비겁한 방식으로 네게서 도망치지 않아!!"

그 열기를 슬쩍 흘려넘긴 유즈키가 입을 움직였다.

"그래? 나는 아마 네가……."

"──유즈키!!"

내 화난 목소리가 싸늘한 목소리를 지웠다.

그다음 말만은 하게 둘 수 없다.

그런 건, 그러는 건, 나나세 유즈키의 방식이 아니다.

"방금은 네가 잘못했어."

툭, 굳은 어깨에 손을 얹었다.

그러자 그제야 정신이 번쩍 들었는지, 유즈키는 입을 꾹 다물었다.

"이봐……."

바닥에 떨어진 스마트폰을 주우면서 끼어든 사람은 아토무였다.

"이 녀석은 말버릇이 안 좋으니까 발끈하는 것도 이해가 되긴 하지만, 시합을 보러 간 건 그것 때문에 간 게 아니야."

"잠깐, 쓸데없는 말은 하지마."

아토무는 나즈나가 하는 말을 무시하고 유즈키에게 말했다.

"이 녀석도 중학교 때 농구를 했거든. 나나세의 왕 팬이었다고 하더라고. 우리 학교하고 강호 학교하고 시합을 한다는 걸 알고 꼭 보러 간다더라."

그 말은, 이곳에서의 선악을 결정하는 한마디였다. 사정을 모르는 녀석들은 그렇다쳐도, 적어도 유즈키가 자신의 말과 행동을 돌아보기에는 충분했을 것이다.

자기 스마트폰을 낚아챈 나즈나는 화를 내며 자기 자리로 돌아갔고, 마치 기회를 노리고 있었다는 듯이 쿠라쌤이 들어왔다.

아토무, 이 멍청한 녀석. 그것까지 제대로 가르쳐줬다면 더 일찍 용의자 리스트에서 지웠을 텐데. 반사적으로 그런 생각이 들었지만, 물론 누군가가 잘못한 건 아니다.

무책임한 악의 때문에 매우 지쳐있었던 유즈키, 유즈키에게 아마도 애증이 뒤섞인 복잡한 감정을 품고 있었던 것 같은 나즈나, 나즈나의 심정을 고려해서 모든 것을 내게 이야기하지 않았던 아토무, 이렇게 되기 전에 아무런 대책도 세우지 않았던 나.

하지만 분명히 그 녀석만은 지금 자신을 용서할 수 없을 것이다.

털썩, 스포츠 백을 떨어뜨린 다음 유즈키가 교실 바깥으로 뛰쳐나갔다.

"윽, 쿠라쌤!"

대충 상황을 파악한 모양이었다.

부수수한 머리를 긁으면서 대답했다.

"아~, 나나세는 추가 시험을 치기로 하고, 너는 시간을

20분 주마. 얼른 가.”

왜 나만 하드 모드인데, 젠장.

태클을 걸 여유도 없었기에 나는 유즈키를 따라 교실을 나섰다.

*

겨우 따라잡은 곳은 옥상으로 이어지는 문 앞에 펼쳐진 층계참 같은 공간이었다. 주위에는 교실에서 쓸 데가 없어서 남은 책상이나 의자가 난잡하게 쌓여 있었고, 마치 그 바리케이트에 숨은 듯이 유즈키가 웅크리고 앉아 있었다.

“몰랐어? 보통은 잠가둔다고. 옥상을 쓰고 싶을 때는 쿠라쌤에게 신청서를 내거나 청소 담당인 치토세 사쿠에게 말하면 돼.”

유즈키는 무릎에 이마를 가져다 댄 채 작은 목소리로 중얼거렸다.

“미안해…….”

나는 주머니에서 옥상 열쇠를 꺼내서 문을 열었다.

하지만 안타깝게도 그곳에 보이는 것은 먹구름이 잔뜩 낀 우울한 하늘이었다.

“사과해야 하는 사람은 내가 아니잖아?”

“나도 알아, 나도 알아……, 그래도, 사쿠도, 시험…….”

“공교롭게도 국어는 제일 잘하는 과목이거든. 30분 정도면 충분해."

나는 유즈키 옆에 앉았다.

"나즈나에게는 미안하다고 하는 게 낫겠지."

"……응."

"이런 곳에 와봤자 소용없어. 밖에는 비가 오니까."

"……응."

"조금 쉬고 나면 시험 보러 갈 수 있겠어?"

"……응."

"나온 김에 가슴 만져도 돼?"

"……아니."

"쳇."

오늘 비가 와서 다행이다, 나는 그렇게 생각했다.

이렇게 문을 열어두면 빗소리만 들린다.

"BGM 대신 의미가 없는 옛날이야기라도 할까?"

은근슬쩍 이야기하기 시작했다.

"왠지 모르겠지만 지금까지 기억에 남아있는 광경이 있어. 유치원 때였지."

뚝뚝, 참방, 비가 계속 내렸다.

나는 그 소리에 귀를 기울이면서 지나간 날을 생각했다.

"선생님과 한 게임인데 말이야. '다리가 두 개 있는 사람'이라고 하면 모두가 일어서고, 그런 다음 '축구를 좋아하는 사람'이라고 하면 축구를 좋아하는 사람 말고는 다 앉는 거야. 딱히 이기고 지는 건 없어. 지금 생각해보니 왜 그렇게 단순한 놀이에 깔깔대며 웃은 걸까."

그때, 세계는 더 단순했다.

"그래서 말이야, 선생님이 '머리카락이 난 사람'이라고 한 다음에 '여자애'라고 외쳤을 때였어. 무슨 착각을 한 건지 옆에 있던 사이좋은 남자애가 앉지 않고 계속 서 있었거든. 그래서 내가 어떻게 했을 것 같아?"

옆에 있는 사람은 대답하지 않았다.

"창피를 사기 전에 가르쳐줘야 한다고 생각해서 말이야. '아니잖아!'라고 하면서 허리 근처를 잡고 억지로 앉히려 했거든. 그래서……."

나는 당시에 있었던 일을 떠올리며 혼자서 웃음을 터뜨렸다.

"기세가 넘쳐서 바지만 내려버렸거든. 그 남자애는 울트라맨 그림이 있는 귀여운 팬티를 모두에게 공개했지. 그녀석이 좋아하는 여자애도 있는 곳에서 말이야. 얼굴이 새빨갛게 물들어서 나를 막 때렸고, 그날은 말도 안 해줬어."

당시에는 어린 나이에도 평생 사라지지 않을 죄를 저질러버린 것 같은 느낌이 들었다.

"그런데 그다음 날에는 다들 그걸 까맣게 잊어버렸거든. 다시 모두 함께 둘러앉아서 수건돌리기를 했어."

아주 잠깐 고개를 든 유즈키가 조용히 중얼거렸다.

"……무슨 이야기야."

"말했잖아, 그냥 BGM이야. 의미 같은 건 듣는 사람이 어떻게든 찾아내면 되는 거고."

유즈키는 다시 입을 다물었다. 아마 어이가 없어 하는
것 같다.

"저기, 어떻게 하면 그 비가 그칠까?"

내가 말했다.

"……뮤지컬 영화라면 멋진 곡이 흘러나올 것 같은 장면
이잖아. 그렇게 뻔히 보이는 우화같은 게 아니라."

"오케이, 다음에는 그걸로 가보자."

어울리지도 않는 '테루테루보즈'와 '아메후리' 같은 동요
를 각각 두 번씩 열창하자 유즈키는 '알았어, 돌아가자'라
고 하면서 백기를 들었다.

15분. 아슬아슬하게 늦지는 않을 것이다.

마치 아무 일도 없었다는 듯이 성큼성큼 계단을 내려가
는 뒷모습이 모퉁이를 돌아선 것을 보고 나서, 나는 어금
니를 꽉 악물고 힘껏 쥔 주먹으로 근처에 놓여 있던 책상
판자를 있는 힘껏 내리쳤다.

아직이다, 아직 그 녀석은 버티고 있다.

멋지게 오기를 부리면서, 나나세 유즈키로 있으려 하고
있다.

그러니까, **내가 화를 내는 척을 하거나 슬퍼하는 척** 같
은 걸 해선 안 된다.

마음을 확실하게 가라앉힌 다음, 나도 걸어가기 시작했다.

그러고 보니 '테루테루보즈'의 가사는 이런 식으로 끝난다.

──그래도 날씨가 흐리고 운다면 네 목을 싹둑 자른다.

*

"사쿠, 유즈키, 얀고 녀석들이 와 있어."

겨우 이틀째 시험을 다 치고 나니 카이토가 더욱 슬픈 소식을 가지고 왔다.

옆에 있던 유즈키가 동요하는 게 느껴졌다.

진짜, 정말 따분하지 않은 하루다.

"몇 명인데?"

"정문 쪽에 두 명, 후문 쪽에도 두 명, 이렇게 네 명이야."

아마 야나시타와 꼬꼬댁이 둘로 나뉘었고, 나머지는 도서관에 왔던 부하 A와 B가 각각 나뉘어 있는 건가? 축제 때야 억지로 돌파했지만, 뭐, 그런 걸로 금방 물러설 만한 녀석들도 아니겠지.

그건 그렇고, 최대한 일을 크게 만들고 싶지 않은데, 학교까지 찾아오니 골치가 아프다.

"어쩌고 있어?"

"다른 학생에게 시비를 걸지는 않았어. 지금까지는 그냥 어슬렁거리고 있을 뿐이야."

보아하니 우리에게 분노를 돌리게 만드는 시도는 일단 성공한 모양이다.

팀 치토세 친구들이 걱정스러운 표정으로 모여들었다.

"어떻게 할까? 농구부 녀석들을 모아서 같이 집에 가는 것 정도는 할 수 있을 것 같은데."

카이토가 제안했다.

"아니……, 너희들이라면 모를까, 전혀 상관도 없는 사람들까지 휘말리게 하고 싶지는 않아. 일단 여기에서 공부라도 하면서 저 녀석들이 질려서 돌아갈 때까지 느긋하게 기다려 보자고."

유아가 조심조심 입을 열었다.

"사쿠, 군, 유즈키……."

"나도 알아, 약속은 지킬게. 아무런 말도 없이 위험한 짓은 안 할 거야."

타악, 카즈키가 내 어깨에 주먹을 가져다 댔다.

"그래서, 상대방이 끈질기게 굴 때 어떻게 할지 생각해 둔 거겠지?"

"뭐, 그렇지. 일단 다들 그냥 집에 가줘. 나중에 라인 할게."

내 말을 듣고 팀 치토세 친구들은 불안한 표정을 지으며 교실을 나섰다.

"자, 열심히 공부를 해볼까."

하고 싶은 말, 의논하고 싶은 것도 산더미처럼 있겠지만, 유즈키는 한마디도 하지 않고 공부 도구를 펼쳤다.

*

──초조해봤자 소용이 없으니 느긋하게 몇 시간.

나와 유즈키는 평소 수업과 비슷하거나 그 이상으로 집중하며 계속 시험공부를 했다.

급하게 집에 가봤자 어차피 할 일은 마찬가지다. 그 시간을 여기에서 쓰더라도 우리는 아무런 문제도 없다.

칠판 위에 있는 시계바늘이 18시를 넘어가고 있었다.

신기하게도 어차피 못 나간다고 생각하니 공부가 잘 되는 것 같기도 했다. 현실도피와 비슷한 행동일지도 모르겠지만, 그건 유즈키도 마찬가지였던 모양이다. 거의 끊임없이 펜을 움직이는 소리가 들리고 있었다.

중간에 나는 바깥 상황을 살펴보러 몇 번 나갔는데, 그 녀석들도 꽤 끈질겼다. 처음에는 어느 정도 거리를 두고 어슬렁거리다가 중간부터는 정문과 후문 바깥에 앉아서 즐겁게 잡담을 하고 있었다.

운이 안 좋게도 날씨는 오후부터 계속 소강상태였다.

결국 이 시간이 되었는데도 포기하고 돌아갈 낌새가 없었다. 우리와 마찬가지로 잡담 정도밖에 할 일이 없으니 후지 고등학교 앞 땅바닥에서 해도 상관없다고 판단했는지도 모르고, 그 정도로 나에 대한 짜증, 또는 유즈키에 대한 집착이 강한지도 모르겠다.

"어쩔 수 없지, 슬슬 갈까?"

"어……?"

책상에 펼쳐두었던 공부 도구를 정리하며 그렇게 말하자 유즈키가 불안한 듯한 목소리를 냈다.

"일단, 손은 써 두었어. 진짜로 써먹을 수 있을지는 모르겠지만."

문을 나서자 부하 A가 우리를 발견했고, 옆에 있는 야나시타가 천천히 일어섰다. A가 스마트폰을 꺼내서 전화를 걸었으니 금방 꼬꼬댁과 다른 부하도 달려올 것이다.

얼굴을 보고 싶지 않아서 그런지, 유즈키는 내 뒤에 숨어서 블레이저를 꽉 잡았다.

"여."

야나시타가 말했다.

나는 교문에서 거리를 조금 두고 멈춰 서서 대답했다.

"기다리게 해버린 것 같네요, 선배. 이렇게 비가 오는 날에 고생이 참 많으세요. 엉덩이에 동그란 얼룩이 생기진 않았나요?"

"뭐, 후지 고등학교 여자애들을 느긋하게 바라보고 있다 보니 시간이 금방 가던데. 역시 진학교에는 티 없는 애들이 많아."

"여자애들도 학교 앞에 감자가 두 개 굴러다니고 있다고 생각했을지도 모르겠는데요."

야나시타가 말없이 한 발짝 내디뎠고, 마음을 가라앉히려는 듯이 멈춰 섰다.

——세 발짝 정도인가?

"비교해보면 역시 유즈키는 격이 달라. 안 그래?"

"네, 그렇죠. 감자와 함께 먹을 거라면 저기 있는 프라이드 치킨 정도가 딱 어울리지 않을까요?"

달려오고 있는 꼬꼬댁을 보면서 내가 말했다.

——이제 두 발짝.

"치토세 사쿠. 너, 혹시 우리가 손대지 못할 거라 생각하는 거냐? 안 그래? 유즈키."

뒤에서 그 녀석이 무슨 표정을 짓고 있는지는 안 봐도 알 수 있었다.

——이제 한 발짝이다.

"설마요. 손보다 머리를 쓰라고 하면 눈알이 튀어나올 텐데요."

"좋았어, 너는 이제 됐다."

야나시타가 교문을 지나 내 멱살을 잡고 들어 올렸다.

꾸우욱, 유즈키가 내 등에 달라붙었다.

딸깍, 딸깍, 딸깍, 딸깍.

우리 귀에는 익숙한 나막신 발소리가 울렸다.

"이봐~, 거기 학생들. 싸울 거면 다른 데서 해."

늘어지는 그 목소리는 어이없을 정도로 평소 쿠라쌤이라 나도 어깨에서 힘을 뺐다.

야나시타는 여전히 나를 붙잡은 채 얼굴을 들이대고 있다.

"너냐? 찌른 게."

"야만스럽게 말하지 마세요. 학교에 수상쩍은 사람이 쳐들어오려 한다고 보고했을 뿐이거든요."

그렇다, 내가 손을 써두었던 것은 그냥 교사의 힘을 빌리는 것이었다. 학교 앞에서 싸움을 벌일 수도 없는 이상, 이만큼 단순명쾌한 해결 방법은 없다.

쿠라쌤이 주문한 것은 '부지 안으로 들어오게 해라'. 그것을 수행하기 위해 싸구려 같은 도발을 거듭한 것이다.

"선생이 왔다고 겁먹을 줄 알아?"

"글쎄요? 저는 껄끄럽거든요, 저 아저씨."

그러던 와중에 쿠라쌤은 느긋한 팔자걸음으로 다가와서.

"자, 터치."

나와 야나시타 사이로 수도를 내리쳤다.

"아얏."

야나시타가 물러났다.

"뭐야, 갑자기. 아저씨, 선생이 학생에게 손대도 되는 거야?"

쿠라쌤은 주머니를 부스럭거리며 뒤지고 있었다. 이봐, 교문에서 담배를 피우려고?

"뭐야, 너무 빨라서 못 봤어? 나는 손을 내렸을 뿐인데."

어린애냐!

결국 비어있는 것 같은 럭키 스트라이크 담뱃갑을 꾸깃 꾸깃 뭉친 다음, 쿠라쌤은 갑자기 야나시타의 교복 가슴 주머니에 손을 집어넣었다.

"오, 학생 주제에 세븐 스타라니, 건방지네."

거기에서 세븐 스타 담뱃갑을 슬쩍 빼내 자기 라이터로 불을 붙였다.

아무리 봐도 교사답지 않은 행동을 본 야나시타 일행은 당황한 모양이었다.

쿠라쌤은 정말 기분이 좋다는 듯이 담배 연기를 뿜어 냈다.

그 모습을 본 야나시타는 크게 한숨을 쉬고.

"귀찮아, 아저씨."

좀 전부터 자기 마음대로 되지 않는 게 짜증 났는지 예비 동작도 거의 없이 쿠라쌤에게 낮은 발차기를 날렸다.

이런 곳에서 그런 짓을, 게다가 교사 상대로 그렇게 하면 어떻게 될지, 전혀 생각하지도 않은 것처럼 망설임 없이 나섰다.

"아얏."

하지만 소리를 지른 건 걷어찬 쪽이었다.

쿠라쌤은 살짝 들어 올린 나막신 바닥을 야나시타의 정강이에 부딪혀서 막았다. 대단하네, 아저씨.

"얀고라, 정겹네."

아저씨가 담배를 문 채 중얼거렸다.

"우리 때는 두툼한 당꼬바지나 헐렁한 바지를 입은 녀석도 있었는데, 요즘에는 그런 게 유행하지 않는 건가?"

야나시타는 쿠라쌤을 노려보았다.

"이 자식, 요즘 세상에 학생을 지키는 열혈 교사 놀이를 하는 거야?"

"설마. 처음부터 여기에서 싸우지 마라, 다른 곳에서 싸우라고 했잖아. 내 시야에 들어오지 않는 곳에서 멋대로 청춘 놀이를 하라고. 눈에 거슬리니까."

"하, 교육위원회에 찔러줄까?"

"너희가 여기서 어슬렁거리고 있었던 건 우리 학생들이 다 봤거든. 그리고 나는 진학교 교사야. 한두 번 찔려봤자 얼마든지 무마할 수 있다고. 더 이상 학교 주위를 어슬렁거리면 적당한 거짓말을 둘러대면서 현 경찰서에 있는 친구에게 잡아가라고 하는 것도 괜찮겠는데."

이봐, 더러운 어른이잖아.

"알겠냐? 꼬맹이들. 사회에서 살아간다는 건 그런 거야. 규칙을 어기는 게 멋지다고 믿다가는 언젠가 규칙에 호되게 당할 거다."

쉭쉭, 쿠라쌤이 손을 흔들었다.

재수 옴 붙었다고 생각한 건지, 아무리 그래도 경찰이 나서면 골치 아플 거라고 판단한 건지, 야나시타는 이쪽을 한 번 노려본 다음 돌아서서 떠나갔다.

우리는 만에 하나를 대비해서 쿠라쌤의 꾀죄죄한 라신을 얻어타고 조금 거리가 떨어진 곳까지 데려다 달라고 했다.

유즈키는 그동안 계속 내 손을 잡은 채 놓지 않았고, 모처럼 그쳤던 비가 다시 뚝, 뚝뚝 내리기 시작하고 있었다.

*

——나나세 유즈키가 비를 맞고 있었다.

비가 완전히 본격적으로 내리기 시작한 하늘을 올려다보면서, 우산도 쓰지 않고 그저 멍하게 서 있었다.

쿠라쌤에게 내려달라고 한 곳 근처에 있던 공원에는 다행히 날씨 때문에 우리 말고는 아무도 없어서 수상쩍은 눈초리로 보는 사람도 없었다.

어둑어둑하고 뿌연 풍경 속에서 멀리 보이는 자동차의 헤드라이트와 물웅덩이를 튀기는 소리만이 유즈키를 이 세계에 매어두고 있는 것 같다는 생각이 들었다. 완전히 흠뻑 젖은 교복은 피부에 딱 달라붙었고, 소매와 옷자락에서는 물방울이 뚝뚝 떨어지고 있었다.

"유즈키, 이제 됐지? 감기 걸려."

나를 스윽 돌아본 그녀의 표정은 마치 그대로 녹아내려서 흘러가 버릴 것 같은 수채화 물감 같았다.

"저기, 사쿠……, 내가 뭔가 잘못한 걸까?"

곧바로 울상을 지었다.

"나나세 유즈키는 그냥 나나세 유즈키였을 뿐이야."

나는 내 비닐우산을 펼치고 차가운 비를 가로막았다.

"가자, 바래다줄게."

그렇게 말하자 유즈키는 내게 달라붙어서 몇 번이고, 몇 번이고 고개를 저었다.

"부탁이야, 오늘만큼은 혼자 있을 수가 없어."

가족이 기다리고 있다고 말하려 했지만, 아마 그런 뜻이 아닐 것이다.

"무슨 마음인지는 알겠지만, 이대로 밤을 새울 수도 없잖아."

"사쿠네 집……."

유즈키는 기대는 듯이 나를 보았다.

"연습 시합을 이기면 뭐든지 한 가지 말하는 걸 들어주겠다는 약속, 아직 사라지지 않았지? 그거 지금 쓰고 싶어. 쓰게 해줘."

"뭐야, 알고 있었구나. 내가 혼자 산다는 거."

"예전에……, 유우코에게 들었어."

"가족분들이 걱정하실 텐데."

"하루네 집에서 공부하다가 자고 간다고 할 거야. 아마 의심하지도 않을 거고."

"그래도……."

내 등에 팔을 화악 두르고 필사적으로, 필사적으로 달라붙으며 올려다보았다.

"부탁이야, 사쿠. 나를 데리고 가. **나를 구해줘어어!!**"

잠시 망설였지만, 아무리 생각해봐도 유즈키를 두고 갈 수도 없고 이대로 집에 바래다줄 수도 없을 것 같았다.

그리고…… 이렇게 떨리는 손을 내칠 정도의 각오가 지금 내게는 아직 없었다.

*

찰칵, 조명을 켰다.

백열전구의 따스한 불빛이 희미하게 방을 비추기 시작했다.

그곳에 펼쳐진 것은 뭐, 딱히 재미있는 부분이 없는 거실이다.

4인용 목제 다이닝 세트, 3인용 소파와 로우 테이블. 그나마 특이한 건 잡다한 소설이 늘어서 벽 한쪽을 통째로 차지하고 있는 책장과 그 한구석에 살짝 놓여 있는 자그마한 티볼리 오디오 정도라고 할까. 옆방 침실은 더 간소하다. 싱글 침대와 사이드 테이블, 공부용 책상, 낡은 1인용 가죽 소파. TV도 없고 컴퓨터도 없다.

갑자기 샤워를 하라고 하거나 옷을 갈아입으라고 하긴 좀 그랬기에 나는 옷장에서 최대한 목욕 타월을 새것으로 끄집어내서 유즈키에게 걸쳐주고 거실 소파에 앉혔다. 티볼리 전원을 켜자 지방 라디오 방송국의 진행자가 속 편한 목소리로 웃고 있었다.

곧바로 주방에서 두 사람이 마실 따뜻한 커피를 끓여오니 완전히 똑같은 자세로 굳어 있었기에 옆에 앉아서 머리카락을 거칠게 팍팍 닦아주었다.

"자, 마셔. 몸이 따뜻해질 거야."

유즈키는 그 목소리가 전혀 들리지 않는다는 듯이 머리를 살며시 내 어깨에 기대고 몸무게를 실었다. 아직 축축하게 젖은 머리카락에서는 되새김질하듯이 비 냄새와 샴푸의 잔향이 피어올랐다.

조용히 있자니 유즈키의 손이 스윽, 내 팔을 기어 올라와 볼을 만졌다.

그럼에도 불구하고 반응이 없자 답답해졌는지 그 손에 힘이 꾹 들어갔고, 불과 10센티미터 거리에서 서로 마주 보게 되었다.

매끈매끈 요염하게 빛나는 입술에서 새어 나온 숨결이 내 입술을 간지럽혔다.

일렁일렁 흔들리는 눈동자가 살며시 감겼고, 거리가 5센티미터 줄어들었다.

밀어붙이고 있는 몸은 끈적끈적 달콤했고, 셔츠에는 속옷 라인까지 슬쩍슬쩍 드러나고 있었다.

여기까진가? 나는 그렇게 생각했다.

어차피 예전에 무너지기 직전이었으니까.

"——그러면 되는 거지, 나나세 유즈키."

나는 유즈키의 양쪽 어깨를 붙잡고 거칠게 소파에 밀어 넘어뜨렸다.

"아앗."

그녀답지 않은 목소리가 새어 나왔지만, 내가 알 바 아니었다.

뒤집히려는 치마도 무시하고 나는 그녀 위에 올라탔다. 너무 갑작스러워서 놀란 유즈키가 다리를 버둥거리며 저항하려 했지만, 내 허벅지를 끼워서 억눌렀다.

"이렇게 하고 싶었던 거지?"

열기가 깃들어 있던 유즈키의 눈동자가 확실한 공포의 색으로 물들었다.

최근 1주일 동안 정말 답답하게 보고 있던 눈동자다.

"……만해, 그만해, 사쿠!"

"이제 와서 무슨 소리야. 여기에 온 것도, 유혹한 것도 너잖아. 그리고 계약에 따르면 원할 때 언제든 마음대로

하라고 했지?"

유즈키는 윗몸을 비틀면서 필사적으로 빠져나가려 했지만, 나는 양쪽 손목을 한꺼번에 한 손으로 붙잡고 만세를 하는 형태로 고정시켰다.

부풀어오른 가슴이 눈에 띄게 드러났다.

유즈키의 눈에서는 큼직한 눈물이 뚝뚝 흘러내리고 있었다.

"부탁이야, 사쿠. 이런 건 싫어. 무서워, 무섭다고."

"그렇구나, 그 남자가 한 말이 맞았어……, 겁을 먹고 우는 모습이 최고로 꼴리네."

유즈키는 눈을 꼭 감고 고개를 돌리려 했다.

다른 쪽 손으로 그녀의 턱을 잡고 억지로 내 쪽으로 고개를 돌렸다.

"너무하네. 눈을 감으면 아무것도 못 보게 된다고."

"……안해, 미안해. 용서해줘……, 이제 안 그럴 테니까."

"이봐, 이봐, 당장 옷을 벗기려고 하는 사람에게 뭘 기대하고 있는 거야?"

찰싹, 매끈매끈하고 하얀 볼을 때렸다.

그런 것만으로 가녀린 온몸이 딱딱하게 굳었다.

나는 유즈키의 다리를 살며시 풀어주고 소파 위에 무릎을 꿇었다.

"무서워? 이런 건 하루의 태클보다 약한 거라고. 농구

경기가 훨씬 더 거칠어 보이던데 말이야. 그런 걸 쿨하게 하던 여자가 정말 순진하기도 하지."

——눈치채라. 눈치채.

다시 한번, 반대쪽 볼을 때렸다.

"좀 저항해보라고. 볼을 살짝 때렸다고 아무런 생각도 못 하고 그냥 멍하니 있는 거야? 내가 너한테 뭐라고 했지? 그게 나나세 유즈키야? 웃기지 말라고, 촌스럽기는."

나즈나가 한 말이 떠올랐는지, 유즈키의 눈동자에 감정이 약간 돌아왔다.

나를 노려보고 있는 그녀의 표정은 그날 본 3점 슛과 비슷할 정도로 아름다웠다.

"그렇게 그 남자가 무서워?"

나는 유즈키의 셔츠에 손을 대고 가장 위쪽 단추를 하나 풀었다.

"그냥 완력에 불과한 게 그렇게 무서워?"

이번에는 가장 아래쪽 단추를 하나 풀었다.

"나는 때리고 끝내지 않을 거야. 너를 내 마음대로 하기 위해서라면 사진이나 동영상도 찍을 거고, 과거도, 가족도, 친구도, 약점을 전부 잡아서 도망칠 곳을 하나도 남겨두지 않을 거라고."

더 이상 풀어도 되는 단추가 없어졌기에 나는 어쩔 수 없이 내 넥타이를 잡아당겨서 느슨하게 풀었다.

"어느 쪽이 더 무서워?"

겨우 내 몸 상태가 가라앉자 다시 소파에 앉았다.

아직 하반신이 욱신거린다.

"대충 상상은 돼. 그럴 생각이 있다면 말해도 되고."

내가 그렇게 말하자 유즈키가 고개를 끄덕였다.

"폭력이 말이지, 무서워……."

그건 예상하고 있던 고백이었다.

생각해보니 처음에 카페에서 만났을 때부터 지금까지, 힌트가 잔뜩 굴러다니고 있었다.

내가 장난처럼 촙을 날리려 했을 때, 유우코가 갑자기 손가락을 들이댔을 때, 유즈키는 갑자기 날아드는 손을 보고 필요 이상으로 몸이 굳었다. 도서관에서 꼬꼬댁 일행하고 맞붙었을 때, 축제에서 생긴 사건, 그리고 좀 전에 교문에서 보여주었던 지나치게 겁먹은 모습…….

하지만 솔직히 폭력에서 파생되는 성적인 문제가 무서운 건지, 폭력 그 자체가 무서운 건지는 마지막까지 판단을 내리지 못하고 있었던 것이다.

거의 확신하게 된 것은 야나시타와 단둘이 찍힌 사진을 보았을 때.

중학생 무렵의 유즈키는 부어오른 볼을 카메라에 보이지 않게끔 돌리고 있었고, 있는 힘껏 잡혀서 멍이 든 오른손을 가리고 있었다.

툭툭, 창문에 물방울이 부딪혀서 튕겨 나갔다.

"들어줄래? 사쿠."

"말해줘, 유즈키."

그녀의 조용한 고백이 시작되었다.

——그건 내가 중학교 2학년 무렵.

이 외모 때문에 다른 사람들보다 더 기분 나쁜 일을 많이 겪은 나는 어린 나이에도 나름대로 똑똑했고, 나름대로 치사한 여자애로 자라났던 것 같아.

남녀불문하고 적당히 애교를 부리면서, 하지만 너무 지나치게 파고들지 않는 정도로 선을 긋고, 확실하게 '질투할 생각도 안 드는 여자애'를 연기하고 있었지.

그렇게 믿고 있었을 때, 한 살 연상인 야나시타 선배가 내게 흥미가 있다는 말을 들었어.

선배는 이른바 '불량스러운' 것으로 유명한 사람. 툭하면 싸우고, 무서워 보이는 고등학교 선배와도 친분이 있어서 주위에는 동경하는 사람도 몇 명 있었지. 일단 외모도 그럭저럭 괜찮고? 그래 봬도 집안도 좋고, 불량스러워지기 전에는 사쿠처럼 인기가 많은 사람이었던 모양이거든. 그렇게 그늘진 구석이 있는 느낌도 중학생 여자애들에게는 끌리는 부분이 있었던 것 같아.

하지만 그 당시의 나는 애초에 남자에게 흥미가 없었고, 나 자신으로 존재하는 것만으로도 벅찼어. 소문을 듣고도 마음에 아무런 변화도 없었고.

시간이 조금 지나고 난 뒤에 어느 날, 야나시타 선배가 나를 불러냈어. 뻔하긴 하지만, 학교 건물 뒤쪽, 사람이 별로 안 다니는 곳. 부하 같은 사람들도 몇 명 있었고.

솔직히 겁이 나긴 했지만, 나라면 잘 넘어갈 수 있을 줄 알았어. 항상 그랬듯이, 말로 잘 구슬려서 뒤끝 없이 그 자리를 떠날 수 있을 거라고.

그런데 내가 들은 말은 고백처럼 귀여운 게 아니라 '내 것이 되어라'라는 명령 같은 거였어.

나는 적당히 미소를 지으면서 선배가 한 이야기를 슬쩍슬쩍 잘 흘리고 있었다……고 생각했어.

그런데 어느 순간 말이지, 선배가 '이제 됐어'라고 중얼거린 다음에 갑자기 내 오른손을 붙잡고 벽에 밀어붙였어. 다가오는 그 사람의 얼굴은 지금도 잊을 수가 없고, 가끔 꿈도 꿔.

선배의 힘은 깜짝 놀랄 정도로 셌고, 싫다면서 필사적으로 빠져나오려 했지만 그럴 수가 없었어. 그래서 잡히지 않은 왼손으로 어떻게든 선배의 얼굴을 밀치려 했는데, 있는 힘껏 내 뺨을 때리더라.

처음에는 충격 때문에 머리가 새하얘졌고, 그런 다음에 데인 것처럼 통증이 느껴져서 뭐가 뭔지 알 수가 없을 정도로 눈물이 나왔고, 그걸 멈출 수가 없었어.

너무 분했고, 그 이상으로 무서워서 어쩔 줄 몰랐어.

아무리 똑똑하게 살아간다 해도 나는 여자고, 남자의 단순한 힘에는 어떻게 해도 맞설 수가 없다는 생각이 들었고.

　뺨을 한 대 맞은 것만으로도 아무런 생각을 하지 못하게
되었다는 생각도 들었고.

　"──그게 사쿠에게도 말하지 않았던 과거야. 너무 펑펑
울어서 그런지 결국에는 '다른 중학교 녀석들에게 자랑한
다'면서 그 사진만 찍히고 끝났어. 이미 나 같은 건 까맣게
잊어버리고 있을 줄 알았는데."

　뭔가 쓰였던 것을 털어낸 듯이, 유즈키는 그렇게 마무리
를 지었다.

　나는 이번에는 견딜 수가 없어서 충동적으로 그녀를 끌
어안고 있었다.

　"……사쿠?"

　"──고마워, 유즈키."

　"왜 사쿠가 고맙다고 하는 거야?"

　쿡쿡 웃는 유즈키를 보니 방심하면 울어버릴지도 모를
것 같았다.

　정말……, 정말 아름다운 미소다.

　"그런 일이 있었는데도 나나세 유즈키로 존재하는 걸 포
기하지 않아 줘서 고마워. 올곧게 여기까지 걸어와 줘서
고마워. 왠지 잘 모르겠지만, 나는 그게 엄청 기뻐."

　사소한 거라고 코웃음 치는 사람이 있을지도 모른다.

　너무 심한 경험이라고, 불쌍하다고 한탄하는 사람이 있

을지도 모른다.

그런 건 어찌 되든 상관없다.

누구든 살아가다 보면 잊을 수 없을 정도로 기분 나쁜 일이나, 인생을 완전히 부정당한 듯한 사건을 겪을 수 있다. 자기만 불행하다는 건 그냥 환상이다.

하지만 이 녀석은, 나나세 유즈키는 그것을 트라우마라는 말로 포장하고 눈을 돌리지 않았다, 도망치지 않았다. 눈에 띄지 않게끔 교실 한구석에서 몰래 살아간다 해도, 남성공포증에 걸린다 해도 이상할 게 없을 텐데, 그렇게 되지 않았다.

확실하게 나나세 유즈키로서 여기에 있다는 것이 내게는 정말 고귀하게 보였다.

그런 마음이 전해졌는지 아닌지는 모르겠지만, 유즈키는 한동안 그대로 내게 안겨 있었다.

"그건 그렇고."

그제야 놓아준 나를 보고 유즈키가 말했다.

"아무리 그래도 아까 그건 너무 심했지. 엄청 무서웠으니까. 자칫하다간 트라우마가 악화되어서 두 번 다시 웃지 못하게 되었을 거야."

"뭐, 학교 상담사가 들었으면 너무 큰 충격을 받고 기절한 다음에 정신감정을 받았을지도 모르지."

너무 억지스러운 방식이었다는 생각이 들긴 한다.

하지만 유즈키 정도 되는 사람이 아직까지 잊어버리지

못하고 있는 기억을 날려버리기 위해서는 그 정도로 강한 충격이 필요하다고 생각했고, 무엇보다 이렇게 강한 여자 애라면 분명히 스스로 과거에서 벗어날 수 있을 거라 믿었기 때문이다.

유즈키는 즐겁게 깔깔대며 웃었다.

"평소에 화를 내지 않는 사람이 화나면 더 무섭다는 게 진짜구나. 그대로 멋대로 놀아난 다음에 몹쓸 야간 업소에 팔려 가는 줄 알았다니까. 그래도……."

정말 우스운 모양이었다. 온몸을 흔들면서 깔깔깔 웃어대고 있다.

"사쿠, '끄으으으~'라고. 평소에 그렇게 폼을 잡으면서, 아~ 웃기다."

"이봐, 그만둬. 나한테까지 없어지지 않을 트라우마를 심어줄 셈이야?"

나는 말투를 조금 되돌려서 진지한 톤으로 말했다.

"착각하지 않았으면 하는데, 사타구니를 걷어차면 남자를 물리칠 수 있다는 걸 알려주고 싶었던 게 아니라고. 그렇게 잘 풀릴 경우는 별로 없고, 남자가 오히려 더 화가 나서 더 위험해질 경우도 있어."

"나도 알아. 생각하는 걸 멈추지 말라는 뜻이지?"

뭐야, 제대로 전달되었잖아.

"축제 때, 사쿠가 모범을 보여주었으니까. 남자에게 힘으로 이길 수 없을지도 모르겠지만, 머리가 새하얘지지만

않으면 할 수 있는 일이 있을지도 모른다고, 그걸 말하고
싶은 거였지?"

"폭력이 무섭긴 하지만, 아픔은 그냥 아픔이야. 단순히
비교하면 뺨을 맞는 것보다 세차게 넘어져서 무릎이 까지
거나 거친 농구 경기를 하다가 있는 힘껏 부딪혀서 날아가
는 게 훨씬 더 아프지. 그런 거에 마음까지 지배당하지 말
라는 뜻이야."

유즈키는 신기하게도 새하얀 이빨을 보이며 씨익 웃
었다.

"분명히 괜찮을 거야. 내 마음속에서 가장 무서운 얼굴
하고 가장 얼빠진 얼굴이 갱신되었으니까. 이제 예전 거는
사라져버렸어."

"후반은 잊어줘도 상관없거든?"

나는 크게 숨을 내쉬었다.

"……미안해, 무섭게 해서. 사실 좀 더 빨리, 좀 더 제대
로 할 수 있었다면 좋았을 텐데."

"나도 잘 알아, 사쿠."

유즈키가 부드럽게 내 손을 살짝 잡았다.

"이제야 **구해줘**라고 했기 때문이지? ……고마워, 내 히
어로."

이건 유즈키의 문제다.

유즈키 자신이 한 발짝 내딛지 않는다면, 지금 이 순간

상황만 해결해봤자 아무런 의미도 없다. 언젠가 또 똑같은 문제가 생겼을 때, 곁에 있어줄 수 있다는 보장도 없다.

하지만 유즈키는 자신의 의지로 내게 기댔고, 앞을 보았다.

그렇다면 지금부터는 우리의 문제다.

──꽤나 마음대로 설쳐줬겠다, 스토커 자식.

백 배로 갚아주는 방법을 생각하고 있던 나를 유즈키가 장난기 어린 표정으로 들여다보고 있었다.

"저기, 계속……, 할래?"

"설 것 같아? 지금은 완전히 쪼그라들었다고!"

＊

기운도 차렸으니 자기 집으로 가려나 싶었는데, 보아하니 본격적으로 자고 갈 생각이었던 모양이다.

어쩔 수 없기에 나는 목욕탕에 물을 채우고 나서 새 목욕 타월을 건넸고, 갈아입을 옷은 옷장에서 마음대로 고르라고 했다. 속옷은 어쩔 수 없지만, 클럽활동 때 땀에 젖었을 때를 대비해서 갈아입을 속옷을 한 세트씩 에나멜 백에 넣고 다니는 모양이었다. 땀 냄새 제거 도구를 훔쳐 갔을 때는 혹시나 했지만, 아무리 봐도 아무런 상관도 없는 봉투에 넣어두었기에 훔쳐 가지는 않았다고 한다.

……그런 정보는 듣고 싶지 않았는데. 이 녀석의 가방을 볼 때마다 생각날 것 같다.

투욱, 샤악~.

원래 2DK였던 구조를 억지로 1LDK로 리모델링한 이 방은 현관문을 열면 바로 거실이 있고, 화장실과 탈의실이 있는 공간과는 얇은 커튼 하나로 막혀 있을 뿐이다. 혼자서 살기는 편해서 좋지만, 이런 상황이 되니 곤란하다. 동급생 여자애, 그것도 엄청난 미소녀가 얇은 천 너머에서 알몸이 되는 상황에서 아무런 상상도 하지 않는 남자가 있다면 신으로 떠받들 수도 있다.

티볼리 볼륨을 높이자 옷이 스치는 소리는 들리지 않게 되었지만, 그래도 샤워기 물소리까지는 없애지 못했다. 이제 와서 내 밑에 깔려 있던 유즈키의 온기나 부드러운 감촉이 머릿속에 떠올랐다.

이런, 이대로 가다간 그냥 변태다. 스토커를 욕할 수도 없겠다.

나는 잡념을 없애기 위해 저녁밥을 짓기로 했다.

하지만 손님이 올 거라는 생각은 하지도 못했기에 남아 있는 식재료는 별로 없었다. 쌀도 마침 다 떨어졌다. 써먹을 만한 건 항상 갖춰두고 있는 에치젠소바 건면, 잘게 썬 돼지고기 한 팩, 무 반 개, 대파 한 개, 양파 한 개, 정말 다루기가 까다로운 라인업이다.

뭐, 어니언 슬라이스하고 소바, 그리고 소바밖에 없네.

우선 양파를 얇게 썰어서 소쿠리에 담았다. 적당히 소금을 뿌리고 버무린 다음 한동안 내버려 두었다가 그릇에 채운 물에 담갔다.

그러는 동안 무를 슥슥 깎았다.

무채를 듬뿍 만든 다음, 소쿠리를 그릇에서 건져서 물기를 털고 접시에 어니언 슬라이스를 담았다. 랩을 씌우고 냉동실에 몇 분 넣었다. 이렇게 해두면 식감이 꽤 아삭아삭해진다.

드륵.

목욕탕 문이 열렸다.

빠르네, 벌써 나왔나?

"사쿠~, 같이 목욕 할래~?"

"단골 메뉴 같은 개그 하지 말고, 어깨까지 푹 담그고 숫자를 100까지 세도록 해."

"쳇~."

참방, 목욕탕에 들어가는 소리가 들렸다.

아마 문을 살짝 열어두고 이야기하는 모양이었다.

"유즈키, 매운 거 잘 먹어?"

"응? 좋아하는 편인데."

"라져."

"저기."

"뭔데."

"상상하고 있어?"

"청소용 솔로 등을 밀어줄까?"

하나~, 둘~, 그렇게 즐거워 보이는 목소리가 들리기 시작했다. 남의 마음도 모르고, 느긋하기는.

대파를 씻어서 뿌리를 잘라내고 5센티미터 정도로 썰었다. 멘츠유를 물에 적당히 타서 맛을 확인하고, 이것도 마찬가지로 적당히 두반장을 넣어서 젓가락으로 저었다.

잊어버리기 전에 어니언 슬라이스를 냉동실에서 냉장실로 옮겼다.

오래된 프라이팬을 풍로 위에 얹고 중불에 달구었다. 연기가 나기 시작했을 때쯤, 주전자에 보관해둔 기름을 쭉쭉 붓고 전체적으로 배게끔 빙글빙글 돌리고 난 다음, 다시 주전자를 내려놓고, 약불로 줄였다.

프라이팬은 받은 거고, 요리도 필요한 만큼만 익혔을 뿐이지만, 나는 이렇게 수고가 많이 드는 작업이 의외로 싫지 않았다.

다시 참기름을 조금 많이 붓고 좀 전에 썰어둔 파를 넣었다. 괜찮은 느낌으로 익혀서 꺼낸 뒤에 이번에는 돼지고기를 볶았다.

대충 익어갈 때쯤, 두반장을 넣은 멘츠유를 부었다.

치이익, 소리가 나며 츠유 향기가 화악 퍼졌다.

드르르륵.

이번에야말로 유즈키가 목욕탕에서 나온 모양이었다.

"저기, 왠지 맛있는 냄새가 나는데?"

"배고프지? 머리 다 말릴 때까지 얼마나 걸려?"

"음~, 빠르게 말릴 테니까 15분."

딱 그 정도면 되겠지.

나는 파스타 냄비에 물을 잔뜩 넣고 불을 켰다.

"사쿠, 그 샴푸 향기 좋더라."

"그렇지? 유아가 가르쳐 줬거든, 무인양품 꺼. 좀 비싸긴 하지만 머리카락에 좋다던데."

"흐음……."

먼저 츠유가 끓기 시작했기에 일단 꺼내두었던 파를 넣었다.

부우웅~.

드라이어 소리가 들리기 시작했다.

"이거 바람이 세서 좋다~."

유즈키가 크게 소리쳤다.

나도 드라이어 소리에 묻히지 않게끔 대답했다.

"유우코에게 받아서, 새 걸 샀다고 해서."

"아, 그래……."

식칼하고 도마 설거지를 하고 있자니 파스타 냄비의 물이 끓기 시작했다.

에치젠소바를 대충 집어넣고, 스마트폰으로 끓을 시간보다 1분 짧게 타이머를 맞췄다. 파가 늘어지기 시작했기에 츠유 쪽은 불을 껐다.

그대로 5분 정도 지났을까.

드라이어 소리가 멈췄다.

샤악, 커튼이 열렸고, 유즈키가 나왔다.

"──으."

그 모습은 흔히 말하는 그거였다.

남자친구 방에 와서 와이셔츠를 빌려서 입어버렸다는 그거였다.

조금 헐렁한 흰색 셔츠 옷자락 아래로는 매끈한 다리가 쭉 뻗어 있어서 나도 모르게 눈길이 갔다. 허벅지와 장딴지도 말도 못 하게 야하지만, 뭐라고 해야 하나, 바닥에 살짝 대고 있는 발끝이 장난 아니다. 평소에 보이지 않는 부분이라서 그런지, 이곳이 평소와는 다른 공간이라는 것을 의식하게 되어버렸다.

……미안, 하루. 역시 나는 저 다리를 만질 수가 없을 것 같아.

급하게 시선을 올려보니 아직 물기가 남아있는 머리카락, 달아오른 볼, 그리고 얇은 은테에 동그란 안경.

그것은 머리부터 발끝까지 완벽하게 갖추고 있는 유즈키가 보여준 약간의 빈틈 같아서 노리고 있다는 걸 알고 있으면서도 죽을 만큼 두근거려버렸다.

내가 동요했다는 걸 느꼈는지, 유즈키가 쿡쿡대며 웃었다.

"어때? 두근거렸어?"

"······아쉽게도."

"옷찌가 안경을 낀 것보다?"

"일부러 노리고 꼈구나?"

솔직히 말해서 미리 알고 있지 못했던 만큼, 파괴력이 강했다.

유즈키는 의기양양한 표정을 짓고 있었다.

"항복할 테니까 제대로 된 옷으로 갈아입고 와. 평범한 티셔츠하고 반바지도 가지고 있다는 건 알고 있다고."

"이걸 입고 술을 따라주지 않아도 돼?"

"너, 쌍팔년도에서 환생이라도 한 거야? 됐으니까 얼른 갈아입어. 밥 다 됐다고."

"네에~."

그러던 와중에 소바가 다 익었기에 얼른 건져내서 찬물로 헹궜다.

프라이팬에 불을 켜고 츠유를 살짝 데우는 동안 소바 그릇을 두 개 내놓고, 각자 따로 츠유를 준비했다. 거기에 무채를 국물까지 듬뿍 넣었다.

데워두었던 츠유와 건더기는 라멘용 그릇 두 개에 나누어 담았다. 소바를 적당한 접시에 담고, 냉장고에 넣어두었던 어니언 슬라이스에 카츠오부시와 아지폰을 뿌렸다.

소바, 냉무채 국물, 따뜻한 돼지고기 국물, 어니언 슬라이스 세트를 각각 다이닝 테이블 위에 마주 보고 앉아서 먹을 수 있게끔 놓고, 싸구려 컵에 차가운 보리차를 따랐을 때 유즈키가 탈의실에서 나왔다.

"말도 안 돼, 혹시 식사 준비도 사쿠가 직접 한 거야? 나는 인스턴트나 냉동식품을 먹을 줄 알았는데……."

"미안, 재료가 별로 없어서 그냥 있는 걸로만 했어. 어니언 슬라이스하고 무채 소바, 그리고 살짝 매운 돼지고기 소바야. 국물은 양쪽 다 있으니까 마음에 드는 걸로 먹어."

참고로 무채 소바는 후쿠이 현민의 소울 푸드 중 하나다. 츠유를 통째로 넣는 방식이 메이저하지만, 오늘은 돼지고기도 있었으니 곁들이는 국물 방식으로 했다.

"사쿠는 말이지……."

왠지 모르겠지만 유즈키가 토라진 것 같았다.

"내가 모처럼 10점을 벌었는데, 가볍게 10점을 채간단 말이지."

"겨우 소바 정도로 호들갑을 떨기는."

"있는 재료로 돼지고기 소바를 만들 수 있는 남자 고등학생이라니, 반칙이거든?"

투덜거리면서 맞은편 자리에 앉았다.

""잘 먹겠습니다.""

유즈키는 바로 어니언 슬라이스, 무채, 돼지고기 소바 순으로 먹기 시작했다.

"……왠지 탐탁지 않아."

"맛있어? 맛없어?"

"당연히 전부 맛있지! 대체 뭐야? 처음 자러 온 여자애가 요리를 해주면서 가정적인 일면을 보여주는 이벤트를 박살 내는 게 그렇게 재미있어?"

"그렇게 따져도 말이지."

"이럴 수가……, 사쿠와 요리는 너무 안 어울려서 방심하고 있었네. 그래도 맛있어."

행복하다는 듯이 소바를 후루룩 먹었다.

"너무 오버하는 거야. 손이 많이 가는 요리는 못한다고. 조잡한 남자 스타일 밥밖에 못 해."

"매운 돼지고기 맛있다~."

"내 말도 좀 들으라고."

나도 내 몫을 먹기 시작했다. 에치젠 소바는 척 보기에 두껍고, 거무죽죽한 시골 소바지만, 나는 하얗고 고급스러운 소바보다 이쪽이 더 좋다. 매콤한 무채 츠유와도 최고로 잘 어울린다.

"저기, 사쿠. 물어봐도 돼?"

"상관없어, 딱히 비밀인 것도 아니니까."

"뭘 물어보려는 건지도……, 아는구나."

"그야 그렇지."

도시에서는 어떤지 모르겠지만, 후쿠이 고등학생이 혼자서 사는 건 아무리 생각해도 사연이 있기 때문이다. 신경 쓰지 않는 게 더 이상하다.

"그냥 흔한 이야기야. 중학교 때, 부모님이 이혼했거든."

유즈키의 젓가락이 딱 멈췄다.

미안하다는 듯한 표정으로 나를 보았다.

"바보야, 비밀인 것도 아니라고 했잖아. 우리 부모님은 말이지, 아들인 내가 보기에도 왜 결혼했나 싶을 정도로 정반대인 사람들이었다고. 완전히 성과주의에 합리주의인 아부지하고 자유분방함을 그림으로 그린 듯한 어무니."

쿡쿡, 웃음소리가 새어 나왔다.

"……미안, 미안. 아부지하고 어무니라고 부르는 게 왠지 귀여워서. 사쿠는 아버지, 어머니라고 부르거나 아빠, 엄마라고 부를 줄 알았어."

"내버려 둬."

사실 그 두 사람보다 훨씬 골치 아픈 것도 한 명 있긴 하지만, 지금은 상관없겠지.

"그래서 어렸을 때부터 싸우기만 했거든. 뭐든지 논리적으로 말하는 아부지하고 세상에 있는 모든 것을 감성으로 처리하려는 어무니니까 당연한 거지. 그리고 어느 시기가 되니, 끝내는 날을 맞이하게 된 거야."

"사쿠는 두 분 중 한 분을 따라가려는 마음이 없었어?"

"왠지 느낌이 안 와서. 그래서 시험 삼아 '혼자서 살아볼까'라고 하니까 아부지는 '혼자서 이것저것 챙길 수 있다면 마음대로 해라. 돈은 보내주마'라고 했고, 어무니는 '좋네~! 여자애들도 많이 끌어들여'라고 했지. 쉽사리 해냈고."

맞벌이 부부였고, 둘 다 일을 잘하는 사람들이었으니 순순히 부모님 등골을 뽑아먹기로 했다. 방에 있는 가구 같은 것들은 거의 대부분 예전에 살던 집에서 가져온 것들이다.

"꽤 아무렇지도 않게 말하는구나."

"딱히 괴롭지도 않은 과거를 거창하게 말하면 누군가에게 실례가 되잖아."

그렇게 말하자 그녀는 웃어야 할지, 진지한 표정을 지어야 할지, 그렇게 복잡한 표정을 짓고 있었다.

"그래도 대단해. 중학생 때 부모님이 이혼하시고 혼자 살게 되다니, 보통은 삐뚤어지더라도 이상할 게 없을 텐데."

그건 내가 좀 전에 느꼈던 감정과 똑같은 것 같았다.

"유즈키도 마찬가지야. 삐뚤어져서 멈추어 서버리는 건 간단하지만 말이지, 자기 인생 정도는 스스로 책임지고 싶으니까. 다른 사람 사정 때문에 삐뚤어져 버리는 건 사양이거든."

"좀 더 일찍 이런 이야기를 할 수 있었다면, 나도 좀 더 일찍 떨쳐낼 수 있었을까?"

"그러지 못하니까 고집을 부리면서 여기까지 와버린 건지도 모르겠지만."

"언젠가 나도 사쿠에게 뭔가 해줄 수 있을까?"

"한동안 써먹을 반찬은 받았는데."

"대충 넘기지 마, 바보야."

꽤 오래된 것 같은데, 에그 베네딕트가 맛있는 카페에서 이야기를 나눈 지 일주일 정도밖에 안 되었다. 그동안 대답할 수 있을 정도의 관계가 된 걸까.

"나는 말이지."

아무래도 그렇게 말을 꺼낸 사람은 듣기보다 말하고 싶은 눈치였다.

"남자를 진심으로 좋아하게 된 적은 아마 없는 것 같아. 그야 좀 괜찮다고 생각한 사람 정도는 있지만, 나를 좋아하는 게 아니라 나나세 유즈키라는 포장지를 좋아한다는 걸 눈치채고 나니까 어찌 되든 상관없어졌어."

무슨 말인지 뼈저릴 정도로 잘 알 수 있었다.

"다들 내 예쁜 꿈만 담은 보석상자를 원해. 그런 건 아무리 뒤져봐도 찾아낼 수가 없는데."

"유즈키도 자기가 아닌 다른 여자애를 칭찬하면 발끈하고, 남자 알몸을 보면 두근거리잖아."

"그래, 방귀도 뀌고."

"나는……"

왠지 이야기하고 싶은 기분이 들었다.

"좋아한다고 생각한 애가 있었던 것 같기도 해."

"호오?"

어렸을 때 나 자신을 떠올렸다.

새콤달콤한 추억이라고 말하기에는 신맛이 좀 강하긴 하지만, 그것도 내 일부다.

"초등학생 때, 여름방학이 되면 외할머니댁에 가곤 했어. 같은 현이지만, 주위에는 논밭밖에 없고, 이 근처보다 알아보기 쉬운 시골이라는 느낌이지. 내게는 여름이란 바로 그곳이다, 그런 느낌이었고."

유즈키는 조용히 내 이야기에 귀를 기울이고 있었다.

"그곳에 말이야, 해마다 쏘옥 나타나는 이웃 여자애가 있었어. 인형처럼 예쁘게 생겼고, 등까지 닿을 정도로 기른 머리카락이 항상 짜증 날 것 같다고 생각했어. 아마 연하였을 것 같은데. 지금 생각해보니 이름도 몰라."

그 무렵의 경치가 머릿속에 되살아나기 시작했다.

녹색 벼가 하늘하늘 흔들렸고, 들여다보면 소금쟁이가 슥슥 물 위를 나아가고 있었다. 낮에는 매미, 밤이 되면 개구리가 시끄러울 정도로 울곤 했었지.

"뒤를 졸졸 따라와서 말이지, 개울가에서 새하얀 원피스가 진흙투성이라면서 엉엉 울곤 했어. 그런데……."

나는 그 여자아이의 얼굴을 떠올려보려고 했지만, 머릿속에 떠오른 것은 만화에 나오는 히로인 같은 원피스뿐이었다.

"왠지 모르겠지만, 항상 '자유로워보여서 부럽다~'라고 하던 말이 기억나거든. 멋있다라든가, 운동신경이 좋다는 말은 익숙했지만, 그런 말을 한 건 그 녀석뿐이었거든. 왠지 기뻤어."

유즈키가 한 말을 따라 하자면, 분명히 처음으로 내 포장지를 뜯어내고 내용물에 흥미를 보여준 게 그 아이일 것이다.

"그런데 어느 해부터는 전혀 보이지 않게 되었어. 소문을 들어보니 좋아하는 남자애가 생겼다더라. 정말 멋있고, 운동신경이 좋고, 머리가 좋은 사람. 그게 내 자그마한 첫사랑하고 실연이야."

"그렇구나……."

유즈키가 따스한 목소리로 그렇게 말했다.

"유일하게 깨지지 않았던 환상이구나."

어째서 그런 어렸을 때 이야기를 했는지, 느낀 모양이었다.

결정적인 사건 같은 건 없었던 것 같다. 부모님이 이혼해서 연애를 불신하게 된 것도 아니고, 환상 같은 첫사랑을 지금까지 질질 끌고 있는 것도 아니다.

그저 사소한 실망이나 배신이 되풀이되면서 어느새 '그런 거구나'라고 생각하게 되었을 뿐이다.

나를 정말 좋아한다고 뜨거운 눈동자로 말하던 여자애가 다음날에는 다른 남자에게 들은 헛소문을 진심으로 믿고 정말 질색이라며 인상을 찌푸린다. 그 다른 남자라는 녀석은 내가 친구라고 생각한 상대이고, 실의에 빠진 여자애와 경사스럽게 커플 성립.

그렇게 싸구려 같고 시시한 사랑이 예전부터 주위에 잔뜩 있었다.

"사쿠는 앞으로 누군가를 좋아할 수 있을 것 같아?"

"……."

"나는 겁나. 내가 그렇게 당했던 것처럼, 멋대로 누군가를 좋아하게 되고, 멋대로 싫어하게 되어버리는 게. 그러니까 유우코가 부러워."

"나도 그 녀석이 부럽고, 눈부시고, 쓰라려."

유우코가 손을 살며시 뻗었고, 내 손가락 끝에 살짝 닿은 다음 다시 거두었다.

"잘 자, 사쿠."

"잘 자, 유즈키."

둘 다 피곤했던 모양이다. 금방 규칙적인 숨소리가 들리기 시작했고, 나도 그 리듬에 몸을 맡기며 잠기운 속으로 녹아들기 시작했다.

만약 이 세계에 절대 최강 무적인 사랑 같은 게 존재한다면, 흐려져 가는 추억 안에서만 찾아낼 수 있는 것 아닐까.

예를 들어서 어른이 된 뒤에 이날 밤을 떠올리는 것처럼.

──깨어났을 때, 유즈키는 이미 떠나고 없었다.

✳

유즈키를 집에서 재운 다음 날 아침, 나는 오랜만에 혼자서 느긋하게 학교에 가고 있었다.

어젯밤이 마치 거짓말이었던 것처럼 방 안에서 거의 모든 흔적이 깔끔하게 사라졌지만, 식기가 확실하게 2인분 찬장에 놓여 있었고, 빨래 바구니에도 두 사람이 쓴 목욕 타월이 확실하게 들어있었다.

왜 아무 말도 없이 먼저 나간 건지는 모르겠지만, 아마 유즈키도 나름대로 뭔가 생각한 게 있을 것이다. 모처럼 기회가 생겼는데 잠든 모습을 보지 못했다는 것만이 조금 아쉬웠다.

강가를 따라 난 길을 터벅터벅 걸어가다 보니 낯익은 뒷모습이 보였다.

나는 후다닥 달려가서 그 사람의 등을 두드렸다.

"좋은 아침이야, 유아."

"어라? 사쿠 군?"

유아는 조금 놀라면서 돌아보았다.

"좋은 아침이야, 유즈키는?"

"아무래도 차여버린 모양이거든."

"어제 그 이후로 무슨 일 있었어?"

"뭐, 이것저것 일이 있긴 했는데, 안 좋게 풀리지는 않은 것 같아."

그 말을 듣고 조금 안심한 모양이었다.

바로 내 옆에 나란히 서서 미소를 지었다.

"어라, 사쿠 군. 이거……."

유아가 슬쩍 내 목덜미를 만졌다.

"뭐야, 아침부터. 두근거리잖아."

"흐음~, 그런 거구나……."

그녀는 곧바로 스마트폰을 꺼내 찰칵, 셔터를 눌렀다.

그 화면을 말없이 내게 들이밀었다. 립스틱처럼 새빨간 글자가 눈에 들어왔다.

『잠든 얼굴 잘 먹었어♡』

"……나, 난쟁이가 장난친 건가?"

내가 한 말을 듣고 유아는 눈을 흘기며 고개를 저었다.

그 자식, 얌전히 나갔다 싶었더니, 선물을 두고 갔구나.

"사쿠 군은 누구에게나 그런 짓을 하는 거야?"

"좀 봐주라. 처음을 바치는 건 한 명뿐이야."

"못 믿겠는데."

유아는 민들레처럼 부드럽게 웃었다.

"저기, 유아."

"응~?"

"이것 좀 지워주실 수 없을까요, 부탁드립니다."

"그래~? 어떻게 할까아~?"

＊

교실로 들어가자 왠지 팽팽한 분위기가 감돌고 있었다.

보아하니 그 원흉은 칠판 앞에서 마주 보고 서 있는 유즈키와 나즈나인 것 같았다. 시원스러운 표정을 짓고 있는 유즈키와 짜증이 났다는 걸 드러내고 있는 나즈나. 뭐야, 또 무슨 일 있었어?

"할 이야기가 뭔데? 시험공부 하고 싶거든."

"아야세가 시험 시간 아슬아슬할 때까지 교과서 같은 걸 다시 읽어보는 타입이었어?"

"그런 타입이라고 해야 하나, 나나세는 나를 전혀 모르잖아."

"응, 전혀 몰라."

나즈나가 눈살을 찌푸렸다.

뭐야, 저 녀석이 다시 시비를 거는 건가?

"그러니까 어제 마지막으로 한 말은 미안해."

유즈키는 전혀 망설이지 않고 바로 그렇게 말했다.

"……뭐?"

"그러니까, 어제 마지막으로 한 말은 미안해."

"……기분 나쁘거든? 너하고 사이좋게 지내고 싶은 생각도 없고."

"아, 그건 나도 마찬가지야."

"뭐……?"

나는 자칫 방심하면 웃음을 터뜨릴 것 같았다.

교실 앞에서, 반 친구들 모두가 주목하고 있는 가운데, 이런 건 아무리 생각해도 나나세 유즈키답지 않다. 하지만 어제와 오늘, 그 변화는 매우 바람직스럽게 보였다.

"그리고 시합을 보러 와줘서 고마워."

계속 이어진 유즈키의 말을 듣고, 나즈나의 얼굴이 점점 붉게 물들었다.

"대체 뭐야, 진짜……."

"그게 말이지, 잘못을 인정할 수 있을 정도로 강해져야 맞설 수 있을 것 같아서."

"영문을 모르겠네."

"몰라도 상관없어, 자기만족 때문에 이러는 거니까."

유즈키는 그렇게 말한 다음, 우리를 보고 방긋 웃었다.

*

"뭐어~? 사쿠하고 함께 다니는 걸 그만두겠다고?!"

유우코가 크게 소리쳤다.

사흘째 시험을 끝내고 마지막 날을 대비해서 기운을 내자는 의미로 우리는 팀 치토세 친구들끼리 동쪽 공원 옆에 있는 유럽켄에 와 있었다. 나, 카즈키, 카이토, 하루는 카츠동 대짜, 유우코, 켄타는 카츠동, 유즈키와 유아는 파리동을 주문했다. 참고로 파리동이란 돈까스 대신 멘치까스를 얹은 덮밥이고, 물론 소스는 카츠동과 똑같은 걸 쓴다.

"어째서? 어제도 얀고 사람들이 학교까지 왔잖아. 아직 위험해."

유우코가 의아해할 만도 했다.

모두가 주문한 메뉴가 나오고 시끌시끌 먹기 시작하자

유즈키가 '가짜 애인 행세는 이제 그만두려 한다'는 말을 꺼낸 것이다.

유우코 다음에는 카이토가 입을 열었다.

"나도 반대야. 다른 고등학교 앞에서 당당하게 지키고 서 있다니, 역시 그 녀석들은 이상하다고."

하루가 맞장구를 쳤다.

"네 의견을 존중해주고 싶긴 하지만, 쓸데없이 오기를 부리는 거 아니야? 어째서 하필이면 이런 타이밍에."

"——저기 말이지."

유즈키는 자신의 마음을 이야기하기 시작했다.

"혹시나 내가 스스로 문제를 크게 키운 부분이 있지 않을까 해서. 실제로 사쿠에게 남자친구인 척해달라고 부탁한 뒤로 갑자기 상황이 악화되기도 했고. 처음부터 확실하게 거절했다면 이미 끝났을 일 아닐까 하거든."

카이토는 아직 불만인 모양이었다.

"그런 상식이 통할 상대야? 선생님을 갑자기 걷어차는 녀석이라고."

어제 방과 후에 있었던 일은 이미 모두에게 공유했다.

카이토가 한 말은 이 자리에 있는 누가 들어도 그럴싸한 말일 것이다.

그럼에도 불구하고 유즈키는 부드럽게 미소 지었다.

"무슨 말을 하고 싶은 건지는 알겠어. 하지만 이대로 가다가는 어차피 질질 끌기만 할 거야. 사쿠도, 다른 친구들도, 24시간 나를 신경 써줄 수는 없어. 아마 상황을 해결하기 위해서는 누군가가 행동해야만 할 테고…….”

강하게, 딱 잘라 말했다.

“그럼 그게 누구야, 나밖에 없잖아.”

유즈키를 잘 알고 있는 카이토와 하루는 그 말을 듣고 입을 다물었다. 더 이상 따진다 해도 결과는 마찬가지일 거라는 것을 깨달았기 때문일 것이다. 계속 질질 끌기만 할 것이라는 사실도, 뭔가 반격해야만 한다는 것도, 다들 어렴풋이 느끼고 있었을 것이다.

유즈키가 한 말이 정론이긴 하다. 대놓고 거절해서 사태가 해결된다면 그게 제일이고, 본인이 그런 선택을 하는 이상, 우리가 막을 권리는 없다.

“저기…….”

켄타가 조심조심 입을 열었다.

“적어도 우리가 같이 따라가서 이야기를 하면 안 될까?”

켄타치고는 용기를 최대한 쥐어 짜내서 한 발언이라는 것을 알 수 있었다.

유즈키도 부드러운 표정을 지으며 대답했다.

“고마워, 야마자키. 마음은 기쁘지만, 아마 역효과일 거야. 이번에는 사쿠 얼굴만 봐도 덤벼들 것 같으니까.”

나도 그 말을 듣고 고개를 끄덕였다.

어제 죽을 만큼 도발해버렸으니까.

“뭐, 혼자서 얀고에 쳐들어가겠다는 건 아니야. 기본적으로는 평소대로 생활할 생각이고, 만약에 또 건드리려 하면 확실하게 말해주겠다는 거지."

그게 얼마나 대단한 결심인지, 그리고 얼마나 위험한 생각인지, 진짜로 이해하고 있는 건 어제 이야기를 들었던 나뿐일 것이다.

이야기의 흐름을 잠자코 지켜보고 있던 카즈키가 나를 보았다.

"사쿠는? 그래도 상관없어?"

나는 입속에 있던 돈까스를 삼킨 다음, 느긋하게 대답했다.

"뭐, 그렇게 하고 싶다니 상관없지 않을까? 기본적으로 나는 '오는 사람을 막지 않고, 떠나는 사람을 잡지 않는' 스타일이니까. 유즈키는 유즈키 생각대로 해보도록 해."

"사쿠!"

벌떡 일어서려 한 카이토를 카즈키가 손을 들어 말렸다.

"그런 거라면 **유즈키는 이제 집에 가는 게 나을지도 모르겠네.** 이런 낮 시간에는 큰길만 골라서 가면 별일 없을 거야."

유즈키는 '그렇지'라고 말한 다음 자기 밥값을 놓고 일어섰다.

"사쿠, 애들아, 고마워. 이제 슬슬 나도 짜증이 나기 시작했으니까 얼른 해결하고 평소의 나나세 유즈키로 돌아가겠습니다!"

살랑살랑 손을 흔들면서 가게를 나가는 뒷모습을 바라본 다음, 카이토는 역시 참을 수가 없다는 듯이 자기 가방을 메고 일어섰다.

"나는 쫓아갈 거야, 사쿠."

"마음대로 해."

어차피 오늘은 아마 아무 일도 없을 것이다.

카이토가 후다닥 나갔고, 나머지 친구들이 '어떻게 할 거야?'라는 표정으로 나를 보고 있었다.

나는 그 녀석, 돈 안 내고 갔네, 그렇게 생각하고 있었다.

＊

유럽켄을 나와서 내일 준비를 마친 나는 저녁이 되고 나서 사이제리아에서 토모야와 합류했다.

"미안해, 기다렸어?"

"아니, 공부하고 있었으니까 괜찮아. 아니, 사쿠가 먼저 부른 건 처음 아닌가?"

저번에 유즈키가 학교를 쉬었을 때는 그 사실을 안 토모야가 불렀고, 생각해보니 그런 것 같았다.

"이야기를 좀 해줘야 할 게 있어서."

"뭔데, 겁나네."

나는 수상쩍어하는 표정을 짓고 있는 그에게 최대한 성의를 담아서 말했다.

"어제 유즈키를 우리 집에서 재웠어. 이제 네 연애 상담은 받아줄 수가 없겠다."

쨍, 소리가 나며 아이스 커피가 담겨 있던 컵이 쓰러졌다. 토모야 쪽에서 흘러온 물방울이 탁자 끄트머리에서 뚝뚝 떨어져서 내 스탠스미스에 검은 얼룩을 만들었다.

하지만 지금 쏟은 커피를 신경 쓰는 것도 왠지 불성실한 것 같은 기분이 들어서 나는 토모야의 눈을 계속 똑바로 바라보고 있었다.

"아~, 실수해버렸네."

먼저 침묵을 깬 사람은 상대방이었다.

종이 냅킨을 꺼내서 일어선 다음, 우선 자기 바지를 툭툭 털었다. 그걸 마치고 나서 이번에는 탁자에 묻은 아이스 커피를 닦기 시작했다.

탁자 위를 깔끔하게 닦은 다음, 토모야는 다시 입을 열었다.

"저기, 재웠다는 건……."

"난 말이지, 혼자 살거든. 어제는 그 녀석에게 이런저런 일이 좀 있어서. 힘들어 보이길래 재워줬지."

토모야는 한동안 입을 다물고 있다가 크게 한숨을 쉬었다.

"뭐, 애초에 나를 신경 쓰지 않겠다고 하긴 했으니까. 이렇게 가르쳐주는 게 사쿠의 성의구나. 저기……, 물어보기 껄끄럽긴 한데, 그런 관계가 되었다고 생각해도 될까?"

"선을 넘지는 않았어. 그래도 뭐, 신이 나서 평소와는 다른 모습을 보여주거나, 그런 사진을 찍게 하거나, 그런 게 싫지만은 않게 되어버렸거든. 지금까지처럼 아무렇지도 않게 조언을 해줄 수 없을 것 같아. 미안해."

"이제부터는 정식으로 사귄다는 뜻이야?"

"아니……."

나는 별생각 없이 손으로 만지작거리고 있던 스마트폰을 탁자 위에 올려놓았다.

"오히려 반대야. 남자친구인 척하는 건 끝내게 될 것 같아. 같이 등하교하는 건 이미 그만두었어. 이런 이야기를 한 다음에 이러는 것도 좀 그렇지만, 토모야가 여전히 유즈키를 좋아한다고 생각한다면 사귈 기회는 아직 있다고."

고개를 숙이고 있던 토모야가 고개를 들었다.

"나도 유즈키를 좋아하게 된 건 아니야. 그저 토모야에게 조언할 기분이 아니게 되었다는 것뿐이지."

"미안, 솔직히 이해가 좀 안 되는데."

"복잡한 이야기인데 말이지. 조금 길어질 텐데, 들어볼래?"

토모야는 진지한 표정으로 고개를 끄덕였다.

이게 눈앞에 있는 남자에게 해줄 수 있는 마지막 조언이자 성실한 태도라고 믿고, 나는 카페에서 부탁을 받았을 때부터 어제까지 있었던 일들에 대해 자세히 설명했다. 아주 일부만은 다르게 말하거나 자세한 부분을 생략하기도 했지만, 그래도 유즈키가 지금까지 인생에서 어떤 식으로 상처를 입었고, 지금 어떤 상황에 부닥쳤는지 제대로 전해졌을 것이다.

"이제 지금 관계는 그렇다 치더라도, 가지고 있는 정보만 따지면 나와 토모야는 마찬가지야."

"그 이야기를 들으니 내게 승산 같은 게 없는 것 같다는 생각이 드는데."

그렇게 말하며 다 털어낸 듯이 웃었다.

"거기서 멈출지, 한 발짝 내디딜지는 토모야에게 달렸지. 가르치고 배우는 관계가 아니라 그냥 친구로서라면 앞으로도 함께 의논해줄게."

"고마워, 사쿠. 모처럼 이것저것 가르쳐준 것 같은데, 왠지 전혀 성장한 것 같지 않아."

"멍청아, 그건 네게 성장할 생각이 없기 때문이야. 언제쯤 말을 걸 생각인데."

"좀 더 확률을 올리고 나서……."

"평생 그래라."

우리는 서로 얼굴을 마주 보며 깔깔 웃었다.

이제 더 이상 말은 필요 없을 것이다.

화장실에 들러서 느긋하게 일을 본 나는 테이블 위에 있던 스마트폰을 주머니에 집어넣고 그레고리를 멘 다음 음료수값을 확실하게 내려놓은 뒤에 먼저 가게를 나섰다.

＊

바깥은 완전히 어두워져 있었다.

역 앞인데도 넓은 하늘에서는 초승달이 방긋 웃고 있었고, 노면전차가 천천히 달리고 있었다. 덜컹덜컹, 덜컹덜컹, 오늘 하루도 축 늘어진 누군가를 태우고 있을 것이다.

광장에서는 움직이는 공룡 조형물의 상징인 목이 긴 후쿠이티탄, 마주 보고 있는 후쿠이사우르스와 후쿠이랩터가 조명을 받고 있었다. 언젠가 닉네임을 붙여주면 좀 더 애착이 생길까 하는 생각을 하고 있는데, 지금까지는 '놋포'와 '꼬맹이1', '꼬맹이2'보다 더 느낌이 딱 오는 이름이 떠오르지 않는다.

오랜만에 소설이라도 사갈까.

그렇게 생각하고 사이제리아에서 가까운 서점으로 향했다. 현내에는 몇 군데 체인점이 있지만, 본점인 이곳은 옛날 서점 같은 취향이면서도 책이 잘 갖춰져 있기에 어렸을 때부터 마음에 들어하는 곳이다.

가게 안을 적당히 어슬렁거리다 보니 참고서 계열에서 뜻밖의 인물을 발견했다.

"아스 누나?"

돌아본 그녀의 표정은 매우 심각해 보였지만, 들고 있던 책을 책장에 꽂아두고 다시 돌아보자 바로 평소처럼 종잡을 수 없는 아스 누나였다.

"어라, 이런 곳에서 한눈을 파는 나쁜 남자친구가 있네. 나나세 양 일은 벌써 해결했어?"

나는 고개를 저었다.

아스 누나는 어린 남동생을 대하는 것처럼 웃었다.

"나갈까? 조금 걷자."

역 앞에서 조금 걸어서 현청 쪽으로 향했다.

후쿠이 현청은 후쿠이 성터의 높은 돌바닥 위에 있기 때문에 다른 현 사람들이 보기에는 좀 신기한 광경이라고 한다. 우리는 어렸을 때부터 익숙해졌기에 그것 자체는 별생각이 없지만, 주위에는 아직 해자가 남아있어서 이렇게 조용한 밤에 걸으면 꽤 기분이 좋다.

오리가 줄줄이 헤엄쳐가고, 그 뒤에 생겨난 파문이 수면에 비친 달을 일렁이게 만들고 있었다.

짤랑, 한 번만 예의 바르게 벨을 울린 자전거가 두 사람을 추월했다.

주위의 분위기는 한없이 잔잔했고, 또한 우는 것 같았다.

그런 식으로 느껴지는 건 분명히 내일을 맞이하고 싶지 않기 때문일 것이다.

우리는 현청 뒤쪽에 있는 벤치에 앉았다.

이런 밤에 물어보는 건 좀 그럴 것 같기도 했지만, 이런 밤이기 때문에 들을 수 있는 이야기가 있을지도 모르겠다고 생각하며 입을 열었다.

"아스 누나, 진로 고민해?"

"역시, 봐버렸구나."

아스 누나가 들고 있었던 것은 입시 책이었다. 대학교 이름까지는 확인하지 못했지만, 망설이지 않는 사람은 서점에서 그걸 빤히 바라보지 않을 것이다.

"너는 말이지……."

조용히, 방울이 울리는 듯이, 이야기하기 시작했다.

"이렇게 작은 마을을 나가보고 싶다는 생각한 적, 있어?"

따끔, 가슴에 둔한 통증이 느껴졌다.

아스 누나는 수험생이다. 그 말이 무슨 뜻인지는 한 가지밖에 없을 것이다.

"여러 번 있지."

그렇게 솔직히 대답했다. 아마 후쿠이에서 태어나서 자란 사람 중 절반은 한 번쯤은 상상했을 것이고, 나머지 절반은 상상조차 하지 않았을 것이다.

그리고 아스 누나는 상상하는 쪽 사람이었던 것이다.

"나는 이 마을이 좋아……, 정말 좋으면서도, 정말 싫어."

그 말이 무슨 뜻인지, 나는 잘 알 수 있었다.

하지만 지금은 간단히 공감해서는 안 된다, 왠지 그런 생각이 들었다.

신기하게도 아스 누나는 자기 이야기를 계속했다.

"망설이고 있어, 진로 때문에. 구체적으로 말하자면, 여기에 남을지, 도쿄로 갈지."

"도쿄……."

우연히도 그곳은 내가 마음속에 품고 있었던 '마을 바깥'과 같은 곳이었다.

시골을 벗어나 도쿄에서 성공하겠다는 건 요즘엔 별로 멋진 말이 아닌 것 같다. 그래서 소리 내 말하진 않지만, 계속 마음속 어딘가에 품고 있었던 마음이었다.

이웃분들은 대부분 아는 분들이고, 엘파에 주차해둔 차를 보고 'OO 씨가 와 있구나'라는 걸 알아버릴 수도 있을 정도로 자그마한 세계.

그에 비해 TV 같은 것으로 본 도쿄는 역시 도시의 상징이었다.

어이가 없을 정도로 싸구려 환상을 아스 누나도 마찬가지로 품고 있구나, 나는 그렇게 작은 실망과 작은 안심을 느꼈고, 그런 자신이 매우 싫어졌다.

"너는 도쿄에 가본 적 있어?"

"잊어버렸을 정도로 어렸을 때, 가족여행으로."

물론 아직 이혼이라는 단어도 몰랐을 때다.

"나는, 없어. 그런데도 후쿠이냐 도쿄냐, 이런 생각을 하고 있지. 이상해?"

나는 그저 조용히 있었다.

이런 상황에 어울리는 말을 알지 못하기 때문이었다.

"가보고 싶다, 도쿄."

"가봐, 도쿄. 그게 아스 누나잖아."

내가 생각해도 진부한 말이었다.

"처음 심부름하는 걸 보는 걸 꽤 좋아하거든."

"넘어져서 울상을 지으면 '풀 죽지 말라고, 베이비~'라고 말해줄 거야?"

"아스 누나보다는 훨씬 그럴싸하게 하겠지."

옆을 슬쩍 보니 슬며시 웃고 있었다.

"유즈키 일은……."

나는 시곗바늘을 되돌리려는 듯이 그렇게 중얼거렸다.

"아마 어떻게든 될 것 같아."

"항상 그랬듯이 이야기해주지 않는구나?"

"언젠가 해주고 싶어도 해주지 못할 날이 올지도 모르니까, 마음의 준비를 좀 해둬야지."

사실 전부 말하려고 생각하고 있었다. 하지만 진로로 고민하고 있는 사람에게 진로 상담을 하는 것만큼 얼빠진 짓도 없다.

"꽤 쓸쓸한 말을 하는구나."

"꽤 쓸쓸한 이야기를 들었으니까."

그런 말을 해선 안 될 것 같다.

아스 누나는 부드러운 미소를 지었다.

"그렇게 너도, 나도, 어른이 되어가는 건지도 몰라. 밀짚모자와 원피스를 서랍에 넣고, 멋진 정장을 꺼내는 거지."

"나는 언제까지나 반바지하고 비치 샌들을 잊어버리고

싶지 않은데."

"네게는 분명히 그게 잘 어울리겠지."

아무리 생각해봐도 이야기는 여기까지였다.

"아스 누나는……."

뭔가 말하려다 멈추고 나서, 나는 다른 이야기를 꺼냈다.

"분명히 다리미로 다린 정장보다 새하얀 원피스가 어울릴 거야."

"분명히 새하얀 원피스가 어울리는 나를, 너는 좋아하게 되지 않을 거야."

한없이 엇갈린 채, 우리는 오늘을 마쳤다.

원하든, 그렇지 않든, 시간은 흘러가고 관계도 변해간다.

모두가 한 발짝씩 걸어가는 와중에 나만은 언제까지나 계단의 충계참에서 발을 동동 구르고 있는 것 같았다.

4장 아득히(悠, 유즈) 멀리 있는 달(月, 키)

　나, 나나세 유즈키는 특별한 여자애라는 것을 꽤 일찌감치 눈치채고 있었다.

　어렸을 때부터 남자애들은 대부분 어떤 부탁이든지 들어주었고, 여자애들은 대부분 유즈키, 유즈키라고 부르며 주위에 모여들었다.

　하지만, 그저 특별하기만 한 것으로는 잘살아갈 수 없다는 것을 눈치챈 것도 나름대로 빨랐던 것 같다. 이윽고 남자애들은 보답을 원하게 되었고, 여자애들이 나를 빼놓고 속닥거리는 모습을 볼 기회가 늘어갔다.

　그렇게 자그마한 '싫다'를 없애기 위해 여러 가지 자신을 만들어냈다. 부탁은 남자애가 아니라 여자애에게 하게끔 행동해보기도 했고, 때로는 여자애를 감싸면서 남자애를 혼내기도 해보고, 하나하나는 매우 사소한 변화였다.

　내게 그것은 딱히 어려운 일이 아니었다. 눈앞에 있는 상대가 뭘 기뻐하고, 무엇 때문에 화를 내는 건지 꿰뚫어보고, 기뻐해 줄 수 있는 자신으로 있기만 하면 된다. 사람에 따라서는 줏대가 없는 사람이라고 비웃을지도 모르지만, 사면초가보다는 훨씬 낫다고 생각한다.

　그렇게 믿으면서 살아왔다.

　물론 겉치레만 하는 게 아니라 꾸준한 노력도 남들보다

많이 해 왔다. 누구도 불평할 수 없게끔 되기 위해서는 누구도 불평할 수 없는 사람이 되는 게 제일 빠르기 때문이다.

가끔 '왜 그렇게 열심히 하는 거야?'라는 말을 들을 때가 있다.

그렇게 물어보는 사람은 아무래도 내가 과거에 뭔가 큰 사건이 있어서 그 트라우마나 콤플렉스 때문에 특이하게 성장했다는 에피소드를 기대하고 있는 것 같지만, 그렇게 대단한 건 아니다.

애초에 보다 나은 자신으로 있고 싶다고 원하는데 어째서 대단한 이유가 필요한 걸까.

그저 눈앞에 있는 문제를 제대로 마주 보고, 그걸 자기에게 맞는 방식으로 하나씩 해결해왔기 때문에 비로소 나는 지금 이렇게 이곳에 있는 것이다.

덕분에 주위에 적다운 적은 거의 없었다. 초등학생 때도, 중학교에 들어간 뒤에도, 순조로운 학교생활을 했던 것 같다.

그런 나 자신에게 처음으로 그럴싸한 사건이라는 게 일어났다.

사쿠에게 말했던 야나시타 선배와 있었던 일이다.

진심으로 공포에 질렸다. 물론 폭력이나 아픔 그 자체가 무서웠던 것도 사실이다.

하지만 그보다 내가 더 겁낸 것은 지금 가지고 있는 무기가 도움이 되지 않는 상황에 처했을 때, 그럼에도 불구하고 버틸 수 있는 심지 같은 것이 내 마음속에 무엇 하나 존재하지 않았다는 사실이다.

그저 야만스럽기만 한 폭력에 굴한다는 건 나나세 유즈키의 자존심이 용납하지 않는다거나, 이런 걸 용납하면 다른 여자애가 똑같은 처지가 되어버릴지도 모르겠다거나, 사랑하는 사람을 위해서 이런 남자에게는 굴할 수 없다는 생각 같은 것들이 전혀 없었다. 텅 비었다.

생각하고 싶진 않지만, 그때 야나시타 선배가 사진을 찍기만 하고 끝내지 않았다면 나는 더 이상 저항하는 걸 포기했을 것이다. 이 상대와 함께 지내는 것을 전제로 해서 잘 살아가는 방법, 아마 그런 생각을 했을 것 같다.

그래서 그 기억은 폭력에 대한 공포인 것과 동시에 나 자신에 대한 공포이기도 하다.

——누가 봐도 많이 가지고 있는 것 같은 자신이 사실 아무것도 가지고 있지 않은 것 아닌가.

하지만 어떻게 하면 뭔가 가지고 있는 사람이 될 수 있을까 같은 건 전혀 알 수가 없었다.

당시 나는 그렇게 망설이지도 않고, 처리하지 못하는 감정을 개에게 물렸다고 생각하고 잊기로 하는, 매우 합리적인 선택을 했다.

그런 내가 처음으로 자기보다 눈부시다고 생각한 것은 푸른(靑, 아오) 바다(海, 미) 위에서 찬란하게 빛나는 태양(陽, 하루)이었다.

중학교 3학년 때, 농구 현 대회 준결승에서 맞붙은 그 팀은, 빈말로도 종합적인 능력이 뛰어나다고 할 수 없었다. 패스도, 슛 정확도도, 포메이션 숙련도도 압도적으로 우리 팀이 뛰어났다. 솔직히 기세만으로 이기고 올라온 팀이라 생각했고, 사실 나는 다음 결승에 대비해서 체력을 아껴두자는 생각을 하고 있을 정도였다.

결과적으로 우리는 기세밖에 없는 팀의 기세에 졌다.

그 중심에 있었던 사람은 틀림없이 아오미 하루라는 꼬맹이였다.

넓은 코트 안을 폴짝폴짝 뛰어다니는 그 소녀는 몇 번을 막혀도, 거친 플레이에 쓰러져도, '으랴앗'이라고 소리 지르며 다시 덤벼들었다. 신체 능력이 놀랍긴 했지만, 그건 내 테크닉으로 충분히 대처할 수 있는 수준이었다.

하지만 그녀가 팍팍 치고 들어와서 튕겨 나가도, 날아가도, 씨익 웃으며 다시 뛰기 시작할 때마다 상대 팀의 열량이 펑펑 올라가곤 했다.

공격 패턴이 거의 다 막혔고, 에이스인 자신도 철저하게 마크당하고 있다. 이길 수 있는 가능성 같은 건 요만큼도 보이지 않을 텐데, 어째서 네 눈은 똑바로 앞을 보고 있는 거야?

"거기……, 비, 켜어어어어어어어어어어어엇."

마지막 수십 초. 1점 차이인 상황에서 정신없이 공중에 뜬 그 선수를, 나는 막을 수가 없었다.

"고등학교는 어디로 갈 거야?"

"후지 고등학교."

내가 진로를 결정한 순간이었다.

다음에 내가 흥미가 생긴 것은 어두운 그믐달 밤.

하루와 카이토의 친구라는 그 남자애는 내가 태어나서 처음으로 발견한 내 동류였다.

지나치게 단정한 외모, 타고난 능력, 그것을 잘 컨트롤하며 살아가는 방식.

항상 친구들에게 둘러싸여서 즐겁게 웃고, 하지만 때로는 매우 따분하다는 듯한 표정을 짓는 그가 나와 마찬가지로 희미한 어둠을 가지고 있다는 걸 확신했다.

——뭐든 할 수 있기 때문에 아무것도 하지 못한다.

누구에게 말해도 웃어넘길 자그맣고 얕은 어둠.

분명히 공범 같은 관계가 될 수 있을 거라 생각했다. 적어도 내가 알고 있는 세계에서는 단 한 명, 올바로 서로를 이해할 수 있는 상대라고.

사실 한시라도 빨리 친해지고 싶었지만, 함부로 들이대다가 다른 여자애들하고 마찬가지라는 생각을 하게 만들고 싶지는 않았다. 괜찮아, 이렇게 특별하고 서로 닮은 두 사람이 같은 학교에 있고, 함께 친구인 사람도 있다. 내버려 두더라도 언젠가 그 기회가 올 것이다.

그렇게 2학년이 되었고, 같은 반이 된 지 두 달 정도.

내 눈에 들어온 것은 높은 하늘에서 반짝반짝 모두를 지켜보고 있는 커다랗고 동그란 보름달이었다.

상상했던 것과 전혀 달랐다. 똑같지 않았다.

이렇게 서투르게 살아갈 수 있을까.

나처럼 요령 있게 할 수 있을 텐데, 장애물 같은 건 슬쩍슬쩍 빠져나갈 수 있을 텐데, 그 남자애는 폼을 잡으면서 이런저런 것들에 부딪히고, 긁히고, 그럼에도 불구하고 다시 돌진하고, 우직하게 벽을 하나하나 부숴가면서 나아갔다.

──우리는 닮았다, 사쿠는 그렇게 말했다.

──우리는 전혀 다르다, 나는 그렇게 생각한다.

왜냐하면 나는, 너처럼 서투르지 않으니까.

애초에 여자애의 상처를 치유해주고 싶다면 자상하게 끌어안고 '괜찮아, 내가 너를 지킬 테니까'라고 달콤하게 속삭이는 게 정석 아니야? 그 분위기라면 뽀뽀보다 진도를 더 나가는 것도 허락했을 텐데…….

그런데, 그러기는커녕, 뺨을 때려서 억지로 일으켜 세우다니, 그런 왕자님은 들어본 적도 없다고!

그래도, 그래도 말이지.

나도 그런 식으로 아름답게 살아보고 싶다는 생각이 들

었어.

내 마음속에 흔들리지 않는 마음 같은 게 있었으면 한다는 걸 눈치채 버렸다고.

그러니까, 나나세 유즈키 사상 최초로 조금 무리해서 모험을 해볼 거야.

만약에 그곳에서 무언가를 가지고 돌아왔을 때는 각오해, 치토세 사쿠.

——미리 말해두지만, 나는 얌전히 공략당하는 걸 기다리고 있을 정도로 물러터진 여자가 아니니까.

*

마지막 시험을 마친 금요일 오후.

사쿠와 하루 같은 친구들은 밥을 먹으러 가는 모양이었지만, 나는 끼지 않고 학교를 나섰다. 모두가 걱정스러워하는 표정이 생각나서 웃음을 터뜨려버렸다. 진짜 사람이 좋은 친구들이다.

왠지 예감이 들었다.

야나시타 선배는 그렇게 인내심이 강한 편이 아니다.

축제 때 있었던 일과 교문에서 있었던 일. 이미 인내심은 한계에 도달했을 것이다.

어제 나타나지 않았으니 틀림없이 오늘이다.

그러니 학교에서 10분 정도 걸어간 곳에 있는 평소에 다니는 통학로, 항상 보던 작은 공원 옆. 그곳에서 야나시타 선배가 나왔는데도 놀라지 않았다.

"여, 유즈키."

그 끈적거리는 목소리를 들으니 아직 겁이 좀 났지만, 숨을 크게 들이마신 다음 노려보았다.

"이야기 좀 할까요, 야나시타 선배."

나는 그렇게 말하고 스스로 공원으로 들어갔다.

은근슬쩍 주위 상황을 확인했다. 안에 다른 사람은 없었지만, 화단 울타리는 낮았고, 주위를 둘러싸고 있는 나무는 군데군데 있어서 바깥에서 전혀 보이지 않는 건 아닌 모양이었다. 그리 많지는 않았지만, 가끔 도로를 지나가는 사람이나 자전거도 있었다. 큰 소리를 지르면 누군가가 한 명 정도는 눈치채줄지도 모른다. 출입구는 방금 들어온 곳 말고도 작은 곳이 두 군데. 그중 한 군데가 큰길까지는 제일 가깝다.

괜찮다. 머리가 새하얘지지만 않으면 할 수 있는 건 있다.

여차하면 도망칠 수 있게끔 큰길과 가까운 출입구 근처에서 멈춰 선 다음, 돌아섰다.

"그래서, 선배는 저하고 뭘 하고 싶은 거죠?"

그 말을 듣고 야나시타 선배의 얼굴이 씨익 일그러졌다. 예전부터 저렇게 웃는 게 정말 싫었다. 자기 감정을 컨트롤하지 못하고, 할 생각도 없는 표정. 마치 철학자나 종교가처럼 자신을 얽매고 있는 그 사람과는 전혀 다르다.

그는 뒤통수 쪽에 높게 묶은 머리카락 끄트머리를 만지작거리며 입을 열었다.

"그야 중학교 때 못한 거지."

가늘고 면도날처럼 날카로운 눈이 핥아대는 듯이 내 다리부터 기어 올라왔다.

"그때는 말할 필요도 없다고 생각했는데, 설마 이 정도가 될 줄이야. 역시 그때 손을 대는 거였어."

그야 그때보다 가슴이나 엉덩이가 커졌고, 내가 생각해도 여자애다운 몸이 된 것 같긴 하다. 아무리 그렇다고 해도, 어째서 마치 당연히 자신의 손안에 있었던 것처럼 내 이야기를 하는 거지?

"사귀고 싶다는 뜻인가요? 아니면 야한 짓?"

내 입에서 그런 단어가 나왔다는 게 기뻤던 모양이다.

숨길 생각도 없이 싱글싱글 웃어대는 게 매우 불쾌하다.

"사귀자는 말을 하고 싶긴 하지만, 뭐, 기념으로 한 번 대주기만 하면 돼. 고등학교에 들어간 뒤로는 이런저런 남자로 마구 갈아탔다면서. 그중 한 명으로 삼아준다면 이제 이런 짓은 안 할 거라고."

야나시타 선배는 계속 말했다.

"치토세 사쿠에게는 비밀로 해줄 테니까 말이야. 응? 알겠지? 러브호텔도 바로 근처니까. 어차피 그 녀석하고 마찬가지로 해댔을 거 아냐."

나도 모르게 머리에 열이 올랐다.

너 따위가, 너 따위가 가볍게 그 이름을 부르지 마!

마치 자신과 동류인 것처럼 말하지 마!

그럴 마음만 먹으면 뭐든 할 수 있는 상황에서 더러운 마음으로 내 몸을 손가락 하나도 건드리지 않고 마음만 건드려준 그를 욕보이지 마!

주먹을 꽉 쥐고 다리에도 힘을 제대로 주었다.

"누구한테 무슨 말을 들었는지는 모르겠지만요⋯⋯."

스으으읍, 있는 힘껏 숨을 들이마셨다.

"나는 처녀야! 멍청아! 너 같은 남자에게는 절대로 안 줘!"

"──호오?"

야나시타 선배는 놀라지도, 정색하지도 않고 그저 더욱 활짝 웃었다.

아마 내 각오나 마음 같은 건 하나도 느끼지 못할 테고, 알려는 생각도 하지 않을 것이다. 이 사람은 자기가 보고 싶은 세계만 보고 있으니까.

"그거 좋은데. 처음부터 다 가르쳐줄게."

그럼에도 불구하고 이제 나는 눈을 감지 않는다.

그날로는 돌아가지 않는다.

"저는 물건이 아니에요. 나나세 유즈키라고요. 선배가 지금까지 어떤 여자들하고 사귀었는지는 모르겠지만, 그렇게 억지스러운 방법으로 어떻게든 할 수 있는 여자가 아니에요."

"뺨 맞고 히잉히잉 울던 녀석이 말재주가 많이 늘었는데."

타악, 선배가 발치의 자갈을 걷어차고, 내 쪽으로 한 발짝 내디뎠다.

나도 모르게 몸이 굳으려 했지만, '진정해라, 진정해라', 그렇게 머릿속으로 되풀이했다.

"지금도 힘으로는 절대 못 이기지. 하지만 억지로 키스해봤자, 옷을 벗겨봤자, 나는 절대로 당신의 것이 아니니까!"

"──이제 됐어."

단숨에 다가온 선배가 내 손목을 꽉 잡았고.

"그럼 시험해 보지."

짜악.

눈앞에 새하�‍얘졌고, 오른쪽 볼이 갑자기 싸늘해졌다.

2~3초 지나고 난 뒤에 타는 듯한 아픔이 덮쳐왔다.

"자, 울어."

나는 그렇게 말한 사람을 보았다.

붙잡힌 손은 부들부들 떨리고 있지만, 신기하게도 머릿속은 차가웠다.

그날 밤에 본 사쿠를 떠올렸다.

나를 위해 진심으로 화를 냈던 그 사람은 얼마나 무서웠던가.

그에 비해 자신만을 위해 얄팍한 분노를 내비치는 이 사람은 얼마나 추한가.

배에 기합을 꾸욱 넣었다. 미간에도 힘을 꽉 주었다.

울지 않기로 결심했으니까.

"한 번 더 말할게요. 아무리 키스 당한다 해도, 강간당한다 해도, 나는 선배의 것이 아니야. 이 마음속에 당신이 있을 것은 어디에도 없어. 자기에게 안기면서 다른 남자 생각밖에 안 하는 여자로 만족한다면 마음대로 하지그래!"

짜악.

좀 전과는 반대쪽 볼이 싸늘해졌다.

무서워, 겁나, 무서워——, 무섭지 않아!

"무슨 짓을 당한다 해도 내 마음은 당신 같은 남자에게 상처 입지 않아. 당한 짓을 전부 확실하게 기억한 다음에 곧바로 경찰에 갈 테니까. 한심한 남자의 한심한 삶, 모든 사람의 앞에 까발려주겠어!"

"해보라고."

그가 억지로 꽈악 끌어당긴다.

괜찮다.

내 마음속에 활활 불타오르는 심지가 확실하게 존재한다.

너 때문에 이름이 붙어버린 마음이 있다.

그런데, 아쉽네. 이왕 하는 거면 깨끗한 나와 버거운 너, 그렇게 정정당당히 승부해보고 싶었어.

이렇게 된 이상, 눈앞에 있는 남자가 무슨 말을 하더라도, 무슨 짓을 하더라도, 그동안 계속 주문처럼 이름을 외쳐주지.

절대로 흔들리지 않게끔, 희미해지지 않게끔, 사라지지 않게끔.

사쿠, 사쿠, 사쿠, 사쿠, 사쿠.

"사쿠우우우우!!!!!!!!!!!!!!!!!!"

"──불렀어? 공주님."

나도 모르게 안심이 되어버리는 그 목소리가 들린 것과 나를 난폭하게 밀쳐낸 야나시타 선배가 사쿠의 얼굴을 때린 것이 보인 것은 거의 동시였다.

*

"──만해, 부탁이니까 그만해! 선배!"

맞아서 쓰러진 사쿠 위로 자비심없는 폭력이 쏟아지고 있었다. 필사적으로 두 팔을 들어올려 머리를 감싸고 웅크린 그는 예전에 본 적이 없을 정도로 연약했고, 안타까웠다.

"그만하긴~. 폼잡으면서 뛰어든 건 이 녀석이잖아."

선배는 사쿠의 어깨를, 등을, 배를, 다리를, 쉴 새 없이 걷어찼다.

"무슨 꿈을 꾼 건지 모르겠지만, 어렸을 때부터 싸움만 해왔던 우리를 모범생이 어떻게 할 수 있을 리가 없잖아."

사쿠는 어깨를 들썩이며 숨을 쉬고 있었다.

이건 전부 나 때문이다.

사쿠가 내 생각을 눈치채지 못할 리가 없었다. 눈치챈 사쿠가 달려오지 않을 리도 없다.

'여차할 때 대처할 수 있는 능력을 가지고 있을 것'은 무슨.

결국 나는 내가 제일 무서워하던 폭력을 막는 방패로 사쿠를 써먹으려던 것뿐이잖아.

"유즈키가 조용히 따라와 준다면 그만둘 수도 있는데."

야나시타 선배가 씨익 웃었다.

"겨, 경찰을 부르겠어요."

있는 힘껏 기운을 내서 스마트폰을 꺼내 보았지만, 그 미소는 사라지지 않았다.

"상관없긴 한데, 내가 그랬다는 증거는? 증인이 되어줄 만한 사람이 지나가다가 보았다면 이미 신고해도 이상할 게 없겠지? 뭐, 어찌 됐든 전화를 걸게 내버려 두진 않겠지만."

규칙을 무시하는 사람이란 이렇게나 무서운 존재였나.

이쪽의 상식이 무엇 하나 통하지 않는다.

열심히 밀어붙이려던 오기가 조금씩 쪼그라들기 시작했다.

나 때문에, 사쿠가, 사쿠가.

"자, 선배하고 사귀겠습니다라고 해. 이 녀석, 죽는다."

입술이 부들부들 떨렸다.

좀 전까지 그렇게까지 세차게 불타오르던 내 심지가, 이렇게 지저분한 말에 쓸려나가려 하고 있다.

──왜냐하면 나는 계속 혼자였으니까.

많은 친구들에게 둘러싸여서 방긋방긋 웃고 있으면서도, 그러면서도 나는 혼자였다.

그러니 괴로운 일은 내가 스스로 뛰어넘으면 됐고, 부조리한 일을 겪는다 해도 혼자 버티기만 하면 되는 거였다.

이렇게나 가슴이 괴로운 거였을까.

자신 때문에 소중한 누군가가 상처를 입어버린다는 것이.

말하고 싶지 않다. 절대로 말하고 싶지 않지만, 사쿠.

"……배, 하고."

"안 들리는데~."

다시 사쿠가 퍼억, 짓밟혔다.

아니야, 그 사람은 그렇게 괴롭혀도 되는 사람이 아니라고.

올곧게, 올곧게 살면서 많은 미소를 만들어낼 사람이야.

"야나시타, 선배하고 사……."

"아니……잖아……."

얼굴은 보이지 않았지만, 사쿠의 목소리가 분명히 들렸다.

"이런 건……, 그냥 아픔이야."

정신이 번쩍 들었다.

마음까지 지배당하지 마, 그렇게 계속 말하는 것 같은 느낌이 들었다.

당연하다. 왜냐하면 그걸 가르쳐준 건 이 사람이니까.

다시 한번 머리가 끼익끼익 돌아가기 시작했다.

그래, 어떤 상황이라 해도 할 수 있는 걸 생각해라, 생각해라, 생각해라.

나는……, 내가……, 지금 할 수 있는 건 여기에서 도망치는 것.

가능하다면 선배를 데리고, 적어도 큰길까지, 절대로 잡히지 않고 도망쳐서 구조를 요청한다. 그것이 사쿠를 구할 수 있는 방법이다.

언젠가 축제날 밤, 그가 그랬듯이, 양쪽 다리에 힘을 준

다음 버티고 섰다.

이런 말을 할 자격은 없지만, 나를 구해준 너를 내가 구해낼 거야.

흐르지 마라, 눈물. 움직여라, 내 다리. 똑바로 앞을 봐라.

달려라, 달려라, 달려라.

──기다려, 사쿠. 반드시 돌아올 테니까.

있는 힘껏 숨을 들이마셨다.

"나는 치토세 사쿠의 여자친구야! 여자 한 명도 꼬시지 못하는 얼간이 따위에게 손가락 하나라도 만지게 해줄 것 같냐고!!"

콰악, 땅바닥을 밟고 출구 쪽으로 한 발짝 내디딘 순간.

"──자~, 컷!"

귀에 익은 목소리가 울렸고, 스마트폰을 든 미즈시노 카즈키가 훌쩍 나타났다.

갑작스러운 사태에 굳어버린 나를 향해 휙휙 손짓을 했기에 나도 모르게 사쿠를 돌아보았다.

"그 녀석이라면 괜찮아. 걸리적거리지 않게끔 이쪽으로 와, 어서."

영문도 모른 채, 나는 미즈시노 쪽으로 뛰어갔다. 어차피 사쿠를 내버려 두고 도움을 요청하러 가려고 했으니까.

미즈시노 뒤로 돌아가서 다시 사쿠를 보니.

"아야야…… 늦었다고, 카즈키. 좀 더 일찍 와도 되잖아."

두 손을 무릎에 대고 천천히 일어서고 있었다.

그 모습을 보니 나도 모르게 눈가가 뜨거워졌다.

다행이다, 다행이다, 다행이다.

"무슨 소리야, 누가 어떻게 보더라도 상황을 정확하게 파악할 수 있게끔 각도나 줌을 바꿔가면서 확실하게 찍고 있었는데."

"거짓말하는 건 아니겠지……."

야나시타 선배가 불쾌하다는 듯이 이쪽을 보았다.

"모범생 친구가 한 명 늘었다고 해서 어떻게 될 것 같냐?"

미즈시노가 실실거리며 대답했다.

"무슨 소린지~, 나는 비전투원인데. 당신이 신경 써야만 하는 건 거기 있는 무서운 사람이라고."

"그런 거야, 선배. 진짜, 기분 좋게 걷어차기는. 내가 초등학생이 집에 가는 길에 굴러다니는 깡통이냐고."

일어선 사쿠는 블레이저 겉옷을 벗어 던지고 셔츠 소매를 걷어붙인 다음, 땀 때문에 달라붙은 앞머리를 올백으로 쓸어넘겼다.

"용케 일어섰구나. 그것만은 칭찬해주마."

"왜 그렇게 보스 캐릭터 행세를 하는 거야? 이 재미난 말총머리. 초롱아귀니까 초귀라고 불러줄까?"

항상 하던 쓸데없는 개그는 제쳐두고, 다시 마음에 불안한 마음이 북받쳤다.

"저기, 미즈시노. 얼른 경찰."

"괜찮아, 이제. 지금 경찰을 부르면 저 녀석이 고생한 게 허사가 되잖아."

사쿠는 계속 말했다.

"머리하고 얼굴만 지키면 말이지, 아프긴 하지만 경구 데드볼을 옆구리에 맞은 것보다는 낫다고."

이쪽을 보고 씨익 웃었다.

"미안해, 구해주러 나서는 게 늦어서. 그래도 잘 말했어. 이제 네 믿음직한 남자친구, 치토세 사쿠에게 맡겨."

진짜 바보야, 이럴 때까지 폼잡을 필요는 없으니까!

"죽어라, 너."

야나시타 선배가 사쿠에게 다가갔다.

등골이 오싹해져서 나도 모르게 소리쳤다.

"이제 됐으니까 도망쳐!"

반사적으로 꽉 감아버릴 뻔한 눈을 필사적으로 크게 뜨고, 도움이 되지 않는다는 걸 알면서도 뛰어가고 싶어지는 나 자신을 안심시키려는 듯이, 훌쩍, 그는 뒤쪽으로 뛰어서 선배의 발을 피했다. 짜증이 난 선배가 계속 다리나 팔을 휘둘렀지만, 사쿠는 좀 전에 그랬던 것이 거짓말이었던 것처럼 슬쩍슬쩍 피했다.

"이 자식, 쳇."

"링이 있는 복싱도 아닌데. 마음대로 물러설 수 있는 이런 곳에서 그냥 피하기만 하는 건 여유롭죠."

사쿠는 말 그대로 펄쩍펄쩍 백스텝을 밟으면서, 가끔은 반복 가로 뛰기를 하는 요령으로 뛰어서 다시 거리를 벌렸다.

"투수의 약간의 모션만으로 구종을 추측해서 백 몇십 킬로미터나 되는 직구부터 변화구까지 구분하면서 쳤다고요. 축제 때는 유즈키가 유카타를 입고 있었고, 교문에서 만났을 때는 애초에 진지하게 맞붙을 생각이 없었을 뿐이니까."

점점 야나시타 선배가 숨을 헐떡이기 시작했다.

"거봐요, 어린 나이에 담배 같은 걸 피우니까. 무슨 꿈을 꾼 건지는 모르겠지만, 초등학생일 때부터 날마다 몇 시간이나 죽을힘을 다해서 운동을 했던 사람한테 대충 살기만 한 당신이 **진짜 힘으로 이길 수 있다고 생각한 건가요?**"

뻐억, 묵직한 소리가 울렸다.

야나시타 선배가 멈춰 선 한순간, 사쿠가 그 품속에 파고들어 배 근처를 있는 힘껏 때리고 있었다.

"으……, 콜록, 콜록."

아마 명치였던 모양이다. 선배가 자기도 모르게 무릎을 꿇었다.

"가르쳐줄게, 선배. 폭력을 휘두를 수 있으니까 강한 게 아니라고. 모두가 휘두르려 하지 않는 폭력에 기대야만 하니까 약한 거지."

아직 일어서지 못한 선배를 내려다보면서 사쿠가 계속 말했다.

"당신들이 무서운 건 말이지, 간단히 제약을 벗어나 버리기 때문이야. 보통은 때린 다음에 어떻게 될지 생각해버리게 되지. 부모님, 학교, 클럽활동, 친구, 장래. 그런 걸 전부 잊고 곧바로 손을 댈 수 있기 때문이야."

머리가 조금 진정이 되기 시작하자 그제야 사쿠가 무슨 말을 하려는 건지 짐작이 되기 시작했다.

어째서 그 타이밍에, 어째서 미즈시노가 있는 건지도.

그렇다고 해서, 그런 생각이 났다고, 그런 행동을 할 수 있는 걸까.

왜냐하면 그 생각은 자기가 너덜너덜해지는 게 대전제인데.

"그러니까 나는 같은 무대로 끌어들인 다음에 제약에서 벗어나기 위한 준비를 했지. 유즈키에게 손을 대는 모습, 나를 필요 이상으로 괴롭혀대는 모습. 전부 확실하게 녹화해두었다는 말씀."

겨우 호흡을 가다듬은 야나시타 선배가 일어섰다.

"그래서 마음 편히 싸우자는 거냐."

"야만스럽게 말하지 말았으면 하는데. 지금부터는 우아

한 정당방위야."

"시끄럽다고!."

멱살을 잡으려던 상대의 팔과 멱살을 오히려 잡아챈 사쿠가 몸을 비틀자 야나시타 선배가 등부터 땅바닥에 내동댕이쳐졌다.

"이거, 발목받치기라고 하거든요. 아~, 체육 수업을 진지하게 들어두니 좋네요."

사쿠는 영차, 소리를 내며 쓰러진 선배 위에 올라탔다. 윗몸만으로 때리려 하는 상대의 팔을 쉽사리 붙잡고, 마치 그날을 재현하려는 듯이 머리 위에 고정했다.

종잡을 수 없었던 사쿠의 표정이 차갑게 얼어붙었다.

"——몸소 느껴 봐라."

짜아악.

사쿠가 있는 힘껏 들어 올린 손으로 선배의 뺨을 때렸다. 맞은 볼이 점점 붉게 붓기 시작했다.

"무섭냐?"

"젠장, 각오해라, 너도, 유즈키도……."

짜악.

때린 쪽 손등으로 반대쪽 뺨을 때렸다.

"질문에 대답하라고, 선배. 저항할 수 없는 상태에서 자기보다 완력이 강한 상대에게 마음껏 얻어맞으니까 무서워?"

"복, 수할 셈이냐? 마음대로 해라. 다음에는 남자들을 잔뜩 끌고 와서 유즈키를 엉망진창······."

짜아아아악.

사쿠는 말없이, 기계적으로 선배의 뺨을 때렸다. 그 눈동자에는 감정이 보이지 않았다.

그제야 중학생 때부터 항상 왕처럼 굴던 표정에 본 적도 없는 공포가 드러나기 시작했다.

"모범생이 잘난 척하면서······, 내려다, 보기는. 나도 예전에는······."

뭔가 이야기하려던 선배의 말을 사쿠가 가로막았다.

"미안하지만 네놈 과거 따위는 흥미가 없다고. 얼마나 괴로운 일이 있었길래 그렇게 살아가는 방식을 선택했는지, 선택할 수밖에 없었는지는 어찌 되든 상관없어."

화악, 선배의 옷깃을 잡고 들어 올렸다.

"한마디 할 수 있는 말이 있다면 말이지. 그렇게 인생으로부터 도망치고 남까지 끌어들이려는 너보다, 이를 악물고 올곧게 살아가려는 사람이 100배는 멋지다는 거야."

"······게 해주마. 후회하게 해주마."

"아직 이해를 못 했네."

사쿠가 선배의 콧등에 힘껏 박치기를 한 다음, 곧바로 지근거리에서 노려보았다.

"알겠어? 규칙이 다른 상대와는 싸울 수가 없지만, 규칙을 따른다면 무슨 짓을 하더라도 상관없다. 나는 그런 사람이야."

"──히익."

소름이 끼칠 정도로 차가운 목소리에 처음으로 선배의 입에서 공포가 목소리로 변해 튀어나왔다.

"앞으로 네가 유즈키에게 다가오면, 생각나는 모든 수단을 동원해서 너를 파멸시킬 거야. 여러 명이 나를 두들겨 팬다 해도 너만 노린다. 세 번 두들겨 패면 그 세 번 만큼 전부 너에게만 갚아줄게."

이미 제압당한 상대방은 목소리도 내지 못하고 있었다.

"……만해, 이제 그만해, 사쿠."

나도 모르게 입에서 무책임한 말이 새어 나오고 있었다.

그런 말을 할 자격 같은 건 전혀 없지만, 마음을 죽이고 히어로, 아니, 악당을 연기하는 그의 모습이 그저 슬프고, 애달프고, 슬펐다.

결국 이런 짓을 하게 만들어버렸다.

또 전부, 짊어지게 해버렸다.

호소하는 듯이 옆에 있던 미즈시노를 보았지만, 그는 천천히 고개를 저었다.

나나세 유즈키는 무슨. 대등하고 특별한 관계는 무슨. 나도 멋대로 환상을 밀어붙이면서 그를 닮게 만드는 기타등등 중 한 명이잖아.

네게는 그런 표정이 어울리지 않는데.

평소처럼 폼을 잡으면서 웃어줬으면 하는데.

쓸데없는 농담으로 웃게 해줬으면 하는데.

"무섭지? 무섭잖아. 유즈키는 말이지, 저 녀석은 말이지, 그보다 100배는 무서운 기억하고 계속, 계속 혼자 싸웠다고!"

사쿠는 두 손으로 선배의 멱살을 잡고 윗몸을 억지로 일으켰다.

감정이 없는 미소를 지으면서.

"뭐, 이것저것 말을 늘어놓았지만 말이죠. 하고 싶은 말은 딱 한 가지임다."

손에 힘을 꾹 주었다.

"이 자식아! 다음에 또 내 여자에게 손대면 쳐죽인다!!"

그럼에도 불구하고 발버둥을 치는 선배의 귓가에 사쿠가 입을 가져다 댔고.

"——————————————."

무슨 말을 조용히 속삭였다.

"……았어."

"안 들리는데."

"……알았어. 앞으로 다시는 유즈키에게 다가가지 않을게."

선배의 힘이 스윽 빠진 것과 동시에, 사쿠도 힘을 빼고 일어섰다.

그리고 보여준 자상하고 슬픈 미소를, 나만은 잊어선 안 된다고 생각했다.

*

"바보, 바보바보바보바보, 바보."

야나시타 선배가 비틀비틀 공원을 나가는 모습을 바라본 다음, 나는 흐느적흐느적 주저앉은 사쿠에게 달려들었다.

"어째서, 그런 방법밖에, 못 쓰는 거야!"

이치에 안 맞는다는 걸 알면서도 멈출 수가 없었다. 힘없이 뻗고 있는 다리 위에 올라타서 가슴을 주먹으로 탁탁 때렸다.

선배 앞에서 참고 있던 눈물은 이미 쏟아져나오고 있었다, 내가 알 바 아니지.

"잠깐만 기다려, 유즈키. 난 이래 봬도 환자라고."

"시끄러워, 시끄러워. 사쿠라면 그냥 해치울 수도 있었을 텐데, 어째서 그렇게."

"그게……, 그러면 복수하러 온다든가 이것저것 있잖아? 이번에 깔끔하게 끝내고 싶었거든."

"정당방위 증거가 필요했다면 내가 맞은 시점에서 충분했잖아! 왜 사쿠가 나보다 훨씬 많이 얻어맞을 필요가 있는데!"

"그래도 때리는 건 나니까, 유즈키의 뺨을 때린 것만으로는 과잉방위라고 할지도 모르거든."

"……바보야, 사쿠는."

때리다가 지친 나는 믿음직스럽고 넓직한 가슴에 이마를 가져다 댔다. 이를 악물고 있지 않으면 당장에라도 엉엉 울부짖으면서 멈출 수 없어질 것만 같았다.

사쿠는 그런 내 머리에 손을 살며시 얹은 다음, 부드럽게 쓰다듬어주었다.

"어째서……, 구해주러 와버린 거야."

"그야, 그거지. 아직 헤어지자는 말을 듣지 않았으니까."

나는 참을 수가 없어져서 있는 힘껏 끌어안아 버렸다.

"……저기~, 두 분."

그런 우리를 한동안 지켜보고 있던 미즈시노가 말을 걸었다.

그랬지, 단둘이 있는 게 아니었어.

나는 고개를 저으면서 눈물을 슥슥 닦고 그쪽을 보았다.

"미즈시노도……, 고마워."

"뭐, 나는 사쿠가 시킨 대로 협력했을 뿐이니까. 그건 그렇고……, 이렇게 거친 장면이라면 나보다 카이토에게 부탁하는 게 낫지 않았을까?"

사쿠는 그 말을 듣고 씨익, 빈정대는 듯한 미소를 지었다.

"그 녀석은 착한 녀석이니까. 내가 잔뜩 두들겨 맞더라도 쿨하게 계속 촬영해줄 사람은 너라고 생각한 거지."

"사람 보는 눈이 있으시네."

왠지 모르겠지만 만족스러워하며 서로 주먹을 부딪히고 있었다.

남자애들은 역시 모두 바보들밖에 없는 건지도 모르겠다.

"그러고 보니까, 마지막에 그거, 선배한테 뭐라고 했어?"

내가 물어보자 사쿠는 껄끄럽다는 듯이 눈을 피했기에 카즈키 쪽을 보았다.

"글쎄, 나는 악당이 하는 짓 같은 건 상상하고 싶지도 않은데."

분명히 그렇게 하게 만들어버린 건 나다.

야나시타 선배의 마음을 결정적으로 꺾어놓기 위해서, 사쿠가 무언가를 하게 만들어버린 건 나다.

지금은 그 사실만을 마음속에 깊게 새겼다.

"자⋯⋯."

사쿠는 내 어깨에 손을 얹었다.

"슬슬 비켜줘. 첫 경험이 야외라니, 아무리 나라도 좀 그러니까."

그 말을 듣고 완전히 그렇고 그런 자세로 올라타고 있었다는 걸 눈치챈 나는 마치 여자애처럼 얼굴이 새빨갛게 물든 채 재빨리 물러났다.

사쿠가 비틀비틀 일어서자, 미즈시노가 슬쩍 어깨를 부축해주었다.

"이번에야말로 내 역할을 다 해냈어. 이제 혼자서도 괜찮겠지?"

사실 아직 하고 싶은 말도, 전하고 싶은 마음도 산더미처럼 쌓여 있지만, 그건 앞으로 시간을 잔뜩 들여서 그에게 직접 건네면 된다.

활짝 웃으면서 고개를 끄덕이고 두 사람의 뒷모습을 바라보았다.

*

사쿠, 미즈시노와 헤어진 다음, 나는 오늘 같은 봄 날씨처럼 시원한 기분으로 강가를 걸어가고 있었다.

……아니, 역시 좀 답답한 건지도 모르겠다. '잘 생각해 보니 내가 바래다주고 치료를 해줘야 하는 상황이 아니었나'라든가, '왜 미즈시노는 은근슬쩍 어깨를 부축해주는 거야, 부럽잖아'라든가, '이상하네, 시간이 좀 지났는데도 여자애 모드가 풀리지 않네'라든가. '큰일이야, 허둥대다 보니 제일 중요한 이벤트를 깜빡하고 있었어, 어쩌지'라든가, 그런 느낌이다.

뭐라고 해야 하나, 어제까지의 나나세 유즈키가 어디론가 가버린 것 같다.

그래도 아마, 이쪽의 나를 더 좋아할 수 있을 것 같다.

그렇게 생각하고 방심하면 나도 모르게 헤벌쭉해질 것

같은 볼에 힘을 꾹 주고 있자니 뒤에서 타박타박, 가벼운 발소리가 들렸다.

그래서 완전히 내 입가는 헤벌쭉해졌다.

자기가 훨씬 더 많이 맞았는데, 역시 혼자서 집에 가는 게 걱정되었던 걸까.

진짜 마지막까지 폼을 잡고……, 그래도 기쁘다.

꼬옥, 내 손을 잡았다.

"유즈키."

나는 필사적으로 달달한 표정을 꾸며낸 다음 돌아섰고.

"바래다줄게, 유즈키."

──정신을 차리고 보니, 재빨리 그 손을 뿌리치고 지면을 박차고 있었다.

*

"……깐만, 기다려."

어째서?

어째서, 어째서어째서?

어째서 나는 지금 달리고 있는 걸까.

야나시타 선배 문제는 사쿠가 해결해 주었다. 그래서 나는 둥실둥실 들뜬 마음으로 집에 가는 길이었을 텐데.

어째서 저 사람이 이런 곳에 있고, 어째서 내가 쫓기고 있는 거지?

"기다리라니까, 유즈키."

목소리가 점점 뒤쪽으로 다가왔다.

더 이상 도망쳐봤자 끝이 없겠다고 각오한 다음, 멈춰서서 다시 돌아보았다.

그 사람도 멈춰 서서 숨을 헐떡였고, 겉으로 보기에는 시원스러운 것 같은 미소를 지으며 다가왔다.

"미안해, 갑자기 말을 걸어서 깜짝 놀라게 한 건 사과할게. 얀고 사람들 때문에 힘들었던 모양이네."

왜, 어째서 그런 걸 알고 있는 거지? 나는 그렇게 생각했다.

"저기……."

내가 입을 열려 하자 그가 말하며 가로막았다.

"여러모로 힘들었겠지, 난폭한 짓을 당하지는 않았어? 나라면 분명히 유즈키의 힘이 되어줄 수 있으니까."

내게 하는 말도, 소중한 애인을 대하는 듯이 자상하게 내미는 손도, 그 미소의 의미도, 전혀 이해할 수 없었다.

등골이 오싹해졌고, 재빨리 도망친 내 판단이 잘못되지 않았다는 것을 확신했다.

이 사람이 대체 무슨 소릴 하는 거지?

"저기!"

"혹시 얀고뿐만이 아니라 치토세 사쿠에게도 협박당하는 거야? 예전에 이런 창피한 사진을 찍혀서 계속 야나시

타라는 녀석이 시키는 대로 할 수밖에 없었지? 그 마음은
이해해. 힘들었겠구나. 이제 괜찮으니까."

"저기이이이이이!"

왠지 스마트폰 화면을 보여주려 했지만, 나는 그걸 무시
하고 말했다.

"──당신은 누구죠?"

딱, 시간이 정지했다.

좀 전까지 함께 있었던 미즈시노와 많이 닮았고, 하지만
결정적으로 분위기가 비굴해보이는 그 남자는 입술을 움
찔거리며 일그러뜨리고 있었다.

"……미안해, 기억나지 않……."

"나루세 토모야라고! 그때 자기소개했거든? 들었지? 사
쿠하고도 사이좋게 지내고 있어."

"사쿠는 그런 말을 한마디도……."

"거짓말하지 마아아아! 나는 그때부터 계속, 아니, 그 이
전부터 계속 유즈키를 보고 있었어. 처음 이야기를 한 다
음에도 몇 번이고, 몇 번이고 복도에서 스쳐 지나갔을 때
눈이 마주쳤지? 웃어준 적도 있었고."

계속 빠르게 떠들어대는 이야기를 들다 보니, 직감으로
이해했다.

스토커는 야나시타 선배 일행이 아니다.

계속 뭔가 이상하다는 생각이 들긴 했다. 그 사람은 아무리 생각해도 슬쩍슬쩍 사진을 찍어서 협박 같은 걸 할 타입이 아니기 때문이다.

　야나시타 선배에게 협박당한 협력자가 있는 줄 알았지만, 그게 아니었다.

　이 사람이 진짜 스토커였구나.

　"……사진을, 우체통하고 책상에 넣은 게 너야?"
　"경고해준 거야. 얀고 녀석들이 노리고 있다고, 치토세에게 속고 있다고."
　겁을 먹는 것도 잊어버릴 정도로 발끈했다.
　그게 대체 무슨 뜻이지?
　"사쿠에게 속고 있다고?"
　"그래! 그 녀석은 유즈키를 좋아하지 않아. 자기가 그렇게 말했어. 방긋방긋 웃으면서 다가가니 진심을 알아내는 게 참 간단했지. 유즈키에게 좋은 모습만 보여주면서, 뒤에서는 네가 돌아볼 수 있게끔 연애 지도를 해준 녀석이라고."
　그렇구나, 나도 조금 이야기가 이해되는 것 같다.
　그러니까, 그는 예전에 전부 다 꿰뚫어 보고 있었던 거다.
　내게 한마디도 해주지 않았던 건 좀 그렇긴 한데, 그 이유도 이해가 되는 것 같다. 자기 말고 아무도 모르게 이 사람까지 올바른 방향으로 이끌어주려 했겠지.

역시 답답하게 살아가는 방식이라는 생각이 들어서 나도 모르게 웃음이 나왔다.

그 사람은 대체 어디까지 손을 뻗으려 하는 걸까.

진짜로 기대는 사람 모두를 구해주려는 걸까.

아니, 그렇게 구원받은 내가 할 말은 아니겠지.

──고마워, 사쿠.

네 덕분에, 이제 신기하게도 전혀 무섭지 않아.

"저기."

나는 완전히 차분해진 마음으로 말했다.

"사쿠가 네게 이것저것 알려주지 않았어?"

눈앞에 있는 남자가 코웃음 치듯이 지껄였다.

"도움도 안 되는 걸 이것저것 말이지. 유즈키에게 너무 환상을 품었다나 뭐라나, 너무 더러운 말이라 이제 기억도 안 나."

"저기, 그거 알아?"

그를 떠올리면서 방긋, 활짝 미소를 지었다.

"나도 그날에는 새빨간 피를 펑펑 흘려서 평소보다 기분이 안 좋아지고, 배탈이 나면 주룩주룩 설사도 하고, 신경 쓰이는 남자에게 두근거린 날은 몰래 자위도 해. 네가 그런 나를 알아?"

앞에 있는 남자는 믿기지 않는다는 듯이 인상을 썼다.

"……치토세에게도 비슷한 말을 들었어. 어차피 다른 남자가 다가오지 않게끔 그렇게 말하라고 명령받은 거지? 괜찮아, 그런 말에 속진 않을 테니까."

"너하고 사쿠가 무슨 이야기를 했는지는 모르겠지만."

나는 문득 한숨을 쉬었다.

"사쿠가 더, 훨씬 옳아."

"그럴 리가 없잖아!"

남자는 좀 전에도 그랬듯이 스마트폰 화면을 들이댔다.

"억지로 이런 걸 찍게 하는 녀석이!"

거기에 떠 있던 것은 우리 학교 교복을 입은 여자애가 엎드려 있는 모습을 뒤에서 찍은 사진이었다. 치마가 뒤집혀 있고, 아직 새것 같은 속옷이 드러나 있었다. 가늘고 약간 탄력이 있는 허벅지가 하얗게 눈에 띄었다.

"그 녀석은 유즈키가 야나시타라는 남자 때문에 생긴 트라우마를 알면서도 비슷한 짓을 하는 녀석이야. 그리고 자신에게서 떠나지 못하게끔……."

이런 건, 알고 있다.

지금까지 몇 번이고 경험해 왔다.

그리고 나 자신도 계속 두려워하고 있던 것이다.

동경과 실망. 환상과 경멸.

남자가 계속 말했다.

"하지만, 이렇게 나도 사진을 손에 넣었어. 이제 내가 하는 말을 들어야만 하는 이유가 생겼지? 야나시타나 치토세에게서 벗어날 기회야. 그런 양아치나 빌어먹을 걸레남

따위보다는 분명히 소중하게 대해줄 수 있어."

지리멸렬하다.

자기도 협박하고 있다는 사실조차 분명 이해하지 못하고 있을 것이다.

"저기 말이지, **만약에 그게 내 사진이었다고 하더라도.**"

그렇게 말하고 쑥스러운 듯이 미소를 지어 보였다.

"사쿠가 부탁하면……, 그래, 허락해버릴지도 몰라."

왜냐하면, 나는 이미 내 감정에 이름을 붙였으니까.

실망하게 할 수 있으면 시켜봐.

무뚝뚝한 상대에게 같이 춤을 추자고 꼬시기 위해서라면, 팬티 노출 정도는 약과지.

"내가 그런 여자애라는 거, 알아?"

"왜……, 어째서……. 그렇게 얼굴만 번드르르하고, 잘난 척하고, 얄팍한 녀석 따위를. 유즈키는 그런 애가 아니잖아. 마음이라든가, 그렇게 깊은 부분까지 상대방을 볼텐데."

"그래, 겉으로 드러나지 않은 부분까지 사쿠를 제대로 보고 있다고 생각해. 그런 너는 대체 내 뭘 보고 있는 거야?"

눈앞에 있는 사람이 중얼중얼, 무슨 말을 중얼거리고 있는 걸 무시하고 딱 잘라 말했다.

"나나세 유즈키에게 다가오고 싶으면 우선 나를 확실하게 봐. 비겁한 방법 같은 걸 쓰지 말고, 정면으로 벽을 뚫어보라고!"

"……끄러워. 시끄러워어어어어어어어어어!"

꽈악, 내 양손이 잡혔다.

진짜, 정면이라는 게 그런 뜻은 아닌데.

그런 식으로 쓴웃음을 지을 수 있는 내 마음은, 이제 조금도 흔들리지 않는다.

일렁일렁, 흔들리고 있는 것은 이제 막을 수가 없는 새빨간 불꽃이다.

누군가처럼 쿨한 머리로 타이밍을 쟀다.

4할, 4할.

"에잇."

너무 힘을 세게 주지 않게끔 사타구니를 걷어차자, 방금 전까지 보여주던 기세가 거짓말이었던 것처럼, 쉽사리 비틀비틀 쓰러졌다.

그 한심한 모습을 보니 사쿠가 겹쳐져 보여서, 이제 어떻게 할 수가 없을 정도로 북받쳐온 마음을 억누를 수가 없었기에 나도 모르게 씨익 웃어버렸다.

"나루세 토모야 군이라고 했던가? 외웠어, 네 이름. 내가 그 사람을 애타게 생각하게 된 계기로서, 영원히 이 가슴에 새겨둘게."

*

──자, 사실은 일이 어떻게 돌아가는지 지켜보고 있던

나, 정의의 히어로 치토세 사쿠가 느긋하게 둑 위로 올라왔는데도 유즈키는 놀란 기색을 보이지 않았다.

뭐, 이렇게까지 판을 깔아줬으니 뒤에서 조종하고 있었다는 것 정도는 훤히 들여다보고 있었을 것이다.

나는 유즈키와 몸을 웅크리고 있는 토모야를 번갈아 가며 보았다.

결국, 이렇게 되어버렸나.

"답과 맞춰볼 필요가 있을까?"

토모야가 괴로운 듯한 목소리로 말했다.

"치토세……, 나를 속인 거냐?"

"농담도 참 심하시네. 어디서부터 이야기해야 할지 모르겠다는 느낌이긴 한데, 일단 **그 스마트폰에 들어있는 켄타의 창피한 사진**은 네가 멋대로 내게서 훔쳐 간 거잖아."

"언제부터……, 의심했지?"

"처음부터. 왠지 너와는 잘 맞지 않을 것 같았거든. 처음부터 끝까지 켄타를 깔보면서 거들떠보지도 않았으니까."

——후지 고등학교 내부에 얀고의 공범이 있다.

그것 자체는 농구화 사건이 일어나기 전부터 확신을 가지고 있었다.

부실에서 땀 냄새 제거 도구를 훔친 것도, 1학년 때 사진을 손에 넣는 것도, 외부인이 절대로 해낼 수 없는 일은 아니지만, 교실에 있던 수첩이나 필통을 훔치는 건 거의 불

가능하다고 할 수 있다.

그리고 아무리 생각해도 얀고 녀석들이 그렇게 수고를 들일 거라는 생각은 들지 않았고, 처음에 시비를 걸었을 때, 꼬꼬댁 일행은 누군가로부터 유즈키의 정보를 전해 들은 것 같은 말투였다. 선배, 다시 말해 야나시타에게 들었다는 뜻인 줄 알았는데, 유즈키뿐만이 아니라 나까지 알고 있는 건 부자연스럽다.

그리고 가짜 애인 행세를 하기 시작한 직후에 다가온 토모야.

아직 인간이 덜된 내가 보기에는 의심하지 않는 게 이상하다.

솔직히 중간까지는 나즈나도 공범 후보 중 한 명이긴 했지만, 토모야를 더 강하게 의심한 건 단순한 심증 차이에 불과하다. 실제로 하루 말고는 토모야밖에 모르는 축제에 얀고 녀석들이 나타나자 의심은 거의 확신으로 바뀌었다.

마지막까지 알 수가 없었던 건 어느 쪽이 주인이고 어느 쪽이 종인가. 다시 말해 토모야가 얀고 녀석들을 보낸 건지, 얀고 녀석들이 시키는 대로 토모야가 행동했을 뿐인지.

그걸 확실하게 알아내기 위해 연기를 했던 것이다.

"낭자애가 된 켄타는 어땠어? 엉덩이가 꽤 괜찮지?"
"무슨……."

"그 사진이 켄타의 여장 촬영회였다는 뜻이지. 프로듀스 드 바이 유우코 히이라기."

어제 유즈키가 나간 다음, 나는 오늘 계획을 전부 친구들에게 말했다.

당연하다는 듯이 유우코와 유아가 매우 반대했지만, '누군가를 지키기 위해'이고, '미리 의논한다'는 약속을 확실하게 지켰기 때문에 마지막에는 내가 밀어붙었다.

분명히 지금쯤은 죽을 정도로 걱정을 끼쳤을 테니까, 먼저 결과 보고를 하는 역할은 카즈키에게 부탁해 두었다.

얀고 쪽은 단순한 작전이었지만, 문제는 토모야.

나는 '얼마나 주체적으로 움직일지' 알고 싶었다.

그래서 그 녀석에게 말한 유즈키의 정보 중에 '성적인 트라우마가 있고, 예전에 사진으로 협박당해서 야나시타가 시키는 대로 했다'는 가짜 정보를 섞었다. 우리 집에 자고 갔던 에피소드를 이야기할 때, 사진이라는 단어를 강조했던 이유가 그것 때문이었던 것이다.

그리고 잠기지 않은 스마트폰을 일부러 테이블 위에 내버려 두고 자리를 비워보니 예상대로 그걸 만지작거리기 시작했고.

"그냥 유즈키의 야한 사진을 보고 싶었던 건지, 여차할 때 협박할 재료로 쓰려고 했던 건지는 모르겠지만, 뭐, 양쪽 다겠지. 존재감이 희미해서 눈치 못 챘나? 옆자리에 팀 치토세의 우치다 유아가 있었다고."

토모야는 확, 인상을 썼다.

이렇게 뇌가 꽃밭이니까 자기가 의심받는다는 가능성 같은 건 전혀 머릿속에 없었는지도 모르겠다.

"이미 알고 있겠지만, 진짜로 유즈키의 사진을 반찬으로 쓰게 할 수도 없으니까. '나도 뭔가 할 수 있는 게 없을까?' 라고 뜨겁게 열변을 토하던 켄타에게 부탁한 거지. 유우코 가 '알겠습니다~'라고 하면서 같이 란제리샵으로 GO. 꽤 볼만했다고."

분명 그 녀석은 앞으로 두 번 다시 내 앞에서 '뭔가 할 수 있는 게 없을까'라는 말은 하지 않겠지. 뭐, 불과 얼마 전 까지 열심히 돌봐줬으니까, 용서해줘.

"자, 얀고를 부추겨서 유즈키를 노리게 한 게 너지? 닭 벼슬 머리인 꼬꼬댁하고 같은 중학교를 나왔고, 지금까지 친분이 있다는 건 알고 있어."

나즈나를 통해 얀고에 있다는 친구에게 물어봐달라고 했더니 의외로 쉽사리 드러난 사실이다. 마침 그 사람도 토모야, 꼬꼬댁과 같은 중학교였던 모양이다.

만약에 시키는 대로 하기만 하는 거였다면, 위험을 무릅 쓰면서까지 저쪽이 알지 못하는 정보를 알아낼 이유 같은 건 요만큼도 없을 테고.

"사진은……, 음……, 미안하긴 해. 순간적으로 나쁜 마음이 생겨버렸어. 하지만 스토커는 내가 아니야."

"축제 때, 유즈키가 유카타를 입었다는 걸 알고 있었는데도?"

"그건……, 나나세 양이라면 그럴 것 같다고 생각했을 뿐이야."

"호오? 그럼 이건 뭐지?"

내가 스마트폰에 띄운 동영상에 찍혀 있는 사람은 모자를 깊게 눌러쓰긴 했지만, 틀림없이 하얀 봉투를 들고 있는 토모야였다.

그걸 들여다본 유즈키가 입을 열었다.

"이건…… 우리 집, 앞?"

"그래. 하루에게 적당히 이유를 대서 아버님 차의 블랙박스를 확인해달라고 했지. 그렇게 고급차잖아. 주차 중에도 녹화하는 타입 아닐까 싶었는데, 정답이었지."

이제 끝장이다.

"애초에 너는 너무 생각 없이 움직였다고. 처음에는 혼자 몰래 유즈키를 따라다니기만 했지. 하지만 꼬꼬맥하고 이야기를 하다가 야나시타와 유즈키가 악연이 있다는 걸 알았을 거야. 그래서 빗치라니 뭐라니, 그 녀석의 흥미를 끌 만한 정보를 흘렸어."

나는 탐정이 아니니까 동기 같은 건 내 알 바 아니지만, 어차피 상상 속의 세계에서 궁지에 처한 유즈키에게 손을 내밀어주려는 속셈이었겠지.

약해졌을 때는 꼬실 기회니까.

"그런데 중간에 나즈나에게도 의심의 눈초리가 갈 것 같으니까 곧바로 그쪽에도 마수를 뻗었어. 너도 죄를 뒤집어 씌울 상대로 일반적인 스토커설, 얀고 녀석들의 소행설, 나즈나 진범설을 마구 뒤섞고 있었던 것 아니야?"

아마 유즈키를 정신적으로 몰아붙여서 파고들 틈을 만들 수만 있다면 뭐든 상관없었을 것이다. 그렇게 조잡한 방식으로 마구 끼워 넣었기 때문에 우리가 혼란스러워지게 되었던 거다.

"덕분에 퍼즐을 맞추는데 고생했다고."

토모야는 축 늘어진 상태로도 변명을 하려는 듯이 입을 열었다.

"계속 속였던 거냐?"

"그 말이 완전히 부메랑이라는 건 그렇다 치고, 조언은 진지하게 했다고. 부디 마음을 바꿔먹으면 좋겠다고 진심으로 기원했어. 만약 중간에 손을 뗀다면 진실은 무덤까지 떠안고 갈 생각이었고."

나는 크게, 정말 크게 한숨을 쉬었다.

누구든 한 번이라도 친구 놀이를 한 상대를 이런 식으로 몰아붙이고 싶지는 않을 것이다.

"안이한 지름길을 선택하지 말라고 했잖아. 그 말을 무시해서 이렇게 안이한 결과가 기다리고 있었던 거야. 내가 가르쳐준 유즈키의 상처는 네게 편하게 써먹을 럭키 아이템으로밖에 보이지 않았던 거라고."

"그럼 어떻게 해야 했는데!"

"그것도 가르쳐 줬잖아. 그냥 용기를 내서 말을 걸면 되는 거였다고. 결국 너는 마지막까지 출발선에도 서지 않았어."

아무도 구원받지 못할 추리 파트는 끝이다.

더 이상 해줄 말도 없고, 나아가야 할 길도 없다.

토모야는 켄타가 되지 못했다.

누군가에게 자신의 이야기를 밀어붙이려던 사람이, 이름을 받지도 못한 채 누군가의 이야기에서 쫓겨났다.

그렇게 그냥 슬픈 이야기다.

무릎을 꿇고 있던 토모야는 생기가 전부 빠져나간 듯이 땅바닥에 풀썩 엎드렸다.

"이봐, 토모야. 어두운 방에서 울면서 안쓰러운 시를 지어내고. 질리면 기타라도 사서 곡으로 만들라고. 할 수 있다면 예쁜 러브송보다는 촌스럽고 뜨거운 펑크락을 듣고 싶은데. 이번에야말로 상대방하고 제대로 마주 볼 수 있도록."

그날 말한 이야기를 살짝 되풀이한 다음, 우리는 그곳을 떠났다.

＊

"진짜아아아아아아! 사쿠도, 유즈키도, 진짜, 정말, 진짜 걱정했다니까!!"

몇 번째 듣는 건지 알 수가 없는 유우코의 이야기를 나도 그렇고 유즈키도 쓴웃음을 지으며 듣고 있었다.

그 이후로 카즈키에게 결과를 보고하기 위해 전화를 걸어보니, 다들 근처 패밀리 레스토랑에서 대기하고 있다고 했기에 나와 유즈키도 그곳으로 향했다.

우리를 보자마자, 유우코는 우리 두 사람을 끌어안고 가게 안에서 엉엉 울지 않나, 유아는 진흙투성이가 된 내 블레이저를 보고 토라지지 않나, 하루는 등을 팍팍 때려대질 않나, 그렇게 시끌벅적 대소동이 벌어졌다.

1초라도 빨리 자신의 흑역사 사진을 말소시키겠다고 안달이 난 켄타도 꽤 웃겼지만, MVP는 이번 사건에 대해 아무것도 모르고 있다가 '사쿠, 너무하잖아~'라고 하며 울상을 지은 카이토겠지. 너는 작전을 설명하기도 전에 뛰쳐나가 버렸고, 그런 기세로 난입하면 다 망쳐버리잖아.

시험이 끝난 해방감까지 겹쳐져서 결국 점원분이 고등학생들을 내보낼 정도로 늦은 시간까지 신나게 놀아버렸다.

그럼에도 불구하고 우리는 아직 부족하다는 듯이 근처 공원에서 잠시 휴식 시간을 즐기고 있었다.

유즈키는 '그래, 그래, 미안해'라며 유우코를 달래고 난 다음, 이것도 몇 번째일지 모를 감사, 사과하는 말을 했다.

"유우코, 그리고 얘들아, 진짜로 걱정 끼쳐서 미안해. 덕분에 깔끔하게 해결되었어. 고마워."

기분좋게 싱긋 웃는 유즈키의 어깨에 유아가 손을 얹었다.

"고생했어, 유즈키. 참말로 되었을 것인디, 인자 걱정할 필요가 없것어?(주: 정말 힘들었겠지만, 이제 걱정할 필요가 없겠구나)."

"나가 이래 봬도 드셍께. 쬐깐한 남자 기억 같은 거는 금세 버려불제(주 : 이래 봬도 난 기가 세니까. 조그마한 남자 기억 같은 건 얼른 버려야지)."

으음, 이 두 사람의 후쿠이 사투리 토크를 들으니 마음이 차분해지네.

하루가 주먹을 내밀었다.

"이겼어? 우미."

"이겼어, 나나."

유즈키가 거기에 투욱, 주먹을 맞댔다.

켄타도 조심조심 입을 열었다.

"저기, 그러니까……."

유즈키가 그 말을 가로막으려는 듯이 켄타의 손을 잡고 붕붕 흔들었다.

"야마자키! 후훗, 저기……, 뭐라고 해야 하나, 푸흡, 진짜……."

"됐어! 진짜! 그냥 웃으라고! 나도 알아!"

"아하하하핫! 진짜로, 진짜로 고마워."

카즈키가 그 모습을 보고 씨익 웃었다.

"원하신다면 연습 삼아 찍어둔 낭자애 촬영회 동영상도 있습니다만?"

유즈키가 그렇게 말하던 카즈키에게 다그쳤다.

"그건 그렇고, 미즈시노는 아까 그 동영상 지워. 지금 당장."

"그래도 중요한 증거니까. 뭐라고 했지? '나는 치토세……'."

"어이쿠, 자손을 남기고 싶다면 그쯤 해두시지."

나는 커다란 덩치를 웅크린 채 친구들이 그렇게 이야기를 주고받는 모습을 보고 있던 카이토에게 말을 걸었다.

"이봐, 언제까지 삐져 있을 거야? 미안하다니까."

"그래도오……, 나만 좋은 구석이 없잖아아."

유즈키가 어쩔 수 없다는 듯이 웃었다.

"사쿠하고 농구화 같이 찾아줬잖아? 기뻤어. 땡큐, 카이토."

커다란 남자의 얼굴이 화악 밝아졌다. 참 알아보기 쉬운 녀석이라니까.

"자……."

스마트폰을 힐끔 본 유즈키가 말했다.

"이제 슬슬 해산할까? 날짜가 넘어가 버리겠어."

"어……?"

유우코가 왠지 아쉽다는 듯한 목소리를 냈지만, 금방 고개를 저었다. 그야 그렇겠지, 벌써 23시 반이다. 경찰에게 걸리면 잡혀가더라도 이상할 게 없다.

"저기, 사쿠. 모처럼 이렇게 되었으니까 바래다줄래? 가짜 남자친구의 마지막 임무."

유즈키는 장난기 어린 표정을 지었다.

"맡겨만 주시길."

카이토가 유우코와 하루를, 카즈키와 켄타가 유아를 바래다주기로 정한 다음, 우리는 공원을 나섰다. 해산하고 각자 돌아가기 시작한 직후, 뒤에서 유우코가 '사쿠우~!'라고 외쳤다.

"나중에 라인할 테니까 봐~."

미소를 지으며 손을 흔드는 모습을 보니 이제야 전부 끝났구나, 그런 느낌이 절실하게 들었다.

*

그때 이후로 2주일 정도가 지났나.

싱글벙글 웃는 초승달 빛을 받으며 나와 유즈키는 터벅터벅 집으로 가는 길을 걷고 있었다. 왠지 헤어지기로 결심한 커플들이 이런 마음일지도 모르겠다며 나답지도 않은 생각을 했다.

사람은커녕, 이런 시간에는 자동차도 전혀 다니지 않는 샛길에는 개굴개굴 우는 개구리의 얼빠진 울음소리만 울리고 있었다.

밤은 꽤 많이 따뜻해졌다. 옷을 갈아입을 시기도 얼마

남지 않았다. 겉옷을 하나 벗는 것처럼, 유즈키의 마음도 조금이나마 가벼워졌으면 좋을 것 같다.

뭔가 생각하고 있는지, 아니면 그냥 먼 곳을 바라보고 있는 건지, 어느새 완전히 눈에 익은 옆얼굴은 씩씩하게 보였다. 이제 잠시 후면 사라져버리는 손이 닿을 만한 거리를 나도 모르게 잡아두고 싶어져서 하늘을 올려다보았다.

——이 감정에 이름을 붙이는 건 최후의 순간이면 된다.

이윽고 목적지인 집이 보이기 시작했다.

이런 시간까지 남자와 돌아다니는 불량스러운 딸을 고급스러운 독일 차가 무뚝뚝한 표정으로 기다리고 있었다. 왠지 내 마음을 눈치채고 나무라는 것 같아서 그 앞에서 멈춰 섰다. 수명이 다해가는 전구가 지직, 지지직, 싸구려 스포트라이트처럼 우리를 비추고 있었다.

"그럼 나는 이만."

쓸데없이 뜸을 들이고 싶지 않았기에 최대한 편하게 말했다.

유즈키는 자기 스마트폰을 꺼내서 한 번 본 다음, 블레이저 소매를 꼬옥 잡았다.

"……아직, 조금만 더."

"뭐야, 자기 전에 자장가라도 불러줬으면 좋겠어?"

그 농담에는 대답하지 않았다.

왠지 시간만 흘러갔고, 이윽고 내 블레이저 주머니가 부웅부웅 여러 번 흔들렸다.

스마트폰을 꺼냈고, 거기에서 유우코의 이름을 본 순간.

——쪼옥.

슬쩍하니 가볍게, 뭉클하니 생생한 감촉이 왼쪽 볼에 닿았다.

그것은 여름 소나기처럼 갑작스럽고 덧없는 키스였다.

"……구해준 보답으로 해준 거라면 조준이 3센티미터 정도 빗나간 것 같은데?"

"해피 버스데이, 사쿠."

"그건 좀……, 치사하네."

아마 의기양양한 표정을 짓고 있을 그녀를 똑바로 볼 수가 없었고, 당했다는 듯한 내 표정도 보여주고 싶지 않아서 돌아섰다.

"잘 자, **치토세**."

"잘 자, **나나세**."

열일곱 살. 나는 인생에서 열일곱 번째로 맞이하는, 약간이나마 특별한 오늘의 입구에 서 있었다.

발을 내디디기 시작한 누군가와 발을 내디디지 못한 누군가.

뒤쪽에서 타박타박, 발소리가 멀어져갔다.

그 여운에 귀를 기울이면서 나는 한동안 아득히 멀리 있는 달을 올려다보고 있었다.

치토세군은
라무네병
속에
네

Chitose kun ha
ramune bin no
naka

에필로그 여자아이

　이것은 진짜 사랑 이야기다.

　거의 대부분의 경우, 처음에는 정말 자그마한 동경하는 마음이 아닐까 싶다.

　자기보다 달리기를 잘한다. 키가 크다. 잘 웃는다. 또는 매우 많이 닮았다.

　그래서 조금 신경이 쓰였다.

　신경이 쓰이니 더 알고 싶어졌다, 이야기하고 싶어졌다, 다가가 보고 싶어졌다, 이왕 이렇게 되었으니 만져보고 싶어졌다.

　──하지만 더 이상 나아가기 위해서는 이유가 필요하기 때문에 그 감정에 사랑이라는 이름을 붙여본다.

　사실 그런 방식은 올바르지 못할지도 모른다.

　잘못된 동경이 잘못된 결과를 불러일으키고, 모두가 잘못된 채 엇갈리기도 한다. 그런 건 이미 알고 있다.

　하지만 히어로가 악당을 물리칠 때 정의의 깃발을 내걸 필요가 있는 것처럼, 누군가를 정말 좋아한다고 외치기 위해서는 사랑이라는 이름의 면죄부가 필요하다.

　저 아득히 멀리 있는 밤하늘에서 빛나고 있는 달은, 그저 멍하니 바라보고 있기만 하면 시간이 아무리 많이 지난다 해도 닿지 않는 것이다.

꾸물대다가는 논리 같은 건 생략하고 그곳까지 폴짝 뛰어갈 수 있는 토끼에게 쉽사리 추월당하게 된다.

제멋대로 동경하는 마음을 밀어붙이며 발을 동동 구르기 위해서가 아니다.

새콤달콤한 감정에 혼자 취하기 위해서가 아니다.

하물며 그 결과로 소중한 누군가를 상처입히기 위해서는 절대로 아니다.

세상에는 말로 하지 않으면 달리기 시작하지 못하는 사람도 있으니까, 누구보다 빨리 저 달을 쏴 떨구기 위해서, 스스로 권총을 겨누는 이유를 만드는 것이다.

그러니까 사실, 멈출 수 없는 마음을 재빨리 사랑이라는 이름으로 불러주면 된다.

——그때부터 시작되어 준 이것은, 분명히 진짜 사랑 이야기일 것이다.

CHITOSE-KUN WA RAMUNEBIN NO NAKA Vol.2
by Hiromu
ⓒ2019 Hiromu Illustrated by raemz
All rights reserved.
Original Japanese edition published by SHOGAKUKAN.
Korean translation rights in Korea arranged with SHOGAKUKAN
through Shinwon Agency Co.

치토세 군은 라무네 병 속에 2

2021년 3월 1일 1판 2쇄 발행

저　　　자 히로무
일러스트 raemz
옮 긴 이 천선필
발 행 인 유재옥
본 부 장 조병권
담당편집 정영길
편집 1 팀 이준환, 정현희
편집 2 팀 정영길, 김민지, 조찬희
편집 3 팀 오준영, 곽혜민, 김혜주
편집 4 팀 성명신
미　　　술 김보라, 서정원
라이츠담당 김슬비, 한주원
디 지 털 박상섭, 이성호, 최서윤
발 행 처 ㈜소미미디어
인쇄제작처 코리아피앤피
등　　　록 제2015-000008호
주　　　소 서울 마포구 토정로 222, 403호 (신수동, 한국출판콘텐츠센터)
판　　　매 ㈜소미미디어
마 케 팅 한민지, 이주희
경영지원 우희선
전　　　화 편집부 (070)4164-3962, 3963 기획실 (02)567-3388
　　　　　　 판매 및 마케팅 (070)4165-6888, Fax (02)322-7665

ISBN 979-11-6611-033-7 04830
ISBN 979-11-6507-918-5 (세트)